U0083948

古典詩歌研究彙刊

第六輯

龔鵬程 主編

第 17 冊

北宋新舊黨爭與詞學（下）

王璧寰 著

國家圖書館出版品預行編目資料

北宋新舊黨爭與詞學（下）／王璧寰 著 — 初版 — 台北縣永和市：花木蘭文化出版社，2009〔民 98〕

目 4+188 面；17×24 公分

（古典詩歌研究彙刊 第六輯；第 17 冊）

ISBN 978-986-6449-68-0（精裝）

1. 宋詞 2. 詞論 3. 朋黨之爭 4. 北宋史

820.93051 98013952

ISBN - 978-986-6449-68-0

古典詩歌研究彙刊

第六輯 第十七冊 ISBN：978-986-6449-68-0

北宋新舊黨爭與詞學（下）

作　　者 王璧寰

主　　編 龔鵬程

總 編 輯 杜潔祥

出　　版 花木蘭文化出版社

發 行 所 花木蘭文化出版社

發 行 人 高小娟

聯絡地址 台北縣永和市中正路五九五號七樓之三

電話：02-2923-1455／傳眞：02-2923-1452

網　　址 http://www.huamulan.tw 信箱 sut81518@ms59.hinet.net

印　　刷 普羅文化出版廣告事業

初　　版 2009 年 9 月

定　　價 第六輯 25 冊（精裝）新台幣 35,000 元

北宋新舊黨爭與詞學（下）

王璧寰 著

目　次

上　冊

第六章　黨爭時期詞風的變化

「風格」，是作家利用遣詞、造句、命篇、布局的手法，將題材加以組合，把意象轉化成整體意境所呈現出來的藝術形象。今人邱安昌認爲：

> 風格是精神個體性的形式體現，其本質特徵是它的獨創性。〔註 1〕

他的觀點裏風格包含了精神個體的主動性和運用形式的能力，同時也沒有忽視形式體現的問題，可謂言簡意賅。單篇的作品有它一己的風格，一家的作品有一家的主體風格（也包含多重風格），一群作家雖各自獨立，有時候卻也有他們共通的風格。但是，無論風格如何的變化，它的形成一定得依靠題材作爲基礎，題材有了變化，風格自然也會起變化。

因爲作家的個性不同，創作的風格自然也表現不同的面貌，所謂「人心不同，各如其面」，文學作品何嘗不是如此。「風格」一詞，首先由《文心雕龍》在〈議對〉篇使用，指的是文學作品的表現；在〈體性〉篇明確地分體性爲八類：

〔註 1〕 見〈風格：精神個體性的形式〉，文中論中外曾有「偏重形式的理解」與偏重「風格即人」的二解，他認爲應該融合二者，但更主張「獨創」。《山西師大學報》（社哲版）第 23 卷第 1 期，1996 年 1 月，頁 43。

若總其歸塗，則數窮八體：一曰典雅，二曰遠奧，三曰精約，四曰顯附，五曰繁縟，六曰壯麗，七曰新奇，八曰輕靡。

很明顯的，「體性」的意思必然指文章的風格，不是指體裁了。古來文論將文風分類，有依體裁分的，如曹丕〈典論論文〉的四分法以及陸機〈文賦〉的十分法。有依藝術手法與風格關係而立論的，如劉勰《文心雕龍》的〈隱秀〉篇，指含蓄與獨拔的寫作態度與表現姿態；此外，又稱文體「氣有剛柔」、「勢有剛柔」，以對待二分的方式論文風。至鍾嶸《詩品》則直標詩體風格的三大體系源流〈國風〉、〈小雅〉、《楚辭》，認爲如〈國風〉之流者體涵氣骨情文，如〈小雅〉者體涵正變雅怨，如《楚辭》者體涵怨悱悽愴。其後司空圖《詩品》才專門以文體表現的風味撰爲專書，分二十四品，成爲嗣後論風格者的標竿。但論詞者，至北宋末尚未有專書、專文討論詞風分辨之法。若蘇軾自稱其詞「頗壯觀」，稱譽陳季常詞「詩人之雄」，隱然以豪邁風味爲尚。晁補之稱東坡詞「橫放傑出」，似乎以「豪放」目之。至南宋初胡寅以「綢繆宛轉」與「逸懷浩氣」對舉，似有婉約、豪氣互較之意。到了明朝張綖才以「婉約」、「豪放」二分詞的風格，後人論詞率多樂於採取這種簡要的區別方式。但是論者頗有異見，或以爲風格豈止二種，再細分者有之。或認爲婉約、豪放措詞尚未安，別以剛美、柔美作二大趨向的對舉。〔註2〕這種區分和美學所謂的「壯美、優美」對舉其實類似。

黨爭大起之後，詞人所經歷的環境已經不再如從前的閒適，經濟上也不容易長處富裕，涉世受苦之深，迴然非晏、歐之輩所能經驗。蘇、黃、秦、周等人又深受佛道家思想的浸染，詞作裡容納了豐富的各家思想內涵，在行文中不知不覺滲露出哲理的輝光。此外，在黨爭初起，尚能容許不同陣營者各抒己見，士人方期用世，如蘇軾作品裡

〔註2〕今人劉乃昌在其〈詞的剛柔與正變〉中主張以剛美、柔美區分最善，承自《文心雕龍》與姚鼎「陰陽、剛柔」之說，頗可參考。《文學評論》，1984年第二期，頁34～39及88。

就時時流露出邁往的豪情。及至黨爭愈趨激烈之下，迫害嚴酷，畏禍心態於焉萌生，使詞風又轉而往解脫、曠達的方向發展。但是，又由於個人秉性的差異，黃庭堅發展出初期俚俗鄙艷，晚期兀傲違俗的特殊詞風；晁補之後期已經由步武蘇軾詞風，轉而發展出自己的低咽怨抑的情調；秦觀詞風從婉約纖麗轉而爲哀婉凄厲；周邦彥詞風則獨以典雅爲主且略帶頹廢氣息；可謂五彩繽紛，各呈異姿。

本文爲免流於煩瑣，第一節以討論黨爭時期「歌詞題材的開拓」爲主題。接下來，就此時期詞學風格的演變，提出幾個較值得注意的現象來討論，採用傳統習慣上的豪放、婉約爲標目，〔註3〕故第二節以「豪放詞風的匯入與茁壯」爲題，第三節以「婉約詞風的深化」爲題。蓋文旨不在分辨詞風如何區隔，旨在借以探討詞人以什麼樣的寫作手法營造這類的風格，以釐析詞史的進化軌跡。第四節別立「整體營造的典雅詞風」，也是有鑑於當時整個詞壇發展中確實顯現出此一趨勢，因而特立一節深入探討。

第一節　歌詞題材的開拓

在第三章裡曾概述北宋初期及中期的詞風，大抵而言，前、中期的詞，其取材多以娛賓遣興的生活爲內容；以歌兒舞女、分處異地之夫婦、戀人等，爲其描寫的主要對象；而以歌館樓臺、酒筵歌席爲背景，能跳脫出以上範圍者蓋寡。我們由第四章所敘述的黨爭過程，知道黨爭使詞人「宦海浮沉起伏特大」，使詞人「經濟起伏特大」，使詞人「遷徙頻繁而居處特爲荒僻」，題材的開拓恰似必須等到黨爭來作一個催化劑，使詞家在生活層面、思想層面、情感層面上，受到相當程度的衝擊，然後才在被動的遷謫生涯與主動的開創之下，擷取現實

〔註3〕本文採取廣義的風格區分，是以全體大勢爲衡量，不拘拘於名義的爭執，蓋考慮論題的明確性和概括性。意與李秉忠〈論宋詞的「豪放派」與「婉約派」——兼評吳世昌先生等人的觀點〉文所主張相近，見《山西師大學報》（社會科學版），1988年第1期，頁38～42。

生活的題材，建立了北宋詞學的獨特面目。以下試就「宦海浮沉題材質量的劇增」、「跳脫出歌館樓臺，全面抒寫人生」、「詠物詞的興盛」等三個主題，說明題材開拓的情形。

一、宦海浮沉題材質量的劇增

在眞宗、仁宗時期的詞人，寫作羈旅行役之感而寓含宦海浮沉之思，其作品最多的，首推柳永。因爲他一生屈居下僚，多次流落至外地，特別有飄泊不定的感覺。如其〈歸朝歡〉中云：「一望鄉關煙水隔。轉覺歸心生羽翼。 浪萍風梗誠何益。歸去來，玉樓深處，有箇人相憶。」若〈八聲甘州〉有句云：「不忍登高臨遠，望故鄉渺邈，歸思難收。歎年來蹤跡，何事苦淹留？」這是苦於行役的歎息，爲什麼而流落他方呢？他的〈滿江紅〉詞表白說「游宦區區成底事」，在〈迷神引〉詞裡也說「舊賞輕拋，到此成游宦」，在〈安公子〉詞中說「游宦成羈旅」，可見他所嘆息的都是游宦羈旅之愁。然而從他的身世和時代背景來看，政治上只是使他不得意而已，並沒有嚴重的身家迫害，作品凝重沉痛程度自然不及後來黨爭時期的諸詞人。同時的晏殊有一闋〈踏莎行〉，云：

> 小徑紅稀，芳郊綠徧。高臺樹色陰陰見。春風不解禁楊花，濛濛亂撲行人面。　　翠葉藏鶯，朱簾隔燕。爐香靜逐遊絲轉。一場愁夢酒醒時，斜陽卻照深深院。〔註4〕

黃蓼園分析以爲有逐臣之思：

> 首三句言花稀而葉盛，喻君子少而小人多也。「高臺」指帝閽，「東風」二句，小人如楊花之輕薄，易動搖君心也。……臣心與閨意雙關，寫去細思，自得之耳。〔註5〕

晏殊晚年約有十年在轉徙之中，此詞或許有所謂「臣心」的隱入，但是既無詞題，詞文又未指明時地，實在不易看出是否有刺小人之意，姑存

〔註4〕《全宋詞》（一），盤庚版，頁99。

〔註5〕見黃蘇《蓼園詞評》，《詞話叢編》第四冊，北京：中華書局，1996年6月，頁3048。

此說，以之歸入為宦遊有感之作可也。另外如歐陽修〈浪淘沙〉云：

> 把酒祝東風，且共從容，垂楊紫陌洛城東。總是當年攜手處，游遍芳叢。聚散苦匆匆。此恨無窮。今年花勝去年紅。可惜明年花更好，知與誰同。〔註6〕

邱少華《歐陽修詞新釋輯評》指出此詞可能作於明道元年（1032），並云：

> 這裏用「游遍芳叢」來概括當時盛況，包涵的內容是很豐富的。下片「聚散」二句，抒離別之恨。人生聚散匆匆，盛筵難再，因而引起無窮遺憾。〔註7〕

舉出當時同遊之人可能是尹洙、梅堯臣、謝絳等，歐公蓋有感於幾位好友都已經紛紛他調，自己或許也不能免。如此，則此詞就是傷感宦途之多波折了。綜合上述諸人之作，黨爭之前的遷謫詞雖屢為失意人士寫出，然而從詞意來看也好，從政治背景來看也好，沉痛悲憤的宦遊詞並不易見，不得不待政治的大波瀾來衝激引發。

在黨爭中首先受害的就是蘇軾，在他的詞作中，以宦海浮沉為主題的，從黃州時期之後寖多。前此，只有某些作品偶然流露出微意，如前一章引的〈沁園春·赴密州早行，馬上寄子由〉歇尾道「用舍由時，行藏在我，袖手何妨閒處看。身長健，但優遊卒歲，且鬭尊前。」暗中卻有諷刺君王不能識才而使我不得意的意思在。熙寧九年丙辰（1076）知密州時，蘇軾作〈水調歌頭·丙辰中秋，歡飲達旦，大醉，作此篇，兼懷子由〉（明月幾時有），以透悟人生之無常，願與其弟共惜在世的情緣為主旨，具有禪宗的「活在當下」的境界。其詞語雖無直接關涉「仕宦」，然「兼懷」二字，表明主旨不單是懷人而已。故《坡仙集外紀》記道：「神宗讀至『瓊樓玉宇，高處不勝寒』，乃歎曰：『蘇軾終是愛君。』即量移汝州。」〔註8〕寫神宗倒能由此二句領悟

〔註6〕《全宋詞》（一），盤庚版，頁141。

〔註7〕邱少華編著《歐陽修詞新釋輯評》，北京：中國書店，2003年1月，頁193。

〔註8〕《詞林紀事》卷五所錄，臺北：河洛圖書出版社，1975年3月，頁

其中寄託之意，細味《坡仙集外紀》的傳聞，就是暗示「瓊樓玉宇」二句有思君之意，這個傳說是否爲事實尚待證實。然而此詞題序爲丙辰年（1076）作，時蘇軾在密州任上，上述這個傳說似指元豐七年（1084）在黃州之時，以致神宗立刻改移蘇軾於汝州，如此就有時序上的不符。又《歲時廣記》卷三一引《復雅歌詞》謂此詞作於熙寧九年丙辰（1076）密州任上，八年後（即元豐七年 1084）都下傳唱此詞，神宗聞之，因而有移官之命。〔註 9〕這項說法可以彌補《坡仙集外紀》的不足。但是令人起疑的是，蘇軾此詞何以完成八年之後，才盛傳於都下，神宗才聽到此「新行小詞」？這與一般記載蘇詞每出即風行各地的說法不符。則託喻之說，尚可懷疑。

在徐州，蘇軾寫下了一首〈永遇樂・彭城夜宿燕子樓，夢盼盼，因作此詞〉，開始有宦海倦遊的感歎：

> 明月如霜，好風如水，清景無限。曲港跳魚，圓荷瀉露，寂寞無人見。紞如三鼓，鏗然一葉，黯黯夢雲驚斷。夜茫茫，重尋無處，覺來小園行遍。　天涯倦客，山中歸路，望斷故園心眼。燕子樓空，佳人何在，空鎖樓中燕。古今如夢，何曾夢覺，但有舊歡新怨。異時對、黃樓夜景，爲余浩歎。〔註 10〕

下片「天涯倦客，山中歸路，望斷故園心眼」三句，懷有不如歸去之意。蘇軾此時並不是在最險惡的困境，只是一時發發牢騷，當時的他身任太守，正肩負著地方父母的重任，並不是極端的不堪，大概只是因爲新黨用事，使他不易發揮，偶然感歎一回罷了。

可以認定整首詞題材都傾向於感歎「宦海浮沉」的，始於黃州所作。東坡的〈卜算子・黃州定惠院寓居作〉一闋，討論者特多，詞云：

> 缺月挂疏桐，漏斷人初靜。時（一作「誰」）見幽人獨往來，

140。

〔註 9〕見第五章注 7。

〔註 10〕《全宋詞》（一），盤庚版，頁 302。

縹緲孤鴻影。　　驚起卻回頭，有恨無人省。揀盡寒枝不肯棲，楓落吳江冷（一作「寂寞沙洲冷」）。〔註 11〕

俞文豹《吹劍錄》主張〈卜算子〉是蘇軾幽居窮處，暗刺小人之作害而君不明，別有寄託之作。〔註 12〕朱崇才《詞話學》謂：「清常州詞派以比興論詞，蓋出於此。」〔註 13〕這種「考槃說」倒可以將蘇軾當時的時、地、境況襯托出來，往這個方向推測即使強作解人，也應當離題不遠。

另外一首則不但不晦澀，並且還直接表達「宦海浮沉」之慨歎，即其〈西江月・中秋和子由〉詞：

世事一場大夢，人生幾度秋涼。夜來風葉已鳴廊。看取眉頭鬢上。　　酒賤常愁客少，月明多被雲妨。中秋誰與共孤光。把琖淒然北望。〔註 14〕

楊湜《古今詞話》以為：

坡以讒言謫居黃州，鬱鬱不得志，凡賦詩綴詞，必寫其所懷。然一日不負朝廷，其懷君之心，末句可見矣。〔註 15〕

胡仔《苕溪漁隱叢話・後集》卷三九卻主張此詞作於倅杭（通判杭州）時，而張宗橚《詞林紀事》引樓敬思反駁胡仔之語，謂倅杭時，蘇軾尚處適意期，非如烏臺詩案之患難，何來「一場大夢」語？且謂：

「月明」、「雲妨」即「浮雲蔽白日」意，「孤光」、「誰共」

〔註 11〕《全宋詞》（一），盤庚版，頁 295。

〔註 12〕俞文豹《吹劍錄》謂：「東坡〈卜算子〉亦然。文豹嘗妄為之釋，『缺月挂疏桐』，明小不察也。『漏斷人初靜』，群謗稍息也。『時見幽人獨往來』，進退無處也。『縹緲孤鴻影』，悄然孤立也。『驚起卻回頭』，猶恐讒慝也。『有恨無人省』，誰其知我也。『揀盡寒枝不肯棲』，不苟依附也。『寂寞沙洲冷』，寧甘冷淡也。」《宋人劄記八種・讀書劄記叢刊第二集》第四冊，臺北：世界書局，1965 年 3 月，頁 32。《類編草堂詩餘》卷一引鮦陽居士《復雅歌詞》之內容亦類似此觀點，見《詞話叢編》第一冊，頁 60。

〔註 13〕見朱崇才《詞話學》第五章，臺北：文津出版社，1995 年 1 月，頁 284。

〔註 14〕《全宋詞》（一），盤庚版，頁 284。

〔註 15〕《詞話叢編》第一冊，頁 30。

即「瓊樓玉宇不勝寒」意，的是黃州中秋作無疑。〔註16〕

比對三人看法，胡仔所論較不中理，〈西江月〉詞意悲涼，歸於黃州期所作較爲合理。樓敬思再引申舉證古詩「浮雲蔽白日」的涵意，與「明月」、「雲妨」用意相同，衡諸文人寫作習慣，如此比附是可以接受的。另外，從方位上看，汴京確實在黃州北方，而杭州居東南，「把醆淒然北望」，必須身居黃州才有可能。此詞在總的意向上偏於悲涼，詞意明顯表達孤寂、淒涼的心情，以及對朝廷有所期待的暗示，這無疑是一首「對仕宦不得意」有感的作品。

又若東坡〈南鄉子・重九涵輝樓呈徐君猷〉（霜降水痕收）有句道「萬事到頭都是夢，休休，明日黃花蝶也愁。」陳知柔《休齋詩話》云：「豈在謫所，遇時感慨，不覺發是語乎？」〔註17〕至若〈定風波〉，題作「三月七日，沙湖道中遇雨，雨具先去，同行皆狼狽，余獨不覺。已而遂晴，故作此詞」，詞云：

莫聽穿林打葉聲。何妨吟嘯且徐行。竹杖芒鞋輕勝馬。誰怕。一蓑煙雨任平生。　料峭春風吹酒醒。微冷。山頭斜照卻相迎。回首向來瀟灑（一作蕭瑟）處。歸去。也無風雨也無晴。〔註18〕

這是對坎坷仕途的衝決，全然不以逆境爲意，表現一副笑傲人生的態度，此意於詞題即已表明，詞末遂以「回首向來蕭瑟處，也無風雨也無晴」作結，藉自然之風雨，暗比人生。蘇軾黃州時期及其後所作詞，泰半與宦海浮沉之感慨有關聯，若不是發出蒼涼之語，就是解脫超逸之思，否則則以歸隱不預世事以爲超拔，其實都是他厭倦於仕途之種種反應方式。

蘇門中，黃庭堅、秦觀都是黨爭中被禍最深的，在流徙的生涯裡，

〔註16〕樓氏此節評論見《詞林紀事》卷五，臺北：河洛圖書出版社，1975年3月，頁128。

〔註17〕郭紹虞輯《宋詩話輯佚》所錄《休齋詩話》之〈詩貴不隨物而盡〉條，北京：中華書局，1987年5月，頁484。

〔註18〕《全宋詞》（一），盤庚版，頁288。

亦時時抒寫相關的題材。紹聖之後，舊黨敗散，黃庭堅在紹聖二年（1095）貶赴黔州途中，寫下〈醉蓬萊〉詞（見前文），前片寫景，道經巫峽，雖州官殷勤相迎，但「萬里投荒」，何歡之有？後片回望家國，雖有美人歌舞，亦不忍聞杜宇聲聲，似有淒涼難堪之慨。但感慨在一時之間而已，黃庭堅雖與同門同遭黨禍，但是個人在思想上最豁達，在個性上最爲兀傲，在骨子裡硬是不屈服於新黨的傾軋，在詞作上乃故作違俗或旁若無人的姿勢。如〈定風波〉後片寫「莫笑老翁猶氣岸。君看。幾人黃菊上華顛」，以故意簪花於頭的舉動，表現他蔑視政治壓迫的精神勝利之道。此外，他也用看破古今盛衰以獲得心靈解脫的態度面對困境。如〈木蘭花令・當塗解印後一日，郡中置酒，呈郭功甫〉云：

> 凌歊臺上青青麥。姑孰堂前餘翰墨。暫分一印管江山，稍爲諸公分皀白。　　江山依舊雲空碧。昨日主人今日客。誰分賓主強惺惺，問取磯頭新婦石。〔註19〕

「昨日主人今日客」，是自我描寫，也是暗諷現今掌權的新黨日後之結局。「誰分賓主」句，是指現在未來皆無所謂賓主，惟有江邊磯石最能領略。黃寶華《黃庭堅詩詞文選評》說：

> 全詞貫穿了一條「暫作主人——反主爲客——主客不分」的思想變化脈絡，最終進入一種無差別境界，由感慨人生而達於委運任化。〔註20〕

山谷晚年編管宜州，地尤偏僻，偶然也慨嘆一番。如〈虞美人・宜州見梅作〉有句云：「平生箇裡願杯深，去國十年老盡少年心。」但是他那種放任自在，不顧流俗的老個性，仍然陪伴他到終老。如〈南鄉子・重陽日宜州城樓宴集即席作〉一首，有句道：「花向老人頭上笑，羞羞，白髮簪花不解愁。」還是老頑皮似地「白髮簪花」，這是政治給他衝擊之後的反彈。

面對橫逆時，蘇、黃二人有勇氣又有自解之道，秦觀則大多落入

〔註19〕《全宋詞》（一），盤庚版，頁405。

〔註20〕見《黃庭堅詩詞文選評》，上海：上海古籍出版社，2003年12月，頁163。

悲苦之中，態度雖然不同，宦海浮沉之慨卻如影隨形的隱現於詞作當中，題材有一大部分抒寫男女戀情，其中是否隱含政治之關涉，不可確指；另外卻有不少小詞完全在表述宦海滄桑。紹聖元年（1094），舊黨事敗，他在臨出京時，寫了〈望海潮〉，其後片道：「西園夜飲鳴笳。有華燈礙月，飛蓋妨花。蘭苑未空，行人漸老，重來是事堪嗟。煙暝酒旗斜。但倚樓極目，時見棲鴉。無奈歸心，暗隨流水到天涯。」〔註21〕回憶起不久前西園夜飲的盛事，但今日重經此地，已經是重謫之身，歸心雖切，卻無可奈何矣！另一首〈江城子〉後片也作：「韶華不為少年留。恨悠悠。幾時休。飛絮落花時候一登樓。便作春江都是淚，流不盡，許多愁。」〔註22〕男子有淚不輕彈，此時彈矣！最能顯現他謫宦不堪，哀婉不能自已的作品，就是再貶橫州、臨去郴州時所寫的〈踏莎行〉（文見前引），歇尾的「郴江幸自繞郴山，為誰流下瀟湘去」，百代之後，也為之淒然。以上種種無不是苦於謫宦的心聲。

在這一個時期，多數的詞人之作品都具有反映宦海浮沉的趨勢，以下略舉幾位詞人的作品並對照當時情境以為佐證。

晏幾道是宰相晏殊晚年所生之子，他生長於權貴之家，看盡宦海冷暖，復以生性狷介，不願攀附當權者也不願捲入政爭的漩渦中，作品中蘊含了許多譏刺的意思在。如〈訴衷情〉：

> 都人離恨滿歌筵。清唱倚危弦。星屏別後千里，更見是何年。　　驄騎穩，繡衣鮮。欲朝天。北人歡笑，南國悲涼，迎送金鞭。〔註23〕

歇尾以北人的得意對照南人的悲楚，正是「明顯地觸及到北宋王朝與遼金之間的矛盾，作者對此有所揭露，有所諷刺，傾向和感情表露得很清楚。」〔註24〕而且慣見官場的送往勞來，他真實的心情是既沉鬱

〔註21〕見《全宋詞》（一），盤庚版，頁455。
〔註22〕此二首見《全宋詞》（一），盤庚版，頁458。
〔註23〕《全宋詞》（一），盤庚版，頁246。
〔註24〕孫望、常國武主編《宋代文學史》，北京：人民文學出版社，2001年12月，頁300。

又無奈的。

張舜民有一首〈賣花聲・題岳陽樓〉云：

> 木葉下君山。空水漫漫。十分斟酒斂芳顏。不是渭城西去客，休唱陽關。　　醉袖撫危欄。天淡雲閒。何人此路得生還。回首夕陽紅盡處，應是長安。〔註25〕

元豐五年（1082）冬十月，張舜民因譏訕邊帥高遵裕，貶監郴州茶鹽酒稅，路過岳陽樓而作是詞。徐培均以為：「由於詞是在遷謫途中寫成的，因而詞中反應了遷謫之恨。表現在風格上則與一般的抒情小詞不同，顯得沉鬱悲壯，扣人心弦。」〔註26〕貶謫至郴州雖然甚為偏僻，尚在五嶺以北，他就有「何人此路得生還」的悲慟了，那麼試看蘇、秦諸人的遭遇，當然更是不堪。

又王詵在元豐二年（1079），因為蘇軾的「烏臺詩案」被牽連遭重謫。罪名是「留軾譏諷文字及上書奏事不實」，以及「（軾）作詩賦及諸般文字送王詵等，致有鏤刻印行」（《東坡烏臺詩案》）。元豐三年貶均州（湖北均縣），七年（1084），移穎州，元祐元年（1086）召還。他經歷了七年貶謫，回到汴京，妻子早已病故，自己也垂垂老矣。看到故宅庭園風景依舊，卻人事全非，他寫下了〈蝶戀花〉：

> 小雨初晴回晚照。金翠樓臺，倒影芙蓉沼。楊柳垂垂風裊裊。嫩荷無數青鈿小。　　似此園林無限好。流落歸來，到了心情少。坐到黃昏人悄悄。更應添得朱顏老。〔註27〕

上片寫春日園景，後片謂風光本無限美好，而久謫歸來親人已故，只能獨坐獨賞，觸目所及，淒涼落寞，心境愈老，讀之不忍卒篇。非人的宦遊生涯，不言自明。

紹聖年間晁補之貶信州（江西上饒）時，作〈迷神引・貶玉溪對江山作〉詞，其中有句云：「暗想平生，自悔儒冠誤。覺阮途窮，歸心阻。」儒家的用世志意，到了此時已經消沉，有阮籍途窮乃哭之意。

〔註25〕《全宋詞》（一），盤庚版，頁265。
〔註26〕見《宋詞鑑賞辭典》。上海：上海辭書出版社，2003年9月，頁294。
〔註27〕《全宋詞》（一），盤庚版，頁275。

崇寧二年（1103），晁補之在長期放逐之後，終於遇赦回鄉，作了一首〈摸魚兒·東皋寓居〉有句云：「儒冠曾把身誤。弓刀千騎成何事，荒了邵平瓜圃。……便似得班超，封侯萬里，歸計恐遲暮。」對於以前所懷的報國壯志，似乎不以爲然，有不如躬耕以老之慨。其實正是對政治的失望與逃避的表現。

再如周邦彥〈滿庭芳·夏日溧水無想山作〉，全篇皆是宦遊之思，若其「憑欄久，黃蘆苦竹，擬泛九江船」，用白居易〈琵琶行〉苦於遷謫之意。又「年年如社燕，飄流翰海，來寄修椽」，此數句揭露飄泊不定的心，從他的生平仕宦來看，可推斷和政局反覆必有關聯。又如上章提到其〈渡江雲〉也是以朝政翻覆爲憂。此詞上片寫見到群雁北歸，驚覺春之來臨；後片寫往京師路上應時酬酢，獨覺憂思縷縷。尤其「愁宴闌、風翻旗尾，潮濺烏紗」數句，葉嘉瑩以爲有恐局勢驟變的暗喻在，特別提到此詞甚可玩味。並謂：

> 從他的晚期的一些詞作來看，如其〈蘭陵王〉（柳蔭直）、〈瑞龍吟〉（章臺路）諸作，便該都是在其表面所寫的對柔情之追念中，隱藏有政海滄桑之慨的。這些都寫得極爲含蘊，可以吟味，但都不宜於指說。唯有這一首〈渡江雲〉詞，則對其喻託之意稍微有端倪。〔註 28〕

雖然周邦彥儘量地置身於黨爭之外，詞作裡也儘量地避免臧否，把他的出處進退過程和詞作時間對照觀察，的確有幾首詞令人有政治上的聯想。

縱觀北宋黨爭時期的詞作，這種感歎宦海浮沉的篇章佔有相當的份量，當然是因爲政黨不正常的惡鬥，甚至欲置人於死地，給人心靈上的衝擊自不可言喻，感之於心，發之於言，自是沉恨難盡。新舊黨爭之前，官吏之貶謫不過是個人的事，並不至於有欲置人於死地的大

〔註 28〕《宋詞鑑賞辭典》上冊，頁 679。羅忼烈〈擁護新法的北宋詞人周邦彥〉文中還舉更多作品，皆歸之宦遊詞，如〈花犯〉（粉牆低）、〈滿庭芳〉（風老鶯雛）、〈瑞龍吟〉（章臺路）等等，其說可參考，見《詞曲論稿》。臺北：木鐸出版社，1982 年 6 月，頁 72～110。

規模傾軋。偶有遷謫的感傷，或流露於詞作中而並不深重，或以離愁別思暗寓宦海浮沉。因爲詞的婉曲特質，以及時代的背景正處於太平之世，宦海之憂未至於發露。這就是爲什麼宋朝初、中期的宦遊詞非屬大宗，也不具有重大的質量，而到了黨爭時期乃達於鼎盛。故在此節特別將這種現象提出，作爲此期詞題材擴大的全體特徵之一。而與此有關的「歎躓」、「思鄉」、「思親」、「思隱」、「出世」、「學道」、「流落」、「排遣」等等主題與相關題材，自然應運而生。我們觀察這個時期詞作題材的特徵，最先會感受到的無非是與政治有關的仕宦榮辱與抱負難遂之感。

二、跳脫出歌館樓臺，全面抒寫人生

歌館樓臺指酒筵歌席酬酢歡樂的場合、男女綺情生發的場所，也是戀人別離之後獨處相思的地方，這是北宋前、中期詞的題材的大宗。首先，我們可以觀察到酒筵歌席互相酬酢之時，詞人應歌塡詞，或描寫歌兒舞女情態，或寫與歌女發生之情感，此類的主題佔了北宋初、中期詞作甚大的篇幅。以下概舉數位名家詞之片斷，即可窺其一豹：

> 停寶馬，捧瑤巵。相斟相勸忍分離。不如飲待奴先醉，圖得不知郎去時。（夏竦〈鷓鴣天〉）
>
> 才過笄年，初綰雲鬟，便學歌舞。席上尊前，王孫隨分相許。（柳永〈迷仙引〉）
>
> 錦筵紅，羅幕翠。侍宴美人姝麗。十五六，解憐才，勸人深酒杯。（張先〈更漏子〉）
>
> 一向年光有限身，等閒離別易銷魂。酒筵歌席莫辭頻。（晏殊〈浣溪沙〉）
>
> 重頭歌韻響琤琮，入破舞腰紅亂旋。（晏殊〈木蘭花〉）
>
> 離歌且莫翻新闋，一曲能教腸寸結。（歐陽修〈玉樓春〉）

像這樣的詞實在不勝枚舉，要不就是描寫舞姿歌喉，要不就是追憶前宴之盛美，否則就是寫與佳人之間的情愫。我們再看以下諸詞所描寫場景的片斷：

> 斜陽獨倚西樓，遙山恰對簾鉤。人面不知何處，綠波依舊東流。（晏殊〈清平樂〉）
>
> 隴首雲飛，江邊日晚，烟波滿目凭欄久。每登山臨水，惹起平生心事，一場銷黯，永日無言，卻下層樓。（柳永〈曲玉管〉）
>
> 思綿綿，夜永對景，那堪屈指，暗想從前。未名未祿，綺陌紅樓，往往經歲遷延。（柳永〈戚氏〉）
>
> 不忍登高臨遠，望故鄉渺邈。……爭知我，倚欄干處，正恁凝愁。（柳永〈八聲甘州〉）
>
> 小樓西角斷虹明，闌干倚處，待得月華生。（歐陽修〈臨江仙〉）

以上所見多是個人在樓中憶故人（以意中人最多），凭欄遠望的情景，顯示了「別離詞」居多的現象。蓋詞多起於歌舞的場所，這個場合最容易使與會的男女產生情愫，詞的內容自不能不描寫這男女悲歡離合的情事，「別離詞」遂成爲宋朝前期詞的大宗。這些詞人生活在安定繁華的社會環境裡，一時之間沒有家國之憂，政治上除了小小的派系之爭外（如范仲淹新政時期），也沒有翻天覆地的黨爭來衝擊人心，詞人在享樂安逸的生活下，多數容易產生淡淡的人生閒愁，以及特別感受那歡娛人生中最讓人重視的愛情。所以在詞作裡面採取的題材自然較爲狹隘而輕淺。

自從黨爭轉趨激烈，不但個人志意受到了嚴重的打擊，甚至連性命都有難保之虞。感慨既深，發而爲詩文，自然不能流連於光景、沉迷於歡宴而已。於是同樣是酒筵歌席，貶謫失意的詞人，常常因時、因地、因物而不覺起興。但是由於詞體與詩體在表情言志之時，有一適合於「隱」、一適合於「顯」的條件限制。〔註 29〕在這時遇上黨爭，

〔註 29〕詩適合於言志，是源自《左傳‧魯昭公二十七年》記趙孟所謂的「詩以言志」這句話，此後即成爲詩國的金科玉律。陳良運的《中國詩學體系論‧言志篇》有詳細的討論，並認定趙孟是最先提出「詩以明志」這一主題者，詳見其書第 36 頁。北京：中國社會科學出版社，

更不允許直抒譏刺，於是詞的「託喻性」勝過了「諷諭性」。〔註 30〕託喻是轉用旁敲側擊的方式抒情喻志，要託喻就要借助多方的題材，題材的範圍逐漸地被開發而擴大，從前歌館樓臺兒女之情的狹窄題材到此時已陳濫不堪，當前詩賦題材中常寫的人生百態乃被引進詞來（也就是學者常常談到的「詞的詩化」）。更進一步地，在此期詞的題材被運用得更加「細緻」，更加「婉曲」，更加富有「寄託性」。

我們試看黨爭時期詞人開拓題材、描寫多方的情形，以下略舉一些較著的例子稍作說明。

述志說理方面：如蘇軾〈沁園春〉（孤館燈青）詞，述說從來的志趣和受挫的心理；〈西江月〉（世事一場大夢）傾洩孤寂思君的苦悶；〈定風波〉（莫聽穿林打葉聲）表達瀟灑解脫的胸懷；〈卜算子〉（缺月挂疏桐）抒發他的幽居失意；〈賀新郎〉（乳燕飛華屋）藉榴花以喻幽獨的情懷；〈江城子〉（老夫聊發少年狂）寫其報國豪情。黃庭堅〈定風波〉（萬里黔中一漏天）詞，表現老當益壯、窮且益堅的樂觀奮發精神；〈鷓鴣天〉（黃菊枝頭生曉寒）詞，寫他侮世慢俗的心態；又〈木蘭花令〉（凌歊臺上青青麥）詞，寫其看破古今是非的牢騷。賀鑄〈六州歌頭〉（少年俠氣）詞，寫其年少時的豪情，而今已如黃粱夢，全詞充滿不能達成凌雲之志的悵然情緒。晁補之〈水龍吟・次韻林聖予惜春〉（問春何苦匆匆）詞，述說春去春來是自然之理，未須憂愁。

1998 年 9 月。詞體不便於言志而適合於言情，而且是「隱」的文學，主要就在於它的出身。繆鉞在〈總論詞體的特質〉一文裡言詞是「爲歌唱而作」，又言：「故詞體最適合於『道賢人君子幽約怨悱不能自言之情，低佪要眇，以喻其志。』（張惠言語，見詞選序）」他指明詞具有音樂性，而且是以幽隱的方式表達情志，見《靈谿詞說》29、30 頁。同一書中葉嘉瑩也在〈論詞的起源〉中說：「而由於這種形式音節之特美，遂影響了其內容意境，也具有一種幽微含蘊之特質。」總的方向來看詞是適合於「隱」的文學。

〔註 30〕王夢鷗《文學概論》論〈譬喻的基本型〉謂譬喻種類繁多，其實可以簡化其重複、多餘的，大致分「直喻」、「隱喻」、「聲喻」即可。本文採用傳統用詞，而義採王文。臺北：藝文印書館，2000 年 10 月，頁 140。

相對地，當初志有所不遂時，則歸隱、閒適、漁父類的詞成了寄託之地，作品數量極多。朱崇才在其《詞話學》中說：

> 神宗以後，政治鬥爭趨向激烈，險惡難測的仕途，使士大夫們對漁父詞又大感興趣起來，不但大唱前人的漁歌，還反覆擬、改、和前人的成作。特別是以蘇軾爲中心的一班不得志文士及釋子，留下了許多這方面的有關話題。蘇、黃等人曾改作張志和漁父詞爲〈浣溪沙〉，並就此相互評騭戲謔。如蘇軾〈跋黔安居士漁父詞〉（《蘇軾文集》卷六十八，2157 頁）評黃庭堅漁父詞清新婉麗；釋惠洪評爲「眞解脱游戲」（《冷齋夜話》佚文，見《詩話總龜》前集卷九）。〔註31〕

歐陽修晚年多次求退，終獲致仕，隱居潁州時曾寫十首〈採桑子〉皆敘述閒居之樂與人生感慨，是此期較早較可注意的隱居詞。不久之後，王安石也歸隱金陵，所作的隱居詞〈菩薩蠻〉（數間茅屋閑臨水）、〈漁家傲〉二首，顯現心境已經逐漸趨於閑適恬靜。而蘇軾〈江城子〉（夢中了了醉中醒）、〈行香子〉（清夜無塵）、〈鷓鴣天〉（林斷山明竹隱牆），賀鑄〈踏莎行〉（楊柳回塘）和晁補之的〈摸魚兒・東皋寓居〉（買陂塘、旋栽楊柳）等，都是同類的作品。

記遊、寫景、記事方面：如蘇軾〈念奴嬌〉（大江東去）藉遊古蹟以述懷；〈南歌子・遊賞〉（山與歌眉斂）是他對西湖的俊賞；〈望江南・超然台作〉（春未老）寫密州超然臺之景致，牽引出他的鄉思。蘇軾〈南鄉子〉（晚景落瓊杯）寫在黃州所見夕陽江景，引起鄉心。又〈行香子〉（一葉輕舟）寫富春江景色，引發功名虛幻之慨。米芾〈蝶戀花〉（千古漣漪清絕地）序中自言「海岱樓玩月作」。秦觀〈行香子〉（樹繞村莊）寫田園春景。賀鑄〈天門引〉（牛渚天門險）、晁補之〈迷神引〉（暗暗青山紅日暮）等皆是。

記述節慶習俗方面：蘇軾〈蝶戀花〉（燈火錢塘三五夜）在密州與杭州上元夜的對比。黃裳〈減字木蘭花・競渡〉寫端午佳節賽龍舟

〔註31〕見朱崇才《詞話學》，頁 281。

之熱鬧。秦觀〈鵲橋仙〉（纖雲弄巧）是七夕詞。米芾〈水調歌頭〉（砧聲送風急）寫中秋的悠然情調。周邦彥〈解語花・上元〉（風銷絳臘）也記上元事。

記音樂事：蘇軾〈醉翁操〉（琅然，清圓）寫琴曲之美；〈水調歌頭〉（昵昵兒女語）寫琵琶演奏所引起的翻攪情緒。黃庭堅〈念奴嬌〉（斷虹霽雨）寫聽笛事。

議論人事方面：蘇軾〈浣溪沙〉（門外東風雪灑裾）送朋友赴任，兼以努力從公勉勵他。黃庭堅〈南鄉子〉（諸將說封侯）論坎坷人事，對功名富貴加以鄙棄。賀鑄〈將進酒〉（城下路）路過城下墳塋，因而通觀人生，以看破自適爲結。晁補之〈八聲甘州〉（謂東坡未老賦歸來）暗抒官場裡的危機，又他的〈摸魚兒・東皋寓居〉（買陂塘、旋栽楊柳）寫功名如雲煙，不如頹放於園林的感慨。

感傷貶謫之作：蘇軾〈西江月〉（世事一場大夢）的把盞淒然北望。李之儀〈臨江仙・登凌歊台感懷〉（偶向凌歊台上望）是編管太平州時的傷感。秦觀〈千秋歲〉（水邊沙外）是監處州酒稅，由傷春轉而傷身世之作。秦觀〈踏莎行〉（霧失樓台）詞，寫理想幻滅，捲入政治鬥爭漩渦的痛苦。晁補之〈迷神引・貶玉溪對江山作〉（黯黯青山紅日暮）寫他「自悔儒冠誤」的心態，又他的〈臨江仙・信州作〉（謫宦江城無屋買）也是同期作品。

思鄉、思親情懷之作有：蘇軾〈醉落魄〉（輕雲微月）、〈水調歌頭〉（明月幾時有）。黃庭堅〈醉蓬萊〉（對朝雲靉靆）、〈謁金門・示知命弟〉（山又水）。秦觀〈望海潮〉（梅英疏淡）感舊思歸、秦觀〈阮郎歸〉（湘天風雨破寒初），可以作爲代表。

懷古之作：有蘇軾的〈念奴嬌〉（大江東去）和〈永遇樂〉（明月如霜），王安石的〈桂枝香〉，賀鑄的〈臺城路〉（南國本瀟灑），周邦彥的〈西河・金陵〉（佳麗地）等詞。

回文詞：如蘇軾的〈菩薩蠻〉（柳庭風靜人眠晝）。

檃括詞：如黃庭堅的〈瑞鶴仙〉（環滁皆山也）和蘇軾的〈哨遍〉。

農村詞：如蘇軾的〈浣溪沙〉（簌簌衣巾落棗花），和秦觀的〈行香子〉（樹繞村莊）。

賞玩人生之作：如蘇軾的〈浣溪沙〉（細雨斜風作小寒），黃庭堅的〈念奴嬌〉（斷虹霽雨）以及米芾的〈蝶戀花‧海岱樓玩月作〉（千古漣清絕地），蘇軾的〈西江月〉（照野瀰瀰淺浪）。

又有悼亡詞：如蘇軾〈江城子〉（十年生死兩茫茫）是悼念其妻王弗的作品、〈西江月〉（玉骨那愁瘴霧）在悼念朝雲。黃庭堅的〈千秋歲〉（苑邊花外）懷念秦觀，賀鑄〈半死桐〉（重過閶門萬事非）懷念其妻也是同類作品。

詼諧玩世者有：黃庭堅〈西江月〉（斷送一生惟有）以故意隱去一「酒」字，賦予此詞以詼諧趣味。王齊叟以數十曲〈望江南〉嘲笑同僚。曹元寵作謔詞〈紅窗迴〉已博得詞名，又作〈回波樂〉使徽宗大笑。邢俊臣以〈臨江仙〉暗諷朝政，而徽宗亦不加罪。

其餘如：「憶舊」、「飲食」等，可以說，這個時期的詞所能描寫的主題已經不再局限於閨閣筵席之間，「詞體」和「詩體」的地位逐漸並駕齊驅。題材的開拓，不是一個人的力量，是時代的潮流所趨。詞人在政爭的漩渦中浮沉，創作的眼光不再侷限於酬酢的光景，或在廟堂盱衡時勢，因有說理、議論之作；或處窮鄉僻壤而自傷遷謫，遂有思鄉、思親、歎蹭的題材；有的因爲個性之差異，雖然窮處異地也能自適、賞玩，於是反而多了遊賞、節慶、農村等的題詠。因爲遭遇的多方，懷抱的不同，題材就多彩多姿了起來。到了南宋初年，目睹亡國之變的詞人在感憤之餘，根本就把詞當作詩來運用，或批評時政或傾洩愛國之思，追究起詞體題材解放的功勞，自然不能不歸之於黨爭中這群詞人蓽路藍縷的開拓，他們的努力，實在值得大書特書。

三、詠物詞的興盛

宋人的詠物詞到黨爭之後突然大爲流行，和先前時期的偶然出現，有很明顯的差異。這是一個很有趣的現象，蓋黨爭時期詞人走出了歌樓酒館，將視野投射到人生更廣闊的空間，幾乎可以無所不寫，爲何又將眼光投注在一些小小的事物上？那不是反其道而行嗎？其實不然，這正是在當時政治氣候下，詩這種體裁已不容再有「譎諫」的餘地，詞人卻從適合於婉約隱晦以達意的歌詞裡，找到了另一個可以發抒情意的管道。如果在「思歸」、「羈旅之愁」、「宦海倦遊」的主題裡加上一些「諷刺、牢騷」的詞語，可能非常容易被他人察覺，必不能免於更嚴厲的迫害。這時，將主題設定在「詠物」之上，詞語中明寫事物的外貌、姿態，暗中卻別有寄託，因爲描摹事物不涉及人物的臧否，政敵很難抓住把柄，雖然聯想可以指涉於多方，卻很難實指爲何人何事，想要羅織罪名委實不易，「詠物詞」竟有著如此的妙用，順理成章地成爲詞人的最愛之一。

柳永詞所缺乏的正是在「寄意」的寡少，後來評家多病其「直露」，正是從他詞作的主題寓意太過於明顯這點切入。他的詞描寫的內容，一大部分與歌妓之間的戀情、別思有關，其餘又多可以歸之於抒寫宦遊飄泊的「羈旅行役」之思，間或夾雜一些如〈鶴沖天〉詞的疏狂之作，如此而已，所以被評爲境界不高。張先詞作常題有詞序，也不見有專意詠物的作品。梅堯臣有〈蘇幕遮〉（露堤平）一詞，雖然是詠物，思想上仍是「憶王孫」的別離詞，不帶有更婉曲的深意。黨爭之後詠物詞相應地增多，如蘇軾、黃庭堅、李之儀、晁補之、陳師道、晏幾道、賀鑄、周邦彥等，都是箇中作手。以下略舉數位論之。

熙寧、元豐時期，風氣開始有所改變。在杭、密、徐州任上，蘇軾嘗試創作小詞，已有不少詠物之作。〔註32〕元豐三年謫黃之後，蘇軾的詠物詞裏添加了更多的意涵。他的好友章楶以〈水龍吟〉（燕忙

〔註32〕郭美美《東坡在詞風上的承繼與創新》第三章列出在杭州有五首，在徐、密有三首。臺北：文津出版社，1990年12月，頁55及66。路成文《宋代咏物詞史論》則謂蘇軾咏物詞有近50首，是北宋詞人中創作咏物詞最多的一位。北京：商務印書館，2005年12月，頁87。

鶯懶花殘）詠楊花，蘇軾和之，作〈水龍吟・次韻章質夫楊花詞〉而後出轉精，詞云：

> 似花還似非花，也無人惜從教墜。拋家傍路，思量卻是，無情有思。縈損柔腸，困酣嬌眼，欲開還閉。夢隨風萬里，尋郎去處，又還被鶯呼起。　　不恨此花飛盡，恨西園、落紅難綴。曉來雨過，遺蹤何在，一池萍碎。春色三分，二分塵土，一分流水。細看來，不是楊花，點點是離人淚。〔註33〕

這首詞一下子似乎在寫楊花，一下子又像在寫思婦，惝怳迷離，似沾黏又不滯，賦予楊花款款的柔情，將事物擬人化，的確是詠物詞的典範，開創了詠物的「離合」之法。〔註34〕路成文《宋代咏物詞史論》乃謂：

> 我們發現作者不是站在旁邊作客觀的觀察摹畫，而是讓自我潛入吟咏對象裏面，用心體察物之性情、神理。「我」完全化入對象物之中，與之爲一體。〔註35〕

把蘇軾修辭手法的內在理路剖析得很分明。有了這二篇「詠楊花」的嘗試，詠物詞逐漸受到創作者的青睞，蘇軾詠物詞極多，除了上面所舉楊花詞，還有如前文曾提到詠孤鴻的〈卜算子・黃州定惠院寓居作〉（缺月挂疏桐）及另一名篇〈西江月・梅花〉（玉骨那愁瘴霧），古今詞論皆以爲別有寄託。此外，其他諸多詠物詞，細究之，都可以探尋出一些端倪。如〈水調歌頭〉（昵昵兒女語），通篇在寫琵琶，卻也通篇在自喻其心。胡仔《苕溪漁隱叢話・後集》卷十：

> 《古今詩話》云：昵昵兒女語，……舊都野人曰：此詞句外取意，無一字染著，後學卒未到其閫域。……子瞻凡爲文，非徒虛語。「寸步千險，一落百尋輕」之句，皆自喻耳。〔註36〕

〔註33〕《全宋詞》（一），盤庚版，頁277。

〔註34〕吳帆在她的〈論蘇軾與宋人的詠物詞〉文中稱詠物的離合之法是由蘇軾所開創，見《文學遺產》2000年第三期，頁54。

〔註35〕路成文《宋代咏物詞史論》，北京：商務印書館，2005年12月，頁91。

〔註36〕《苕溪漁隱叢話・後集》卷十，《四部備要》，臺北：臺灣中華書局，

這段話，應該是指蘇軾在「寸步千險，一落百尋輕」之句裡，自比一身所遭遇的險惡，從這種推測看，又和黨爭脫不了干係。另一首〈定風波·紅梅〉(好睡慵開莫厭遲)是對石曼卿〈紅梅〉詩而發，但絕不止如此單純，朱德才即指出：「而梅品即人品。就中不無自我寫照意味。」〔註37〕又如〈賀新郎〉幽隱婉曲，若即若離，詞云：

> 乳燕飛華屋，悄無人、桐陰轉午，晚涼新浴。手弄生綃白團扇，扇手一時似玉。漸困倚、孤眠清熟。簾外誰來推繡戶，枉教人夢斷瑤臺曲。又卻是、風敲竹。　　石榴半吐紅巾蹙，待浮花浪蕊都盡，伴君幽獨。穠艷一枝細看取，芳心千重似束。又恐被、西風驚綠。若待得君來向此，花前對酒不忍觸。共粉淚、兩簌簌。〔註38〕

全首著意寫榴花，似又暗比女子心聲，但是諸家詞評沒有不將它引向別有寄意一方面去的。早在南宋的胡仔就揭出這一旨意。他說：「《古今詞話》云：……東坡此詞，冠絕古今，託意高遠，寧爲一娼而發耶！」〔註39〕這裏所說的「託意」，應該就是指向政治的聯想。故《唐宋詞概說》云：

> 至於東坡〈賀新郎〉(乳燕飛華屋)，……此詞表面上寫美人遲暮，且借詠物加以渲染，實則可能隱寓作者懷才不遇的坎壈之懷，譚獻《復堂詞話》云：「欲與少陵〈佳人〉一篇互證」，確爲知言。〔註40〕

古來大部分的學者都傾向於此看法，此處不過再加揭明而已。

黃庭堅的詞也多有相同的表現。他曾作〈虞美人·宜州見梅作〉：

> 天涯也有江南信。梅破知春近。夜闌風細得香遲。不道曉來開遍向南枝。　　玉臺弄粉花應妒。飄到眉心住。平生

1971年2月，頁3～4。

〔註37〕見《宋詞鑒賞辭典》，頁356。

〔註38〕《全宋詞》(一)，盤庚版，頁297。

〔註39〕見《苕溪漁隱叢話·後集》卷三十九，《景印文淵閣四庫全書》第1480冊，臺北：臺灣商務印書館，1983年3月，頁655。

〔註40〕丁放、余恕誠《唐宋詞概說》，合肥：安徽教育出版社，2002年12月，頁204。

箇裏頗杯深。去國十年老盡少年心。〔註41〕

路成文并舉出〈浪淘沙・荔枝〉謂:「此二詞一咏梅,一咏荔枝,是作者在特定情境下睹物生感、借題發揮創作的咏物詞,寄寓了較深的感慨,具有較強的現實針對性,是借物以咏懷的作品。」〔註42〕當然,這裏的「咏懷」,從「去國十年」一句可以充分體會其感慨政治無情的意涵。又另一首〈品令・茶詞〉(鳳舞團團餅),雖然較不容易直指有何寄託,但是詞中說「醉鄉路,成佳境」,似乎有李後主「醉鄉路穩宜頻到」的暗示。詞末還說「口不能言,心下快活自省」,何以「口不能言」?局勢不容許他發抒意見呀!「心下快活自省」,也不向人明示快活爲何?所省爲何?有心的讀者自然會聯想到他的身世上去。所以路成文對此評爲:「卻也隱約地傳達出宦海浮沉的人生感慨。」〔註43〕另外一位蘇門弟子晁補之也是詠物妙手,詞評家一論及詠物詞,一定會想到他的〈鹽角兒・亳社觀梅〉:

開時似雪,謝時似雪,花中奇絕。香非在蕊,香非在萼,骨中香徹。　　占溪風,留溪月。堪羞損、山桃如血。直饒更、疏疏淡淡,終有一般情別。〔註44〕

吳帆就直指此詞:

直用賦筆寄託被貶亳州通判時堅貞不移的情操。〔註45〕

方曉紅更指出晁氏此詞饒富音律之美,謂:

注重音律的和美、聲調的抑揚以及節奏的張弛有致,是詞的特點,也是詠物詞的特點。如晁補之的〈鹽角兒〉……每三句自成一節,不同於偶數詞段的平穩,顯得灑脱而俏皮,又兼入聲韻有力收煞,讀來有昂揚、激越的情調,新奇、脱俗的快意。〔註46〕

〔註41〕《全宋詞》(一),盤庚版,頁400。
〔註42〕路成文《宋代咏物詞史論》,頁99。
〔註43〕路成文《宋代咏物詞史論》,頁100。
〔註44〕《全宋詞》(一),盤庚版,頁559。
〔註45〕參見注33的吳帆文,頁53。
〔註46〕見方曉紅〈論詠物詞的歷史流程及藝術特色〉,《武漢大學學報》(哲

細看此詞，吳帆所解可謂一語見的，而方曉紅提出音律之美確也值得注意，但稱入聲具有「昂揚」情調，與「快意」相接，尚值得商榷。〔註47〕合觀上述二人之言，利用賦筆、寄託、音律變化的技巧寫作詠物詞，晁氏此作被看成了範本。從蘇軾一門都擅長寫詠物詞這特點來看，借詠物以託興無疑是集體的傾向。

同時的賀鑄作〈踏莎行〉（楊柳回塘）詞，也是詠物之什，其中有「斷無蜂蝶慕幽香，紅衣脫盡芳心苦。……當年不肯嫁春風，無端卻被秋風誤」句，即使標明在詠荷花，後人也以爲別有寄意。《宋代文學史》即謂：

> 這顯然是用比興手法寄託自己不肯隨世俯仰，以致落拓江湖的人生感慨。騷情雅意，寄興無端，花中儼然有作者之靈魂與人格在，是學屈原〈桔頌〉而得其神髓者。〔註48〕

賀鑄以二層轉喻之法，暗示了政治生涯的蹭蹬。似咏物而實託物起興，充分發揮了咏物詞婉轉屈曲、避免直諷的功效。

周邦彥的詠物詞更是北宋末最值得注意的一位，蓋寫作手法到他這裏已被開發得淋漓盡致。他的〈大酺・春雨〉（對宿煙收）詞，正以描寫春雨的「流潦妨車」，寄託他客居流落之慨。他的另一首〈花犯・梅花〉（粉牆低）詞，雖然以多角度正寫、側寫梅花，但意不止於詠物。黃蘇《蓼園詞選》以爲：「總是見宦跡無常、情懷落漠耳。忽借梅花以

社版），1994年第5期，頁111。

〔註47〕竺家寧《聲韻學》討論王粲〈登樓賦〉押韻轉至末尾用短促的入聲，謂：「聽覺上似乎讓人喘不過氣來，正象徵作者內心的焦迫與激動。」。竺氏自言此觀點取自黃永武《中國詩學》，考之該書論杜詩〈赴奉先詠懷〉和〈北征〉用入聲韻，謂：「更適合於表達他那沈痛、鬱悒的情緒。」則論者對方氏入聲「昂揚」、「快意」之說或當質疑，蓋二者並舉則近於欣喜之情了。竺氏《聲韻學》，臺北：五南出版社，1999年11月，頁17。黃氏《中國詩學・鑑賞篇》，臺北：巨流圖書出版社，1982年5月，頁191。

〔註48〕孫望、常國武主編《宋代文學史》，北京：人民文學出版社，2001年12月，頁336。

寫，意超而思永。」〔註 49〕《宋代咏物詞史論》比較蘇、周二人詠物之不同，指蘇軾的詠物詞：「物與人融合無間，『物』成了人格化的對象，反過來也可以說『人』化入了『物』。這是一種典型的『無我』之境。」而指出周邦彥的詞：「詠物詞不單純是爲文詠物，而是更多地借詠物以傳達刻骨銘心的悲歡離合之情、羈旅行役之感。」〔註 50〕又指出周氏是「有我」的境界，舉〈六醜・薔薇後作〉爲例而作了說明。詞云：

> 正單衣試酒，悵客裏、光陰虛擲。願春暫留，春歸如過翼。一去無跡。爲問花何在，夜來風雨，葬楚宮傾國。釵鈿墮處遺香澤。亂點桃蹊，輕翻柳陌。多情爲誰追惜。但蜂媒蝶使，時叩窗槅。　東園岑寂，漸蒙籠暗碧。靜繞珍叢底，成歎息。長條故惹行客，似牽衣待話，別情無極。殘英小、強簪巾幘。終不似一朵、釵頭顫裊，向人欹側。漂流處、莫趁潮汐。恐斷紅、尚有相思字，何由見得。〔註 51〕

此詞是借著傷春的主題，述說人與花相戀相惜之情，其中自有歎惜年華逝去，無限惆悵的感慨。所詠諸多的「物」似乎都有意識、都有感情，事實上，全是作者感情借物投射出來，好像萬物在爲他抒情般地纏綿悱惻。以上蘇、周二人詠物的方式不同，表現的情感有「旁觀」與「當局」之異，但周邦彥雖當局而不迷，這所以是他更高一著的地方。

詠物詞之初起，本來或許無意一定要託意寄興，卻開了一條可資利用的路，讓那些多才的詞人，在絞盡腦汁爲這類「詠物詞」增添色彩時，恰有鬱積已久、不得不吐的情懷，因託物以起興。北宋後期六十年翻攪不已的政治局勢，正是引起這種情懷的主導力量。詠物詞在字面上是精雕細琢的，它的抒懷方式是婉轉深微的，但詞人卻往往是顧左右而言他，寄意於或有或無之間。善於詠物的詞人賦予「詠物詞」以嶄新的生命，並且還啓迪了南宋的繼承者，使「詠物詞」成爲南宋詞人在寫作中託物言志的最佳管道。

〔註 49〕見《詞話叢編》第四冊，頁 3085。
〔註 50〕路成文《宋代咏物詞史論》，頁 105。
〔註 51〕《全宋詞》（二），盤庚版，頁 610。

第二節　豪放詞風的匯入與茁壯

本文第三章曾述及北宋前期詞風中有些作品或多或少呈現出豪放的傾向，如范仲淹、張先、李冠、尹洙、蘇舜欽、沈唐、蔡挺、王安石等人，他們偶有作品略具豪放風味，然不能形成個人的風格，也不足以帶動風潮。柳永詞的風格大抵趨於卑靡，但是他敢突決傳統文雅的束縛，本文稱之爲豪放的另一種表現，〔註 52〕後來蘇軾或許從他這邊獲得一點啓發。文學作品所以造成豪放的風格，一方面可能根於作者的天性，另一方面又是由於社會環境刺激、壓迫之下的反應。以下分兩方面敘論豪放詞所反映的內涵：一以抒寫曠達自適的心境，二以反映壯志難伸的鬱悶。

一、抒寫曠達自適的心境

縱觀此時期，在豪放大面向下，能眞正歸入於曠達自適一格的，大約只有蘇軾此人。蘇軾喜歡拿自己與柳永作比較，一面是把柳永當作假想的對手，一面試圖擺脫柳永的影響力，而他最自豪的大概就是他開拓了往豪放方向走的這條路。蘇軾在給鮮于子駿（侁）的一封信裡說：

> 近卻頗作小詞，雖無柳七郎風味，亦自是一家。呵呵！數日前獵於郊外，所獲頗多。作得一闋，令東州壯士抵掌頓足而歌之，吹笛擊鼓以爲節，頗壯觀也。寫呈取笑。〔註 53〕

他說「雖無柳七郎風味」，用一「雖」字，似乎有一點遺憾，但稱「亦自是一家」，實際上也建立起了自尊。他以「頗壯觀」自豪，而且要自別於柳永，看得出他想擺脫柳永的影響。俞文豹《吹劍續錄》也記載道：

〔註 52〕柳永也寫過〈一寸金〉（井絡天開）、〈永遇樂〉（天閣英游）、〈瑞鷓鴣〉（吳會風流）、〈雙生子〉下片等數首「頗爲恢宏的詞作」。見注 2 劉乃昌文中所述。

〔註 53〕《蘇軾全集・文集》卷五十三〈與鮮于子駿〉三首之二，上海：上海古籍出版社，2000 年 5 月，頁 1754。

東坡在玉堂，有幕士善謳歌，因問：「我詞比柳詞何如？」對曰：「柳郎中詞只好十七八女孩兒，執紅牙拍板唱『楊柳岸，曉風殘月』。學士詞須關西大漢，執鐵板唱『大江東去』。」公爲之絕倒。〔註 54〕

由「公爲之絕倒」一語來看，似乎有些兒諧謔的成分，但看來蘇軾並不反對這位幕士的見解，還有一點得意的味道。這麼說來，東坡也必然自己覺得詞風與柳七不同，同時也承認風格上有上述雄放、柔婉之分，正說明他有欲自別於柳永的意識，才會「爲之絕倒」。他不但想自別於柳七，而且還不滿於柳七風格，宋黃昇《花庵詞選》卷二〈永遇樂・夜登燕子樓夢盼盼因作此詞〉附注云：

後秦少游自會稽入京，見東坡。坡云：「久別當作文甚勝，都下盛唱公『山抹微雲』之詞。」秦遜謝。坡遽云：「不意別後，公卻學柳七作詞。」秦答曰　：「某雖無識，亦不至是。先生之言無乃過乎？」坡云：「『銷魂當此際』，非柳詞句法乎？」秦慚服，然已流傳，不復可改矣。〔註 55〕

東坡提出「銷魂當此際」作爲柳七詞風的代表，而大爲不滿，秦觀也「慚服」，顯示一門師生都不以柳永風格爲然。從許多記載裡我們可以得知，柳永的詞被若干詞人視之爲「骫骳從俗」。〔註 56〕其實柳永敢於突破士大夫傳統，勇於改變雅風，走上了「俗風」，也不是一般人所能爲、所敢爲的。蘇軾想要擺脫柳永，難道又要沿襲晏、歐的雅風，重回溫文儒雅的婉約詞風中去嗎？不然，蘇軾要「自是一家」，他不但擺脫柳七，更想自創一格；他不是要對抗晏、歐，卻站在他們二位的肩頭上，再向上出一頭地。所以胡寅〈題酒邊詞〉說：

柳耆卿後出，掩眾製而盡其妙，好之者以爲不可復加；及眉山蘇氏，一洗綺羅香澤之態，擺脫綢繆宛轉之度，使人

〔註 54〕《宋人劄記八種》所輯《吹劍錄・續錄》第一條，臺北：世界書局，1963 年 4 月，頁 38。

〔註 55〕《花庵詞選》卷二之十一〈永遇樂〉後之附注，《景印文淵閣四庫全書》第 1489 冊，臺北：臺灣商務印書館，1983 年 3 月，頁 326。

〔註 56〕本文第一章第二節已有詳述。

> 登高望遠，舉首高歌，而逸懷浩氣，超然乎塵垢之外。於是花間爲皀隸，而柳氏爲輿臺矣。〔註 57〕

胡寅所謂的「使人登高望遠」，就是本文所指的「站在前人肩頭上」所創造出來的成果。蘇軾所以能開創詞學的新局，固然是詞壇上諸多前輩披荊斬棘，集體累積出來的豐富資產，讓蘇軾可以隨意採擇和驅使。但是，蘇軾本著得之於天的才華，才是讓他可以獨領風騷的眞正的憑藉，否則以宋代當代文人一般文化素養之高，與蘇軾一樣博學的人也必不在少數，而論及開創的能力，卻鮮有人能及得上他。此外，他在政治上極端騰達與蹭蹬的離奇遭遇，以及遍及大江南北的遷徙經歷，使他寫作的素材不虞匱乏。也就是因爲有了以上多方面的條件，方造就了他開創詞風的種種契機。

我們要特別注意他那強烈地獨創一格的雄心，他天生具有一股豪氣，和柳永某種衝決的豪氣相彷彿，然而二人的「志意」不同，使一趨於「俗豔」，一趨於「雄逸」。而所謂「逸懷浩氣」的「逸懷」就是「比雅更雅」、「比雅更超越」的志趣懷抱。〔註 58〕至於他的「浩氣」所指爲何？今人胡遂特闢〈論蘇詞主氣〉一文以論之，主張：

> 而蘇軾於詩詞中所涵茹吞吐的「千丈氣」，則不僅包括了「憂愁不平氣」與「浩然之氣」，也包括了超塵逸俗的清虛放曠之氣。〔註 59〕

可見得是天生秉賦和後天的激發養成構成蘇軾「逸懷浩氣」的表現，由這兩方面的結合，使得作品就具有了豪放的風格。本文在第三章曾經討論「豪放」風格的定義，並採取廣義的觀點。在此特別要指出蘇

〔註 57〕見毛晉輯《宋六十名家詞》冊二《酒邊詞》序，臺北：臺灣中華書局，1970 年 6 月，頁 1。

〔註 58〕葉嘉瑩在〈論蘇軾詞〉一文中說：「『用世之志意』與『超曠之襟懷』原是蘇軾在天性中所稟賦的兩種主要特質。」柳永的志意由詞作中不容易得出「報國用世」之類的思想，二人的豪氣乃往不同的方向發展。葉氏所指出的「超曠之襟懷」正是胡寅所謂的「逸懷」。《靈谿詞說》，頁 196。

〔註 59〕胡遂〈論蘇詞主氣〉，《文學評論》1999 年第 6 期，頁 55。

詞的「逸懷」，就是不受限於定格的胸懷，屬於廣義豪放的「個性」特徵，這個特徵正是讓他的詞愈出愈新、愈出愈奇的可貴之處。蘇軾〈與陳季常〉十六首之十三說：

> 又惠新詞，句句警拔，詩人之雄，非小詞也。但豪放太過，恐造物者不容人如此快活。一枕無礙睡，輒亦得之耳。〔註60〕

又他的〈書吳道子畫後〉評論吳的繪畫技藝說：

> 出新意於法度之中，寄妙理於豪放之外。〔註61〕

他自己論詞、論藝術就有偏於「豪放」的傾向，前人將蘇詞列爲「豪放」這一風格，幾乎已經成爲定論。但是在這裏要辨明的一點，即「豪放」是蘇軾諸多風格中的一種，〔註62〕蘇詞的主體風格應該是「曠」、「適」，這也是他後半期創作新詞所採取的心境。劉揚忠在《唐宋詞流派史》中指明道：

> 他本人遭遇坎坷，成爲北宋中後期黨爭的犧牲品，南遷北徙，幾十年恓恓惶惶，保命延生之不暇，思想極爲矛盾和痛苦，只能託跡於老莊與禪學，力追陶潛的超逸與靜穆，以求心安與解脫。……自他移官密州……時，就已開始消滅豪氣，遁向曠達一路了，以後的半輩子更少「豪放」而更多「清曠」。……有學者結合宋代歷史環境和蘇軾的人生經歷與思想變化，把蘇軾複雜的文化性格描述成一個由「狂、曠、諧、適」組成的完整系統。〔註63〕……曠與適是帶有本質特徵的，是蘇軾性格系統中佔據主導地位的方面。〔註64〕

〔註60〕《蘇軾全集・文集》卷五十三，頁1761。

〔註61〕《蘇軾全集・文集》卷七十〈書吳道子畫後〉，頁2190。

〔註62〕王保珍《東坡詞研究》舉出有豪放風格者二十一首，朱靖華〈蘇軾的豪放詞及其在詞史上的地位〉一文統計約三十首，皆不足全部作品的十分之一。見王保珍《東坡詞研究》，臺北：長安出版社，1987年，頁57～63。朱靖華〈蘇軾的豪放詞及其在詞史上的地位〉，《徐州師院學報》，1985年第一期，頁51～56。

〔註63〕案此學者指王水照，詳見〈蘇軾的人生思考和文化性格〉一文，《文學遺產》1989年第五期。

〔註64〕劉揚忠《唐宋詞流派史》第四章，頁253。

這一段話將東坡詞風格的轉變作了概述，正如上一章提到蘇軾各期詞風面貌各異，本文以爲「超逸曠達、解脫自適」才是他後期風格的特徵，我們現在僅就較早期豪放這一層面來談談蘇軾所開拓的局面。

蘇詞的放，葉嘉瑩〈論蘇軾詞〉，認爲不無受歐陽修氣度的影響。並謂：

> 而蘇之放則往往是具有一種哲理之妙悟式的發自內心襟懷方面的曠放。〔註65〕

這種曠放的襟懷，應該是本之於個人氣質，但是個人氣質也不能免於受他人的影響，尤其是師徒之間，常有某些非由口授、只憑心傳，在日常生活之中無形感染而來的門派氣息。這一點，葉嘉瑩在〈論蘇軾詞〉一文中就明確地指出：

> 蘇軾之開始寫詞，……蘇軾都還免不了有一些學習模倣和受到別人影響的痕跡，而其中最值得一提的，則是歐陽修和柳永。原來早在我們寫〈論歐陽修詞〉一篇文稿時，在結尾之處便已經引過馮煦之《蒿庵論詞》的話，說歐詞「疏儁開子瞻」。〔註66〕

歐對蘇的影響是無可否認的，但是歐公的「疏雋」是詞中興味上的「疏雋」，他所描寫的事物以及遣詞，在場面上（視覺空間上）或時間的長度上都是比較侷限的，他的「疏雋」全在詞文之外，全在那悠悠不盡的興味上。就拿歐公的〈采桑子〉詞來看，所述之景，不過是穎州西湖一地，所記的時，和歷史上任何大事件都扯不上關係。但是卻「充分表現了歐陽修對美景良辰的銳感多情和善於遣玩的豪興，但透過他的遣玩豪興以外，我們卻也能隱約體會出歐陽修一生歷盡仕途滄桑以後的一種交雜著悲慨與解悟的難以具言的心境。」〔註67〕蘇軾不但感染了這種氣氛，還加上了他一生起落不定、天差地別的榮辱遭遇，就讓這種豪興變本而加厲，使豪放詞風在他手中發揚蹈厲了起來。今人青原在〈東坡詞

〔註65〕見葉嘉瑩、繆鉞《靈谿詞說》，頁198。

〔註66〕同上注，頁196。

〔註67〕葉嘉瑩〈論歐陽修詞〉，《靈谿詞說》，頁108。

與唐宋美學風尚的轉變〉一文中曾對蘇軾詞的豪放加以分析：

> 蘇軾豪放詞的意境，多選擇在空間上無限延伸，在時間上變化迅速的意象來構成。往往以廣大的場面、驚人的速度，來表現一種動態的、壯闊的美。〔註 68〕

清楚說明了蘇軾的豪放風格，不但創造了詞面上的震撼，重要的是境界上的開拓。如〈鵲橋仙・七夕送陳令舉〉「客槎曾犯，銀河波浪，尚帶天風海雨」的迴出眾多淒美詞之外的海天袤境；或如〈江神子・密州出獵〉「西北望，射天狼」的殄敵報國壯志。也開創出解脫苦難之後的灑脫境界，如〈定風波〉（莫聽穿林打葉聲）「也無風雨也無晴」的等齊是非觀點。此外，還跳脫現世而常將古今人物與情境鎔鑄爲一，使詞境豁然開朗，有俯瞰古今長河，高邁獨往的大氣度；如〈念奴嬌〉（大江東去）的以歷史人物、場景爲襯墊，其實卻是在自述情懷的大開大闔作風。豪放詞到他手中，可以說已經是局面全開。對於其豪放詞的詳細說解，前人論之已多，不煩多舉。此處僅提出他的詞學主張和詞風影響，以揭明他在黨爭時期詞風所以轉變的關鍵性地位。

二、反映壯志難伸的鬱悶

蘇軾詞作中沉鬱風格者多是在政治失意期的初期顯現，很快地，又轉化入曠適的境界。如前一章所錄〈沁園春〉（孤館青燈），即在熙寧七年（1074）赴密州任上所作，大概他認爲去個小山城不能發揮所長，故在詞中寫到「用舍由時，行藏在我，袖手何妨閒處看。身長健，但優遊卒歲，且鬥樽前」。以頹廢的語氣抒發他滿腹的牢騷。到了山城一年，與地方人士會獵，寫了一首〈江神子〉，豪情壯志又浮現出來。元豐二年「烏臺詩案」之後，一時壯志消沉，寫〈水龍吟・次韻章質夫楊花詞〉以託喻，詞意較婉約，後文將論之。又在〈西江月〉（世事一場大夢）中抒發貶謫的淒楚，情調低迷。在黃州時期，能反映壯志難伸的鬱悶又

〔註 68〕青原〈坡詞與唐宋美學風尚的轉變〉，《山西師大學報》1987 年 3 期，頁 68。

具有豪放風格的，大概可以舉〈念奴嬌・赤壁懷古〉爲代表：

> 大江東去，浪淘盡、千古風流人物。故壘西邊，人道是，三國周郎赤壁。亂石穿空，驚濤拍岸，捲起千堆雪。江山如畫，一時多少豪傑。　　遙想公瑾當年，小喬初嫁了，雄姿英發。羽扇綸巾，談笑間、強虜灰飛煙滅。故國神遊，多情應笑，我早生華髮。人間如夢，一尊還酹江月。〔註 69〕

雖然詞中開篇即寫江山之勝狀，氣象宏大，憶起了古代在此創下不朽功業的英雄人物周瑜。但近歇尾處突然一轉，這些事蹟已是神遊中事，古今都如夢幻，似有無限感慨。故李秉忠論及此詞的眞義是：「蘇軾在與年少有爲的古代英雄周瑜的對照之下，深感自己年近半百，功業無成，反遭貶謫，因而發出感歎。這裏隱含著不安於現狀和有志難伸的憤激之情，其追求功業的豪邁心情仍然是掩蓋不住的。」〔註 70〕此外，另一首〈水調歌頭〉也是一個重要指標：

> 昵昵兒女語，鐙火夜微明。恩怨爾汝來去，彈指淚和聲。忽變軒昂勇士，一鼓塡然作氣，千里不留行。回首暮雲遠，飛絮攪青冥。　　眾禽裏，眞彩鳳，獨不鳴。躋攀寸步千險，一落百尋輕。煩子指間風雨，置我腸中冰炭，起坐不能平。推手從歸去，無淚與君傾。〔註 71〕

此詞雖然字面上寫琴曲，似乎是聽琴之後受了感動而欲墮淚，然淚早已流盡。其實豈止爲區區此事而已，暗中寄託了無限的悲慨，將謫居黃州的鬱悶都化成了滿腔悲憤，但又不敢太過於顯露，故借琴寫心。這類的詞風在蘇軾的詞裏佔了一部分的分量，但他天性放得開，常常在一陣沉鬱之後又跳脫出去，寫出了更多的曠適詞。

歐、蘇師徒本以豪興相染，蘇軾的豪興也自然地感染到他的學生，一是黃庭堅，一是晁補之。但是這二人又各自發展出不同的面貌，

〔註 69〕《全宋詞》（一），盤庚版，頁 282。

〔註 70〕李秉忠〈也論宋詞的「豪放派」與「婉約派」——兼評吳世昌先生等人的觀點〉，《山西師大學報》（社會科學版），1988 年第 1 期，頁 41。

〔註 71〕《全宋詞》（一），盤庚版，頁 280。

黃庭堅的豪興不屬於脫離人境的超逸懷抱，而是在人境中自闢天地的抗俗情懷。如他的〈水調歌頭〉：

瑤草一何碧，春入武陵溪。溪上桃花無數，枝上有黃鸝。我欲穿花尋路，直入白雲深處，浩氣展虹霓。祇恐花深裏，紅霧濕人衣。　坐白石，倚玉枕，拂金徽。謫仙何處，無人伴我白螺杯。我爲靈芝仙草，不爲絳脣丹臉，長嘯亦何爲。醉舞下山去，明月逐人歸。〔註72〕

此詞前片欲於人境中另覓桃花源，「但『只恐』以下忽作頓挫，轉而感嘆此境之不盡如人意，透露出嚮往與疑慮、超脫與留戀的人生矛盾。」〔註73〕下片「我爲靈芝仙草，不爲絳脣丹臉」，是自喻清高不願媚俗之意，結句乃述自得其樂之態。繆鉞〈論黃庭堅詞〉認爲：

此詞不知何時所作，但是寫出了黃庭堅瀟灑超逸，卓然自異，不同流俗的襟懷，與東坡有相近之處。〔註74〕

此處謂山谷的襟懷與東坡有近似之處，想來免不了是受其師的影響。不過，山谷的取向是明示「我自具傲骨」，有著暗中與政治壓力抗爭的意味，其實是帶有極明顯的鬱悶情緒。另一首〈鷓鴣天〉寫道：

黃菊枝頭生曉寒。人生莫放酒杯乾。風前橫笛斜吹雨，醉裏簪花倒著冠。　身健在，且加餐。舞裙歌板盡清歡。黃花白髮相牽挽，付與時人冷眼看。〔註75〕

詞意比上舉〈水調歌頭〉更加顯露，不是自造幻想的境界，而是在現實世界故意違俗，不在乎時人的冷眼相看。他的意圖相當的明顯，我在現世裡就是不妥協，時人能夠奈我何？全然顯示出一派硬骨嶙峋、脫出常態的豪放，但「意氣倔強」的抗爭意味甚強烈，想來是他受迫害之後的反彈。與東坡的脫塵超逸，讓常人望塵莫及、空企歎息的超曠豪興已自有別。

〔註72〕《全宋詞》(一)，盤庚版，頁386。
〔註73〕見黃寶華撰《黃庭堅詩詞文選評》，頁182。
〔註74〕《靈谿詞說》，頁274。
〔註75〕《全宋詞》(一)，盤庚版，頁394。

晁補之論詞自有心得，既堅持詞要「當行」，卻又推崇東坡詞「橫放傑出」，〔註 76〕看得出他主張填詞可以兼容並蓄。所以他的詞自然也吸納了「豪放」的風格。他的〈洞仙歌・泗州中秋作〉云：

> 青煙冪處，碧海飛金鏡。永夜閑堦臥桂影。露涼時，零亂多少寒蠻。神京遠，惟有藍橋路近。　水晶簾不下，雲母屏開，冷浸佳人淡脂粉。待都將許多明，付與金尊，投曉共、流霞傾盡。更攜取、胡床上南樓，看玉做人間，素秋千頃。〔註 77〕

胡仔於其《苕溪漁隱叢話》中謂：「中秋詞自東坡〈水調歌頭〉出，餘詞盡廢。」〔註 78〕卻對晁的中秋詞頗爲欣賞，而謂：

> 凡作詩詞，要當如常山之蛇，救首救尾，不可偏也。如晁无咎作中秋洞仙歌辭，其首云：「青煙冪處，碧海飛金鏡。永夜閑階臥桂影。」固已佳矣。其後云：「待都將許多明，付與金樽，投曉共流霞傾盡。更攜取胡床上南樓，看玉做人間，素秋千頃。」若此可謂善救首尾者也。〔註 79〕

這裡所謂善救首尾，是指晁无咎在開頭起得清曠，結尾若不能對應，則會失之虛弱，而他果能在結尾振起，故稱「善救首尾」。楊海明則稱此詞結句「看玉」二句「正與他詩中『胸中正可吞雲夢，盞底何妨對聖賢』一樣，傾瀉出一派磊落坦蕩之氣，其風格是相當開闊宏大的。」〔註 80〕從此詞的表現，可以看出晁補之的豪放沾染著其師的氣息，具有超曠的風格。但他一生的遭遇，雖然也和其師相似，心底的鬱悶還是隱藏不了，我們看他的〈摸魚兒〉中「青綾被，莫憶金閨故步，儒

〔註 76〕在《能改齋詞話》卷一〈黃魯直詞謂之著腔詩〉條中謂：「蘇東坡詞，人謂多不諧音律，然居士詞橫放傑出，自是曲子中縛不住者。」刊於《詞話叢編》第一冊，頁 125。

〔註 77〕《全宋詞》（一），盤庚版，頁 582。

〔註 78〕胡仔《苕溪漁隱叢話》〈晁次膺綠頭鴨〉條，刊於《詞話叢編》第一冊，頁 174。

〔註 79〕《苕溪漁隱詞話》卷二〈作詞要善救首尾〉條，刊於《詞話叢編》第一冊，頁 175。

〔註 80〕見楊海明《唐宋詞史》，頁 386。

冠曾把身誤。弓刀千騎成何事？荒了邵平瓜圃」的牢騷，就是對報國初志破滅，即使幸而閑居，心中也尚有不平之氣的具體顯現。從另一個角度看，這種憤懣的心態使詞風表面上壓抑，而內涵上卻更加地澎湃，豪興愈加噴薄。故《四庫全書總目提要》指出：

然其詞神姿高秀，與軾實可肩隨。〔註 81〕

早已經提出晁詞和蘇詞詞風相近的看法，故今人多沿襲此觀點而引申論之。

另一位詞人賀鑄，一生屈居下僚，對當時的政治局勢的黑暗有切身的體驗，在他的作品裏時時抒發著英雄失路的苦悶，如〈陽羨歌（踏莎行）〉：

山秀芙蓉，溪明罨畫。眞游洞穴滄波下。臨風慨想斬蛟靈，長橋千載猶橫跨。　　解組投簪，求田問舍。黃雞白酒漁樵社。元龍非復少時豪，耳根清淨功名話。〔註 82〕

詞文似乎在說隱居的美好，鄙薄功名，其實暗藏壯志難酬的憤慨。「臨風慨想斬蛟靈，長橋千載猶橫跨」就是豪情猶在的示意，而「解組投簪，求田問舍」意同於「君言不得意，歸臥南山陲」的消極心態。最後的「元龍非復少時豪，耳根清淨功名話」一句，卻充滿了憤慨牢騷的情緒。他寫這首詞的時候正是北宋政治最衰敗的徽宗朝，黨爭已經到了絕對化的時期，國家也到了瀕臨崩解的關頭，賀鑄不但自歎命途多蹇，可能慨歎的更是國家前景的堪憂。故《唐宋詞概說》乃稱：「賀鑄的詞風格奇崛，色彩斑爛，穠麗與雄奇兼備，合陽剛與陰柔為一冶，集婉約與豪放於一身。」〔註 83〕

至於周邦彥詞，前人以「沈鬱頓挫」為其主要風格，〔註 84〕其

〔註 81〕《四庫全書總目提要》第六冊，臺北：藝文印書館，1997 年 9 月，頁 4147。

〔註 82〕《全宋詞》（一），盤庚版，頁 507。

〔註 83〕丁放、余恕誠《唐宋詞概說》，頁 267。

〔註 84〕陳廷焯《白雨齋詞話》之〈詞至美成乃有大宗〉條謂「然其妙處，亦不外沈鬱頓挫」，《詞話叢編》第四冊，頁 3787。

實他也善於「以健筆寫柔情」，是寓有豪健之概的。韓經太認爲清眞詞有承自東坡詞風的一面，即「東坡欲造之境恰是周詞能造之境」，東坡欲造之境「正在軟媚中自饒高健氣格」。〔註 85〕這是清眞詞對蘇詞風格的改造，豪放詞風到此又是一變。但如前所述，周氏雖屬新黨，卻不願意攀附夤緣，每每憂慮時勢，他的健筆還帶著沉鬱的特質，在豪健之中帶有含蓄自矜的氣息。

北宋這段時期逐漸開拓的豪放詞風，前有所承，後有所繼，卻獨獨在此期成爲詞學發展諸多特殊現象之一。我們從這一類詞所寫作的時間、地點以及情境來推斷其寫作動機，自不得不將政治的因素列爲第一考慮。蓋這些詞人身爲官宦，又捲入新舊黨爭的漩渦中，從以上所舉出的詞作看得出，一部分是用世志意初顯而躍躍欲試的情境，一部分是處於黨爭失勢謫宦困窮狀態之下所表露的抑鬱心態。歸納豪放詞的生發過程，第一階段是詞人初入宦途，用世志意昂揚的時期；其題材多以生民爲念，以安邦定國、致君堯舜爲主題，表現出豪氣干雲、雄渾勁健的格調。第二階段是遭逢挫折，有志難伸，牢騷滿腹的時期；其題材多以古今人物、事蹟作比譬，其手法多託物以寄興，表現出蓊勃鬱塞、悲壯蒼涼的格調。第三階段是轉而欲求解脫的時期，題材內容多以悟解哲理、另闢桃源爲主，表現出超曠、自適的格調。這三個階段的三種表現，風格雖有差異，然而總的方向可以歸入廣義的豪放風格之下。綜觀以上的討論，豪放詞的蓬勃發展，和述志文學起著絕對的關係，清楚地反映了黨爭時期士人壯志難伸的鬱悶心態。

第三節　婉約詞風的深化

「婉約」一詞，常被拿來與「豪放」相對稱，以表示文學風格的

〔註 85〕「以健筆寫柔情」出於龍榆生〈清眞詞敘論〉：「清眞詞之高者，如〈瑞龍吟〉……之篇，幾全以健筆寫柔情。」又韓氏語見〈宋詞：對峙中的整合與遮蔽中的偏取〉一文，《文學評論》1995 年第 5 期，頁 132。

一類，最早提出宋詞有這二大類對比風格的是明代張綖，第一章已引全文。這二大類分法，學者有許多不同的批評意見，不過一般人用這種二分法去觀察詞，可以得到印象上的方便。至於談到將風格分別得更細，則是對不同的作家、不同的派別或作家個人多樣的表現，有必要區分時，學者自會作更詳細的討論。本節只先就「婉約」一格在黨爭時期的深化，作一詳細的探討。

楊成鑒在其《中國詩詞風格研究》一文中，曾對「婉約」風格作這麼一個解析：

> 沈約說：「好詩圓轉如彈丸。」這就是婉約，它屬於陰與柔性美的範疇。它首先需要作者較高的藝術素質，深邃而平靜的性格，一定的政治涵養，冷靜的頭腦，深刻細緻的觀察能力，溶合表現在作品中，使它具有深湛、纏綿的感情，流暢而清麗的語言，深遠的意境，含蓄、委婉的表現手法，婉麗幽深的藝術形象，藉以表現作者的思想感情。〔註 86〕

這一段定義主要從四方面做界定：（一）作品的質地。（二）作者的涵養。（三）作品的表現手法。（四）作品的語言所表現出的藝術形象和意境。余傳棚《唐宋詞流派研究》舉出《四庫全書總目・東坡詞提要》所稱「詞自晚唐五代以來，以清切婉麗爲宗」一義，主張「婉約派主導風格是清切婉麗」，他所謂的「婉」是指「偏尚比興，長於借景抒淸，託物寓意，亦顯亦隱，積味含韻，重曲達，輕直陳。」〔註 87〕又劉揚忠《唐宋詞流變史》也舉王國維《人間詞話刪稿》所言：「詞之爲體，要眇宜修，能言詩之所不能言，而不能盡言詩之所能言。詩之境闊，詞之言長」，而認爲：「就是概括說明詞之以陰柔美爲尙的藝術特徵的。」〔註 88〕

從以上諸說總合言之，「婉約」風格：（一）從質地上看，是陰柔

〔註 86〕《中國詩詞風格研究》，頁 78。
〔註 87〕余傳棚《唐宋詞流派研究》，武昌：武漢大學出版社，2004 年 6 月，頁 65。
〔註 88〕劉揚忠《唐宋詞流派史》，福州：福建人民出版社，1999 年 2 月，頁 7。

的，富於女性美。（二）所表現出的語辭特色要清麗；從語言表現的方式上看，必須是婉曲的，即司空圖《詩品》〈委曲〉品所謂「似往已迴，如幽匪藏」的含蓄委婉而仍能達意的表現方式。（三）其意境則要幽約深遠，就是既要詞意幽隱，又要有極深遠的想像空間。

在前一節的論述中，提出「豪放詞風」異軍突起是政爭轉趨激烈下的產物，詞人因爲個性之異，剛烈者則發出抗爭的違俗之音，如黃庭堅者就是；曠達者發展出解脫自得之境界，如蘇軾者即是；不平者多發出悔入仕途、早圖歸計的歎息，如晁補之者即是。然而在諸多不同的反應風格中，卻有一種相通的寫作風格，是眾多詞人不能擺脫，又共同浸染、共同推波助瀾的，那就是使詞學蔚爲大國，並建立起詞學特質的「婉約風格」。「詩莊詞媚」〔註 89〕之說雖起於後代，但是詞的婉約特性，早已被諸詞人在潛意識裏認同。今人趙梅認爲前人意象群本來剛柔並用，到了詞人手中卻有所偏移，作了「柔化」的處理，後面作小結：

> 所以說，古代詩歌發展到了唐宋詞，原本剛柔兼蓄的意象群開始「分流」，而流入詞中的，正是那些偏於輕靈、纖巧、柔麗、婉約的意象們。其次，詞人有意無意地對傳統意象進行了一番「柔化」處理。〔註 90〕

所以有意無意地對傳統意象進行「柔化」處理，原因出之於詞生發的場合、歌詞的演唱者和歌詞內容所要描寫的對象和事件，無一不是和女性氣質、溫婉氣氛有關。故歐陽炯在〈花間集序〉中公開宣稱：

> 則有綺筵公子，繡幌佳人，遞葉葉之花牋，文抽麗錦；舉纖纖之玉指，拍按香檀。不無清絕之辭，用助嬌饒（一作「嬈」）之態。自南朝之宮體，扇北里之倡風。何止言之不

〔註 89〕王又華《古今詞論》所錄〈李東琪詞論〉：「李東琪曰：……詩莊詞媚，其體元別。然不得因媚輒寫入淫褻一路。媚中仍存莊意，風雅庶幾不墜。」《詞話叢編》第一冊，頁 606。

〔註 90〕〈關於詞的本體論思考——從意象出發〉，《宋代文學研究叢刊》第三期，1997 年 9 月，頁 431。

文，所謂秀而不實。……因集近來詩客曲子詞五百首，分爲十卷。〔註91〕

從這裡看詞是應歌的歌詞，它的源頭起自於宮體，所寫作的內容多是些「清絕之辭」，用途則是「用助嬌饒之態」。那麼詞的體質出身，一開始就已決定和女性美脫離不了關係，詞的風格特徵和傳統觀念中的女子婉約特質也一直牽扯在一起。

如前面數章所述，晚唐、西蜀發展出的詞風，一路延續至宋初的百年，雖然經過晏、柳、歐等大家的染指，而婉約的詞風依舊是主流，少數其他風格的發展，不足以改變這個長河的流向。至蘇、黃等人另外開拓豪放、清曠、兀傲等詞格，使詞學的長河更加的豐富而盛大，婉約的詞風不但不稍衰減，反而有越加深掘的成果湧現。即如蘇軾雖登高一呼，打開詞境，他的婉約詞卻比前人寫得更加地婉麗、深摯；又如秦觀詞風本以婉約爲主，乘時運之便又將詞境開拓得更深遠，筆法更細膩，是最具有「詞心」的人。以下討論詞人如何營造婉約風格，使宋詞終於成爲一代文學的表徵。

一、以比興寄託之法營造幽約深遠的境界

蘇軾詞風並不局限在豪放一格，今人對此已經多方揭明，〔註92〕以下本文特別要討論其婉約詞寫作手法精微要眇之所在。蘇軾〈少年遊・潤州作，代人寄遠〉云：

去年相送，餘杭門外，飛雪似楊花。今年春盡，楊花似雪，猶不見還家。　對酒卷簾邀明月，風露透窗紗。恰似姮娥憐雙燕，分明照、畫樑斜。〔註93〕

詞意簡約，有《花間》餘意。文中起首以今天、去年對比，先顯出時

〔註91〕據《宋本花間集》，臺北：藝文印書館，1969年8月，頁1。

〔註92〕唐玲玲《東坡樂府研究》討論東坡詠物詞稱：「這些風格清麗婉約的詞篇，表現出詞的陰柔美，有史的證實蘇詞的藝術風格是多樣的，不僅僅是一代豪放派詞宗。」成都：巴蜀書社，1993年2月，頁140。

〔註93〕《全宋詞》（一），盤庚版，頁288。

序的遞進和易逝，再以「雪似楊花」遞變爲「楊花似雪」，不但使詞面意義變化，更使詞境再轉生一層，饒具婉轉的興味。這一首尚是初期作品，到了黃州謫居期，境界越加深遠，如他所作的〈卜算子・黃州定惠院寓居作〉詞，雖有以「王氏女子」事附會的（如吳曾《能改齋漫錄》卷十六、袁文《甕牖閒評》卷五、王楙《野客叢談》卷二十四等所記）。其他卻有更多評家認爲此詞表面寫鴻雁，其實另有寄託，諸家指向，無不將詞裡隱含的言外之意歸之於「政治之失意」。如《類編草堂詩餘》卷一引鮦陽居士《復雅歌詞》曰：

> 「缺月」，刺明微也。「漏斷」，暗時也。「幽人」，不得志也。「獨往來」，無助也。「驚鴻」，賢人不安也。「回頭」，愛君不忘也。「無人省」，君不察也。「揀盡寒枝不肯棲」，不偷安於高位也。「寂寞沙洲冷」，非所安也。此詞與〈考槃〉詩極相似。〔註94〕

他的解法幾乎句句都有影射，言之也自成其理。俞文豹在《吹劍錄》裡所評，張宗橚《詞林紀事》卷五之言，黃氏《蓼園詞選》「語語雙關」之語，都持同一立場。這種「雙關」、「寄託」的推想，就是認爲詞意不止在文詞字面上求取，應在「更深遠」的層次上去推想。若這一派「寄託說」的看法可取，這首詞顯然比較早先的婉約詞更進了一步。像晏殊、歐陽修等人的詞作，就不容易找出這麼明顯「寄託」的痕跡。

如果說〈卜算子〉詞並沒有蘇公的自白，不必如此附會（如王國維《人間詞話刪稿》:「飛卿〈菩薩蠻〉、永叔〈蝶戀花〉、子瞻〈卜算子〉，皆興到之作，有何命意？皆被皋文深文羅織。」）那麼蘇公的〈水龍吟・次韻章質夫楊花詞〉（似花還似非花）就不能免於被聯想詞意另有「寓寄」。〈水龍吟〉既是一首詠物詞，又是次韻詞，章質夫（楶）任荊湖北路提點刑獄在元豐四年（1081）四月，蘇軾時貶居黃州，曾有〈與章質夫〉一信，備言〈水龍吟〉唱和的經過和作意：

〔註94〕《詞話叢編》第一冊，頁60。

> 某啓：……柳花詞妙絕，使來者何以措詞！本不敢繼作，又思公正柳花飛時出巡按，坐想四子閉門愁斷，故寫其意，次韻一首寄去，亦告不以示人也。〈七夕〉詞亦錄呈。〔註95〕

蘇軾正處於謫居不安的狀態，所以在信裏面提醒章楶不要拿〈水龍吟〉這首詞給他人看，避禍的心態極爲明顯。故高聖峰在其〈似花非花還客淚〉一文中說：「欲蓋彌彰。『不以示人』的囑咐，正說明此詞如此動情地題詠楊花，不過是『烏臺詩案』後的作者在曲折地訴說他的身世之悲！」〔註96〕以這種心態作出的詞，詞意的隱約、婉轉，寄意的深遠，自然可以處處尋繹得出。曾棗莊·吳洪澤《蘇辛詞選》也說：「『亦告不以示人』，說明蘇軾亦借楊花的『也無人惜從教墜』，抒發自已貶謫黃州的漂泊之感，否則就無需特別囑咐『不以示人』。」〔註97〕這幾位學者的口徑都一致的指向與政治有關，詞中寓寄著被貶謫的「漂泊感」。明代沈謙早就指出：

> 東坡「似花還似非花」一篇，幽怨纏綿，直是言情，非復賦物。徽宗亦然。〔註98〕

他的看法就是跳出了單純詠物這一面向，直指背後言情的一面，還稱「幽怨纏綿」。如果只是從「思婦」這個立場談「幽怨纏綿」，章楶不過出巡按而已，並不是拋家棄子，也未聞夫妻情感生變，蘇軾更在書信中說章楶之離家，使「四子閉門愁斷」，明明指家人思念章氏甚殷，那會引致章妻有「幽怨」之情？沈謙所說的「幽怨纏綿」一定另有所

〔註95〕見《蘇軾全集·文集》卷55〈與章質夫〉三首之一，上海：上海古籍出版社，2000年5月，頁1807。這封信到底寫於何時？高聖峰在其〈似花非花還客淚〉一文中推斷：「〈楊花詞〉實應作於元祐前的元豐四年至六年（亦即被貶黃州時期）某春『柳花飛時』。」（刊於《國文天地》月刊，第一八七期第16頁）。而劉崇德〈蘇軾楊花詞繫年考辨〉考徐大受（君猷）卒於元豐七年四月蘇軾量移汝州前，定此詞作於元豐四年春（見中國社會科學院《文學評論叢刊》十八輯）。曾棗莊·吳洪澤《蘇辛詞選》43頁亦指四年初夏。本文從之。

〔註96〕見《國文天地》月刊，第一八七期，頁16。

〔註97〕曾棗莊·吳洪澤《蘇辛詞選》，頁44。

〔註98〕見《填詞雜說》，《詞話叢編》第一冊，頁631。

指。又陳廷焯《白雨齋詞話》卷一云：

> 詞至東坡，一洗綺羅香澤之態，寄慨無端，別有天地。……〈水龍吟〉諸篇，尤爲絕搆。〔註99〕

這裏說東坡詞「寄慨無端」，而以〈水龍吟〉爲代表之一，就是以此詞有「寄託」之意。故蔡嵩雲《柯亭詞論》云：

> 詠物詞貴有寓意，方合比興之義。……如東坡〈水龍吟〉，詠楊花而寫離情。……大都雙管齊下，手寫此而目注彼，信爲當行名作。此雖意別有在，然莫不抱定題目立言。〔註100〕

以上諸評家都指出了〈水龍吟〉有寄託之意，亦即在字面上是一個寫境，在背後的深層境界裡，才是眞正託意之所在。但是意又不能太顯露，語意必須極爲「幽約」才行，寫作的筆法遂以「婉轉」爲尚。這和宋初諸婉約詞，以女子綢繆婉約的姿態、含蓄未吐的兒女私情爲描述主題，自有深淺的不同。蘇軾推進婉約詞，不使它流向於通俗，使它的深度更進一層，以「寄意」爲宗，婉約詞在他手中，又再度鮮活起來。

蘇軾婉約詞之富有「寄託」之思的，還可以舉出前一章所引〈賀新郎・夏景〉（乳燕飛華屋）爲例。曾棗莊氏歸納諸人對此詞的背景和主旨的異說共有三大論點：一是爲杭妓秀蘭而作。二是爲侍妾榴花作。三是謂「君臣遇合之難」，有微言大義在。但三說都嫌牽強，曾氏以爲「其實，這是一首詠物詞或叫借物詠人之詞」。但此詞作於何時無可考定，或說作於蘇軾「倅杭日」（《宋六十名家詞》），或說作於「蘇子瞻守錢塘時」（楊湜《古今詞話》），前說定在熙寧出任杭州通判時，後說定在元祐出任杭州知州時。曾氏謂：

> 而無論那一次（政爭被排擠），蘇軾的處境可說都與美人、石榴的處境相似，他是在借物抒憤，抒發他那被西風摧殘而懷才不遇的苦悶。〔註101〕

以上三種主旨異說，曾氏以爲牽強，卻在「賞析」一欄中承認與「政

〔註99〕《白雨齋詞話》〈東坡詞別有天地〉條，《詞話叢編》第四冊，頁3783。
〔註100〕《柯亭詞論》，《詞話叢編》第五冊，頁4907。
〔註101〕以上見《蘇辛詞選》，頁120至122。

爭被排擠」之「懷才不遇的苦悶」有關，無疑承認了第三說。此詞如果從詠物的觀點出發，不作任何聯想的話，寫得纖柔幽怨，以憂懼榴花未來之將凋，與女子的恐將遲暮。但是只作如此的解題，則蘇軾此詞與前人類似的作品又有什麼差異？比較起歐公「淚眼問花花不語，亂紅飛過鞦韆去」的命意，又有何獨創可貴之處？這是後人爲什麼要在這首詞的內在意涵裏，窮究深掘、揣測再三的最主要理由了。胡仔在《苕溪漁隱叢話・後集》卷三十九中老早就指出：

東坡此詞，冠絕古今，託意高遠，寧爲一娼而發邪！〔註 102〕

蓋文人讀詞不作更深的聯想，終覺意興索然。而且只要從東坡的身世遭遇切入，此詞的境界就愈加沉厚落實，我們若不能接受這種與身世聯想的觀點，可能就泥而不靈，咀嚼起蘇詞恐怕就會覺得流於淺露寡味了！

稍晚的賀鑄，他所寫的〈踏莎行〉（又名〈芳心苦〉）也是婉約詞的一個好例子：

楊柳回塘，鴛鴦別浦。綠萍漲斷蓮舟路。斷無蜂蝶慕幽香，紅衣脫盡芳心苦。　返照迎潮，行雲帶雨。依依似與騷人語。當年不肯嫁春風，無端卻被秋風誤。〔註 103〕

詞文在詠荷花，將荷花比喻作一位早年貞潔自守、不妄許非人，如今卻誤了芳華的女子，暗喻自已的懷才不遇。這樣將荷花比作美人，卻又暗中把自己的不遇寄託於美人身上的作法，在婉約的層次上又轉了一層。丁恕等《唐宋詞概說》稱：「此詞隱然將荷花比作一位幽潔貞靜、身世飄零的女性，其中寄寓著才士淪落不遇之悲。」〔註 104〕以寄託之法隱化詞心，又是一例，這和宋代前期詞的以女性化詞語寫婉約詞而寄興不深，自有筆法深淺之異，於此可見後出轉精之功。黨爭時期的詞人果若有意用這種「寄託」的方式來寫作婉約詞，無疑是一種對婉約詞境界的

〔註 102〕《詞話叢編》第一冊，頁 182。

〔註 103〕《全宋詞》（一），盤庚版，頁 507。

〔註 104〕丁放、余恕誠《唐宋詞概說》，合肥：新華書店，2002 年 12 月，頁 269。

開拓，也可以說這就是他們避開政敵羅織罪名的方便門。清代的詞學家愛談「寄託說」，雖然被譏之為穿鑿附會，但是衡諸北宋後期的政治社會情勢以及詞人身世遭遇，歌詞裏總或多或少地寓含香草美人、忠不見用之感，被聯想為別有寄託，又豈是空穴來風？

二、善用各類修辭手法深化婉約詞的意象

談到黨爭時期婉約詞的代表作家，則非秦觀莫屬了。秦觀所作婉約詞，出乎諸人之表，擅長用象徵的手法來表達情意，又喜歡把現實的世界化入虛幻的世界。而且他的筆觸特別精緻細膩，常把人們雖然可感可知，卻捉摸不住、網羅不來的幽微感受，用他敏銳的感受力鉤取出來。此外，最喜歡用暗喻的手法，將思想情感暗藏於其中，讀者在深入追攝他暗喻的內涵之後，才能眞正了解他的意向。

首先，從暗喻手法的運用來講，秦觀即是作手。如他的〈望海潮〉（梅英疏淡）詞，第三句「東風暗換年華」，「指的當然是眼前自然界的變化，但對於自己榮辱窮通所關至鉅的政局變化即寓其中。」〔註 105〕又如秦觀〈踏莎行〉中有「郴江幸自繞郴山，為誰流下瀟湘去」句，此句以詞面寫景而暗喻自己不能自主之悲，也是歷來學者屢屢稱道的名句。今人葉嘉瑩謂：「至於此二句詞之感人者何在，則私意以為其主要之因素蓋亦由於此兩句詞可以提出寫實與象喻兩個層次的內含。…至於就第二層象喻之意義言之，則此一位銳感多情之詞人秦觀，在其歷盡遠謫思鄉之苦以後，乃竟以自己之心想像為郴江江水之心，於是在『郴江』之『繞郴山』的自然山水中，乃加入了『幸自』兩個有情的字樣，又在『流下瀟湘』的自然現象前，加上『為誰』兩個詰問的辭語，於是遂使得此二句所敘寫的自然山川，平添了一種象喻的意義。」〔註 106〕她從修辭的力度和情感的深度上更深入的剖析，觀點極可以參

〔註 105〕見程千帆、沈祖棻所評秦觀〈望海潮〉詞，《宋詞鑒賞辭典》上冊，頁 527。

〔註 106〕見《靈谿詞說・論秦觀詞》，頁 262～263。

考，這是秦觀詞以隱喻述懷的又一鮮明例子。

秦觀詞的結尾又特別常用「融情入景」的手法作結，其實就存在著它的暗示性，使人有餘味不盡的感受。比如他的〈八六子〉（倚危亭）詞結尾「那堪片片飛花弄晚，濛濛殘雨籠晴。正銷凝，黃鸝又啼數聲」。這幾句全然在寫現實的景況，但是用「那堪」二字將情緒中的難忍拈出，與飛花結合，飛花是暮春凋殘可傷憐的現象，本來追憶往事已覺傷感，眼前又見隨風飄零的落花，情緒更加不堪；此句使用「弄晚」的動態，以「日暮」帶出人生走下坡的暗示性，復以「落花」來「弄晚」，正是一層傷感再添一層歎息，所以才會不堪此境。接下來的「濛濛殘雨」又將境界引入迷離惝恍的狀態，令詞意更加深婉。「正銷凝，黃鸝又啼數聲」，寫在凝想傷感之際，忽然感受外界動靜，這樣正能反襯凝想的深沉專注，又將凝想的深情，化入現實的世界，似乎情緒沒有個著落，又似乎萬物皆著染這淒清傷感的情緒，所以才會使人有餘味不盡的感受。

又如另外一首〈滿庭芳〉（山抹微雲），其結尾作「傷情處，高城望斷，燈火已黃昏」，手法和上舉〈八六子〉相似。也是將情感突然收煞，只寫眼前所見，似乎不見情感如何延展，卻由黃昏燈火暗示「黯然」情懷，餘情裊裊。還有一首〈滿庭芳〉（碧水驚秋）詞，結尾處作「憑欄久，金波漸轉，白露點蒼苔」，同樣是將凝想的情感融入眼前之景物中。徐培均說：

> 其思歸之情，都滲透在眼前的景物上，眞是蘊含深遠，言盡而意不盡；而措語之工，亦令人一唱三歎。〔註107〕

秦觀「融情入景」的手法，其實是有它的暗示性的，因而深化了他要營造的意象。這種「暗示性」，正是被目爲婉約風格的一大要素。

其次，再談秦觀擅長用「象徵手法」這一特色。最典型的例子，就是〈踏莎行〉這闋詞：

> 霧失樓臺，月迷津渡，桃源望斷無尋處。可堪孤館閉春寒，

〔註107〕見徐培均・羅立剛《秦觀詞新釋輯評》第92頁〔講解〕。

杜鵑聲裡斜陽暮。　　驛寄梅花，魚傳尺素，砌成此恨無
重數。郴江幸自繞郴山，爲誰流下瀟湘去。〔註108〕

開篇的「霧失樓臺，月迷津渡，桃源望斷無尋處」三句，宋明諸公多不太注意三句是否另有涵意，至清代黃蘇《蓼園詞選》特別以爲「『霧失』、『月迷』，總是被讒寫照」，注意到這幾句別有寓意，以政治上的被讒失意作解。王國維這位近代詞學大師對這三句並不大措意，葉嘉瑩反而別有會意的提出了「象徵說」，她在其《唐宋詞十七講》當中說：

而這首詞的「霧失樓臺，月迷津渡」這兩個形象，我以爲並不是現實的形象，而是進入了一種有象徵意味的形象了。〔註109〕

此書第十講〈秦觀下〉部分，她解釋「樓臺」是崇高的、高大的，目標鮮明的建築物，也許秦觀心中的高遠理想和目標，好像這樓臺一樣。「霧失樓臺」是樓臺迷失了，「月迷津渡」是出路也迷失了。所以：

這兩句裏説霧，説月，與他後面寫的「杜鵑聲裡斜陽暮」的現實情景是不相符合的，這是爲什麼我們知道這兩句所寫的不是現實的情景，而是他内心之中的一種破滅的感覺。而把這種内心破滅的感覺，用這種假想的，不是現實所有的形象表現出來，就使得它有一種象徵的意味。「霧失樓臺，月迷津渡」，整個給人一種破滅的感覺。〔註110〕

接下來又表示，「桃源望斷無尋處」正是相應於上二句的，那種「美好理想的破滅」的感覺。葉氏這個特解，引起近來論者的注意，認同的人亦有不少。

總之，經過近代學者的多方分析，大致上都認爲〈踏莎行〉的藝術表現手法是用「象徵」的方式表達淒迷、無望的心態，而且與政治的失意脫離不了關係。這種政黨惡鬥而使秦觀在寫作上採用「象徵」手法的現象，值得我們特別注意，因爲他這寫作方式背後的心態就是

〔註108〕《全宋詞》（一），盤庚版，460頁。
〔註109〕見《唐宋詞十七講》，頁295。
〔註110〕同前注，頁296。

「畏禍及身」，才用這種惝怳迷離、不予明指的方式來抒寫。「象徵」成了婉約詞極佳的障眼術，也是護身符，使政敵不容易再更深入的羅織罪名，正是因爲「象徵」使詞意在可解、不可解之間的緣故。婉約詞在此期有更進一層發展，和政治上給予詞人壓迫有著極爲密切的關係，詞人既有無數的辛酸要發洩，寫作時卻又不得不想盡種種辦法避禍，不知不覺中乃大量採用了暗喻、象徵的手法，使婉約詞在境界上、創作手法上都比早期的婉約詞更爲深入，也更爲細膩。

北宋末的大家周邦彥，更是巧用其「思力」，安排舖陳，而處處使用「暗喻」（隱喻）、「映襯」（對比）、「擬人化」等修辭手法，婉曲地表達情意。如他的〈渡江雲〉詞，評家以爲起首「晴嵐低楚甸，暖迴雁翼，陣勢起平沙」數句，隱喻政治的轉變，並以「堪嗟，清江東注，畫舸西流，指長安日下」的「清江」暗喻對江南的依戀，以與「畫舸西流」的憂心嗟歎作「矛盾對比」；又其「潮濺烏紗」的「烏紗」用借代法喻「當官者」，懼「潮濺烏紗」就是暗喻他的政治恐懼。〔註 111〕以上的暗喻與對比，極其婉轉而隱曲，極盡文人運筆之能事。再如他的〈夜飛鵲〉「花驄會意，縱揚鞭，亦自行遲」一句，將馬擬人化，牠也能體會人意而遲行。其〈座天長・寒食〉中的燕子也會笑話人，當外邊「遍滿春色」之際，詞人卻閉門思念情人，這情緒似被梁燕探知，而「似笑我，閉門愁寂」。這些例子說明周邦彥愛用「擬人化」的修辭手法。故黃炳輝、劉奇彬評道：

> 那麼，擬人化的描寫的功能則在於客觀事物主觀化，使之染上主觀色彩。……所以他的詞往往給人一種「言有盡而意無窮」的審美效果。〔註 112〕

他們二人又以爲因此周邦彥詞比柳永的含蓄、細膩、深刻。由詞學發展的進程來看，上述觀點是合理的。由上述諸詞評，正說明了北宋後

〔註 111〕此概括葉嘉瑩〈論周邦彥詞〉文意，見《靈谿詞說》，頁 322、323。

〔註 112〕文意及引文見黃、劉同著的〈論周邦彥對柳永詞的繼承和發展〉，《河北大學學報》1988 年第 3 期，頁 89、90。

期詞人的確著力於講究詞的修辭技巧，婉約詞在此潮流下逐漸地走上深化發展的道路。

第四節　群體營造的典雅詞風

「典雅」一詞是什麼意義？劉勰曾為它下定義說：「典雅者，鎔式經誥，方軌儒門也。」（《文心雕龍・體性篇》）龍必錕為《文心雕龍》譯注時，譯作「典雅，就是取法學習經典，和孔門儒家同走一條路。」〔註113〕另外日人弘法大師的《文鏡秘府論》卷四〈論體〉篇，曾將雅分為「博雅」和「清典」兩種，他說：

> 凡製作之士，祖述多門。人心不同，文體各異，較而言之，有博雅焉，有清典焉。……夫模範經誥，褒述功業，淵乎不測，洋哉有閑，博雅之裁也。敷演情志，宣昭德音，植義必明，結言唯正，清典之致也。〔註114〕

劉勰的定義，「典雅」是取法學習經典，《文鏡秘府論》的「博雅」一義，就和它相近。《文鏡秘府論》中的「清典」又是什麼意思？它解說時所用到的「情志」二字，其實就是對時事感發的情感與志意，連同後面的「宣昭德音，植義必明，結言唯正」，意即要求作者，在抒發情志時必須具有良好的品德，創作時的用心必須光明、雅正，統合來說，都是屬於精神上的層次。楊成鑒在《中國詩詞風格研究》中提出「典雅品風格」有二義：第一義即提出《文心雕龍》的定義，並說：

> 這是第一類。就詩來說，即以《詩經》的〈雅〉、〈頌〉為典範。也就是說，《詩經》中〈大雅〉、〈小雅〉的詩篇，就是典雅風格詩的代表作。

以上所指為引經據典，以古典為範式。至於第二義，他說：

〔註113〕見龍必錕《文心雕龍譯注》，臺北：臺灣古籍出版社有限公司，頁350。

〔註114〕《文鏡秘府論・南卷》，臺北：河洛圖書出版公司，1976年3月，頁150。

> 第二類典雅風格是以與典雅之義相適應之風度而言。〔註 115〕

於是他舉出司空圖的《詩品・典雅》品爲依據作相當的說明，並說：「總而言之，這類詩有『超凡脫俗』的風雅。」楊氏在這裏所說的「風雅」、「風度」指向了「格調」、「風味」，比較不是指「形而下」的引經據典。那麼楊氏所舉的第二義，就近於《文鏡秘府論》的「清雅」一義了。我們來看司空圖怎麼說，《詩品・典雅》品說：

> 玉壺買春，賞雨茆屋。坐中佳士，左右修竹。白雲初晴，幽鳥相逐。眠琴綠陰，上有飛瀑。落花無言，人淡如菊。書之歲華，其曰可讀。

【皋解】解題說：「此言典雅，非僅徵材廣博之謂。蓋有高韻古色，如蘭亭金谷、洛社香山，名士風流，宛然在目，是爲典雅。」〔註 116〕從【皋解】指出的內涵來看，司空圖《詩品》的定義近乎「境界」、「格調」的形上意義。〔註 117〕

綜合言之，楊成鑒所範圍的「典雅」，一指辭采上的取法學習經典，一指風度、格調上的高雅。前者是步武前賢而加以鎔裁之後的表現，後者卻是從個人「情志」生發而出的逸出於文辭之外的「風雅格調」。我們現在談的「典雅」的定義就是並取這兩個方向。以下討論造成典雅風格的動力來源，接著討論雅化工作在修辭、引經據典上的強化手法，然後再探究到詞意內涵上的雅化情形。

一、雅化的動力來源——士大夫深厚的文化修養

詞的來源本來是里巷中最爲通俗不過的曲子詞，所以早期詞語的

〔註 115〕以上定義并見楊成鑒《中國詩詞風格研究》，臺北：洪葉文化事業有限公司，1995 年，頁 125、131。

〔註 116〕以上引文及解題見《詩品集解》，案【皋解】指楊振綱《詩品解》引之《皋蘭課業本原解》。臺北：清流出版社，1972 年，頁 12。

〔註 117〕1994 年，陳尚君、汪涌豪發表〈司空圖二十四詩品辨僞〉認爲《詩品》爲明人所僞作。然東坡曾謂：「蓋自列其詩之有得於文字之表者二十四韻，恨當時不識其妙。」（〈書黃子思詩集後〉）則《詩品》蓋有來源，但文句內容是否經人僞入，論未定，待察。本文姑置司空名下。

基調偏於「塵下」（李清照評柳永語），自然不夠文雅。要使詞雅化的條件有三：一是描寫內容不流於猥褻低俗；二是遣詞造句不使用俗言俗語；三是詞人的心性修養本身富含文化內涵。那又有什麼人可以完成這個工作，當然是文人了，而且一定要是文人中有心提昇小詞地位的那些人。而中國傳統的詩最能作爲中國文化裡「文雅」的象徵，將作詩的理念引入於作詞，就是使詞雅化的工作——「以詩爲詞」，這項工作並不是蘇軾一個人的專利，只是蘇軾是最有自覺意識而已。宋代早期的詞人其實陸陸續續的都在做這個工作，他們心裡面愛賞著小詞，在公開的場合卻表現得並不以爲意，對人宣稱塡詞不過是酬賓遣興的行爲，但是這群士大夫的涵養卻在遊戲之時，不知不覺中滲入詞裡，詞就這樣逐漸被他們雅化著。

以下我們依「典雅」品風格的要素來觀察，北宋後期詞人何以在作品中普遍都具有「雅化」的趨勢。我們先從文化素養上來看，這個時期的士人，幾乎人人的文化素養都值得一提，遠比古人要多才多藝。如蘇軾不但在文學上詩、文、詞、賦等各種文體，樣樣都有傑出的表現；其他如琴、棋、書、畫，無不學有心得。

先談談音樂方面的表現：宋人評論蘇詞多謂不合律，如《能改齋漫錄．詞話》有〈黃魯直詞謂之著腔詩〉一節，載晁補之〈評本朝樂章〉說：

> 蘇東坡詞，人謂多不諧音律。居士詞橫放傑出，自是曲子中縛不住者。〔註118〕

又彭乘《墨客揮犀》卷四說：

> 子瞻嘗自言平生有三不如人，謂著碁、喫酒、唱曲也。然三者亦何用如人？子瞻之詞雖工，而多不入腔，正以不能唱曲耳。〔註119〕

〔註118〕《詞話叢編》第一冊，頁125。
〔註119〕彭乘《墨客揮犀》卷四，《景印文淵閣四庫全書》第1037冊，臺北：臺灣商務印書館，1983年3月，頁689。

陸游爲蘇軾開脫，舉晁以道曾說「東坡酒酣，自歌〈古陽關〉」爲據，而謂：「則公非不能歌，但豪放，不喜剪裁以就聲律耳。」〔註 120〕蘇軾早年的確對詞並不在行，如蘇在黃州時有〈與子明兄一首〉說：「記得應舉時，見兄能謳歌，甚妙。弟雖不會，然常令人唱，爲作詞。近作得〈歸去來引〉一首，寄呈，請歌之。」〔註 121〕這封信中蘇軾自己承認早年不會唱歌，但是在黃州時他已經會作詞，而且他認爲應該可以拿來唱，才會寄請別人歌唱之。這信顯示蘇軾逐漸通曉詞律的狀況。

我們要承認蘇軾不是一位作曲家，他並沒有像柳永一樣具有創作曲調的才華，但他是一位知音者，所以能依曲譜填詞。〔註 122〕有人說他自稱不會唱曲，就認爲他不知詞律，這完全是一種誤解，誤把會不會唱歌和曉不曉樂律混爲一談。要知道會唱歌的人不一定通曉樂律會作曲，通曉樂律會作曲的人歌也不一定唱得好，何況蘇軾到杭州、潁州之際，與張先、歐陽修等詞人以及歌伎、樂工交遊，應該漸曉音律，詞作才越來越多，這在前文已有述及。

蘇軾有〈水調歌頭〉（昵昵兒女語）一詞，專詠琵琶，對琵琶的表現境界和音樂藝術有極爲傳神和深入的描繪，在題序中更說出其師歐陽修的知曉樂律。另一首「醉翁操」（琅然。清圓。誰彈）詞，題序特別說明前人沈遵到琅琊谷譜「醉翁操」曲，歐陽修曾爲作歌，但歌詞與琴曲不合。二人相繼去世之後，有廬山玉澗道人崔閑，特擅此

〔註 120〕陸游《老學庵筆記》卷五，《景印文淵閣四庫全書》第 865 冊，臺北：臺灣商務印書館，1983 年 3 月，頁 44。

〔註 121〕《蘇軾全集‧文集》卷六十，上海：上海古籍出版社，2000 年 5 月，頁 1944。

〔註 122〕鄭騫〈柳永蘇軾與詞的發展〉一文曾謂：「蘇軾以詩爲詞，固然使詞的領域擴大了，地位提高了；但詞並沒有從蘇得到本體的發展，詞的本體發展，還是在柳周一派。」（見《文學雜誌》三卷一期，1957 年 9 月，頁 30）的確，蘇軾的作品裏常改別人的詩詞以就聲律，以音樂性而言，蘇並沒有開創的功勞，卻不能否定他在內涵上開拓之功，而且他若不知音律，又何能創造合乎諧婉境界的詞來？

曲，請東坡補寫其詞。由題序察知，蘇軾不但知音，而且能爲曲譜塡詞，詞、曲妙合。又他在元豐八年（1085）赴登州經漣水時，作了一首〈水龍吟‧贈趙晦之吹笛侍兒〉（楚山修竹如雲），據張侃《拙軒詞話》記載：蘇軾曾解李義山〈錦瑟〉詩，已能深得義山詩中所表達的樂音的精神。張氏又說：

> 孫仲益爲錫山費茂和說蘇文忠公〈水龍吟〉，曲盡咏笛之妙。其詞曰：「楚山修竹如雲，異材秀出千林表」，笛之地也。「龍鬚半剪，鳳膺微漲，綠肌勻繞」，笛之材也。「木落淮南，雨晴雲夢，月明風裊」，笛之時也。「自中郎不見，桓伊去後，知辜負、秋多少」，笛之怨也。「聞道嶺南太守，後堂深，綠珠嬌小」，笛之人也。「綺窗學弄，梁州初遍，霓裳未老」，笛之曲也。「嚼徵含宮，泛商流羽，一聲雲杪」，笛之聲也。「爲使君洗盡，蠻煙瘴雨，作霜天曉」，笛之功也。予恐仲益用蘇文忠〈讀錦瑟〉詩，以釋〈水龍吟〉耳。〔註123〕

以上的評論，充分說明蘇軾對笛子產地、材質、笛子的音色表現等等相關知識的透徹了解。王運熙等人也考察以下二事：一爲蘇軾〈書彭城觀月詩〉序自謂：「以〈陽關〉歌之」；二爲曾敏行《獨醒雜志》卷三提到蘇作〈永遇樂〉（即燕子樓樂章）時自歌之，而由邏卒諷傳，認爲東坡音樂修養大有提高。〔註124〕又李之儀曾述及蘇軾晚年通曉音律，按拍塡詞的一段佳話，那就是在元祐八年（1093）知定州時作〈戚氏〉詞的盛事。李之儀說：

> 元祐末，……一日，歌者輒於老人（指東坡）之側作〈戚氏〉，意將索老人之才於倉卒，以驗天下之所嚮慕者。老人笑而領之，邂逅方論穆天子事，頗摘其虛誕，遂資以應之。隨聲隨寫，歌竟篇就，才點定五、六字爾。坐中隨聲擊節，終席不間他辭，亦不容別進一語。臨分曰：「足以爲中山一

〔註123〕見《拙軒詞話》〈李詩蘇詞〉條，刊於《詞話叢編》第一冊，北京：中華書局，1996年6月，頁195。

〔註124〕《中國文學批評通史》（四），頁599注〔一〕。

時盛事，前固莫與比，而後來者未必能繼也。」方圖刻石以表之，而謫去，賓客皆分散。〔註 125〕

蘇軾〈戚氏〉共二一三字，稍短於〈鶯啼序〉，然已是第二長調，前此只有柳永塡過此詞。東坡在席上倉卒之間，談笑點定，而且還是隨著歌女的歌聲另外塡就，由上一段記載看，東坡還頗自得意呢！李之儀特別記此事，就是在凸顯蘇公的才華如海，不可限量。從以上幾則詞評、軼事，以及對他描寫音樂的詞作之討論，不難看出蘇軾隨著年歲的增長，在詞律（音樂）上的造詣與日俱深的情形。

東坡棋藝，據傳並不甚佳，常常與人對弈後鎩羽而歸，後來以他的夙慧想出一種弈棋的妙法，即模倣對手的著手，在對方下任何一著之後，即以「天元」爲原點，在對應點的地方應手，以爲如此著棋，對方必不能勝過我。這個弈棋概念眞是取巧之極，但是圍棋是奇數棋路，並不完全對稱，後手著棋者將會落敗。當今圍棋國手林海峯解釋道：

奕東坡棋，被模倣的一方，只要在天元落子，就可以解消，只要黑棋適切地選擇定石，白棋有時無法再模倣下去。〔註 126〕

原來這種模倣先著者下棋的手法，被稱爲「東坡棋」，還流傳至今，可見東坡的慧黠，只不過他不是專業棋士而已。

至於東坡之書畫造詣，也是名重當時，近人爲東坡作傳者，都有詳細的述論。〔註 127〕其書法最得盛名的是〈黃州寒食帖〉，黃庭堅題跋於後，謂：

〔註 125〕刊於《姑溪居士文集》（四）卷三十八李之儀〈跋戚氏〉，《四庫珍本十集》，臺北：臺灣商務印書館，1980 年，頁 7。

〔註 126〕見林海峯著《林海峯名局選》，臺北：世界文物供應社，1991 年 1 月，頁 62。

〔註 127〕如陳香編著之《蘇東坡別傳》頁 66 論其書畫；林語堂著之《蘇東坡傳》頁 273 至 283，第二十章專論其繪畫（包括書法）；又李一冰著《蘇東坡新傳》590 至 613 頁，第九章第六節論書法、第七節論繪畫；洪亮著《蘇東坡新傳》355 至 360 頁論其書畫；王水照、崔銘著《蘇東坡傳》444 頁至 450 頁論其書畫。

東坡此詩似太白，猶恐太白有未到處，此書兼顏魯公、楊少師、李西臺筆意，試使東坡復爲之，未必及此。他日東坡或見此書，應笑我於無佛處稱尊也。〔註128〕

黃庭堅盛讚東坡詩如李白，後面又說若使東坡復爲之，恐怕再難寫出這麼出色的書法作品了，似乎比擬他爲「書仙」。接著山谷又自許甚高，「於無佛處稱尊」，正是意指自家也是「一尊」，而且東坡之外，也無人能和他相抗衡，口氣不小，然而後代的書法家倒也沒有人呵斥他。此外東坡之〈前赤壁賦〉行書，偃仰自如，運筆從容，筆畫豐腴，董其昌〈跋赤壁賦後〉評曰：

坡公書多偃筆，亦是一病，此〈赤壁賦〉庶幾所謂欲透紙背者，乃全用正鋒，是坡公之蘭亭也。眞跡在王履善家，每波畫盡處，隱隱有聚墨痕，如黍米珠琲，非石刻所能傳耳。嗟乎！世人且不知有筆法，況墨法乎！〔註129〕

董氏此評把東坡〈前赤壁賦〉墨迹比作〈蘭亭序〉，讚譽至無以復加。此外如〈奎宸閣碑〉、〈羅池廟碑〉等書跡，都是東坡傳世名作。

從繪畫方面的成就來看，東坡與書畫家米芾相善，也常請益於米芾，米芾善以側點密佈之法作山水畫，其山水有江南蔥鬱溫潤之氣蘊，其用筆被稱爲「米點皴」，而其畫被稱爲「米氏雲山」或「米家山」。〔註130〕明朝董其昌也稱米芾之子米友仁之畫作爲「米家墨戲」。〔註131〕此外，當時名畫家文同（字與可）善畫竹，東坡相與過從，

〔註128〕《山谷集·別集》卷11頁15〈跋東坡書寒食詩〉，《景印文淵閣四庫全書》1113冊，臺北：臺灣商務印書館，1983年3月，頁647。

〔註129〕見《畫禪室隨筆》，臺北：廣文書局，1977年7月，頁37～38。

〔註130〕呂佛庭《中國書畫源流》謂：「他畫山水，遠師王洽，近法雲山。好以積墨點皴，滿紙淋漓，天眞煥發，也稱米氏雲山。」臺北：華正書局，1978年2月，頁161。董其昌《畫禪室隨筆·畫源》：「雲林山皆依側邊起勢，不用兩邊合成，此人所不曉。近來俗子點筆便自稱米家山，深可笑也。元章睥睨千古，不讓右丞，可容易湊泊，開後人護短逕路耶？」錄於《中國畫論類編》（下），臺北：華正書局，1975年5月，頁728。

〔註131〕董其昌《畫禪室隨筆·畫旨》：「朝起看雲氣變幻，可收入筆端，吾

得到他很多的指導，於是東坡畫竹也名動一時。明代唐志契《繪事微言・傳授》論道：

> 凡畫入門必須名家指點，令理路大通，然後不妨各成一家，甚而青出於藍，未可知者。……昔關仝從荊浩而仝勝之……子瞻師與可……信畫之淵源有自哉。〔註132〕

這一段話指出東坡以文與可爲師，才能有所成家，可見東坡的畫不但已經廣受世人認可，也充分說明東坡在藝術上的造詣深受師友的浸染。所以李一冰在《蘇東坡新傳》中論及蘇軾周遭的人物多是書畫界中人，他說：

> 蘇軾元祐入朝以後，與一代畫手王詵（晉卿）、李公麟（伯時）、米黻（元章）朝夕往還，而蘇門諸子中，如黃山谷以禪論畫，鑒識超人；晁補之能詩善畫，秦觀（少游）讀王維輞川圖可以癒疾，對藝術的愛好都甚深。〔註133〕

這段說明，談到了東坡的師友群中，有畫家王詵、李公麟及名高有宋一代的書法家米黻，還提到了黃山谷可以用禪理來論畫，晁補之也善畫，秦觀對畫作有心靈上的體會，可見得這一時期的文人深具藝術修爲的所在皆是。

我們從詳述蘇軾的文藝才華，並略及於其他文人之藝能，體認北宋後期文人文化素養之高深，而他們當然會將之融會到所有的創作中。能夠顯現他們創作的才情及素養的載體，除了詩文書畫之外，從今日所流傳的詞作更可以一窺究竟。現在試比較北宋前期和後期詞人的作品，論其使事、用典的技巧上有何差異，以說明黨爭時期文人詞傾向於典雅風格的趨勢。

嘗行洞庭湖推篷曠望，儼然米家墨戲。」錄於《中國畫論類編》(下)，臺北：華正書局，1975年5月，頁720。

〔註132〕明唐志契《繪事微言・傳授》，刊於《中國書畫類編》下冊，臺北：河洛圖書出版社，1975年5月，頁731。

〔註133〕李一冰《蘇東坡新傳》下冊，臺北：聯經出版事業公司，1990年3月，頁609。

二、以引經據典進行雅化

今人趙梅在其〈關於詞的本體論思考——從意象出發〉文中有這麼一段話：

> 美國學者伯頓・沃森認爲，中國詩歌有兩個驚人的特點，一是歷史悠久，二是源源不斷。這一觀點的正確性可以從詞體對《詩經》、《楚辭》和樂府等的意象在各個方面、各種角度的繼承中得到印證。更確切一點說則是，詞中意象對前代詩文中的意象是一種既有承繼、因借，又有發展和變更的關係。〔註 134〕

西方人注意到中國文學的傳承特質，中國詩詞「典故」之多正是由這個特質造成的。趙文中提出許多的「意象」，其實指的就是「事典」、「文典」或「慣用詞」的觀念來源，即某些事件、文學作品給後代人留下特殊的印象，因而造成了典故。這些典故到了後代不是借用、轉用、明用、暗用，否則就有更技巧的反用（變更）的現象。總之，中國文學喜愛使用古典語及典故，正是悠久文化特質的顯現。

在此略舉宋代早期詞壇鎔鑄古典的概況，以便於對照後期的進化情形。較早期的寇準有〈踏莎行・暮春〉詞寫到：

> 春色將闌，鶯聲漸老，紅英落盡青梅小。畫堂人靜雨濛濛，屏山半掩餘香裊。　　密約沉沉，離情杳杳，菱花塵滿慵將照。倚樓無語欲銷魂，長空暗淡連芳草。〔註 135〕

除了用一個借代詞「菱花」以指稱銅鏡，其他文句純粹用白描手法，詞意清新，不帶溫軟氣息，直接抒發離情，毫不隱曲，但出之以簡淡的語言，讓人感受到寇準那種高雅的格調。

稍後的柳永也是詞意顯露一派的詞人，在此舉出他的名作〈蝶戀花〉（又名〈鳳棲梧〉）爲例：

> 竚倚危樓風細細。望極春愁，黯黯生天際。草色煙光殘照

〔註 134〕趙梅〈關於詞的本體論思考——從意象出發〉，《宋代文學研究叢刊》第三期，1997 年 9 月，頁 430。

〔註 135〕《全宋詞》（一），盤庚版，頁 3。

裡。無言誰會凭闌意。　擬把疏狂圖一醉。對酒當歌，強樂還無味。衣帶漸寬終不悔，爲伊消得人憔悴。〔註136〕

全詞前半概略抒寫登樓極望的春愁，後半抒情，直接傾吐思念伊人的強烈情緒。不見用典，只套用曹操「人生幾何，對酒當歌」之語後句，卻用得很自然。「衣帶漸寬終不悔，爲伊消得人憔悴」一句，王國維引來譬喻爲人生三層境界的第二層，這是王氏的借用。柳永此詞裏，引用了古詩十九首〈行行重行行〉的「相去日已遠，衣帶日已緩」句，稍作婉轉用法，只就詞面上訴說心意。這首詞雖然比寇準詞顯露，但是還不致於流於猥褻低俗，只是覺得太直率粗淺而已。柳詞比較文雅又最具有代表性的，就是〈雨霖鈴〉：

寒蟬淒切。對長亭晚，驟雨初歇。都門帳飲無緒，方留戀處、蘭舟催發。執手相看淚眼，竟無語凝噎。念去去、千里煙波，暮靄沉沉楚天闊。　多情自古傷離別。更那堪冷落清秋節。今宵酒醒何處。楊柳岸、曉風殘月。此去經年，應是良辰好景虛設。便縱有千種風情，更與何人說。〔註137〕

這首詞也是直抒別情之苦，只是下片造景清絕，境界淒清，贏得後世交口讚譽。而且這首詞用詞近雅，結尾情緒張力甚強，帶有餘味，所以爲人所傳誦，然而也不見使事用典。若另外一首〈八聲甘州〉的名句「漸霜風淒緊，關河冷落，殘照當樓」，蘇軾特別賞愛，以爲「此語於詩句不減唐人高處」。從使事用典上看，這裏不用典故，只用闊大的景象來營造境界，迴出於一般小詞的狹小境界。

另外同時期的晏殊，詞語不涉淫艷，多出之以清雅的格調，擅長白描直敘，也不崇尚使事用典。若〈浣溪沙〉（一曲新詞酒一杯）就是代表作品，其他如〈浣溪沙〉（一向年光有限身）、〈清平樂〉（金風細細）、〈木蘭花〉（池塘水綠風微暖）等等，都是這類鮮少用典的代表作。但是，仔細考察，晏殊和張先的詞作，已經可以看出有逐漸鎔

〔註136〕《全宋詞》（一），盤庚版，頁25。
〔註137〕《全宋詞》（一），盤庚版，頁21。

鑄古今名句、典故的痕跡，只是用得比較自然而清淡，不像後期作家的頻繁而錘鍊。比如晏殊〈喜遷鶯〉：

> 花不盡，柳無窮。應與我情同。觥船一棹百分空。何處不相逢。　朱弦悄。知音少。天若有情應老。勸君看取利名場。今古夢茫茫。〔註 138〕

「觥船」一句出自杜牧的〈題禪院詩〉，「天若有情」一句出自李賀〈金銅仙人辭漢歌〉，充分說明了晏殊善用古典，將它自然融合進詞文的手法。然而統觀其手法，可以發現晏殊用典多是「借用」之下再稍加以「改裝」，要不然就是既「借用」又「正用」，不但「正用」而且多屬於「明用」。晏殊這種手法和黨爭之後諸人鎔鑄古典就有了「直率」和「婉曲」之別。

拿張先的詞來比較，其中有一部分性質類似晏殊的白描詞，如〈醉垂鞭〉：

> 雙蝶繡羅裙，東池宴，初相見。朱粉不深勻，閑花淡淡春。　細看諸處好，人人道，柳腰身。昨日亂山昏，來時衣上雲。〔註 139〕

全詞行文依時、地、人漸層地敘述，不著一句生硬語，就眼前娓娓道來，結尾卻帶入一個似幻似眞的境界，乍看也似白描，不過暗中卻融入了《高唐賦》的寓意，詞面上的「雲山」用來形容衣裳的繡飾和動態，令人有如夢似幻的感受。由此看來，張先的寫作手法比晏殊更進一了層，他借用古典，漸漸進步到「暗用」，而且還有所轉化。張先另一首詞〈謝池春慢・玉仙觀道中逢謝媚卿〉（繚牆重院），起首處有孟浩然〈春曉〉詩的詩意，但文句全然不同，看得出張先用心於捶鍊詞語的專注精神已經超出晏殊等人，蓋晏殊對詞所持的心態恐怕較近於傳統「娛賓遣興」的觀點，而張先卻漸漸看重詞的地位，故而常常爲詞加附標題，賦予詞有如詩一般的功能。

〔註 138〕《全宋詞》（一），盤庚版，頁 94。
〔註 139〕《全宋詞》（一），盤庚版，頁 57。

本文一直未提及王安石的作品，並不是他的詞不佳，只是他的作品少，和蘇、黃、晁、秦等人在整體份量上不能比擬。但是，此處特別要把王安石的詞拿來作一個「好鎔鑄古典」的代表例子來談。王安石退隱後作〈菩薩蠻〉云：

> 數間茅屋閑臨水。單衫短帽垂楊裏。今日是何朝。看予度石橋。　　梢梢新月偃。午醉醒來晚。何物最關情。黃鸝三兩聲。〔註 140〕

祝振玉評此詞說：

> 但是，這首詞最值得稱道的是集詩句爲詞這一藝術形式。這是王安石的發明。唐人豐富的詩歌遺產，成了王安石現成的詞句，除了第三句取自唐人殷益的〈看牡丹〉外，其餘亦多出自唐詩，第一句用的是劉禹錫〈送曹璩歸越中舊隱詩〉:「數間茅屋閑臨水，一盞秋燈夜讀書。」第五句的出處是韓愈的〈南溪始泛〉:「點點暮雨飄，梢梢新月偃。」第六句來自方棫的詩（失題）:「午醉醒來晚，無人夢自驚。」如此信手拈來，隨意驅策，使之協律入樂，變詩爲詞，確實體現了作者學富才高的創作功力。〔註 141〕

原來這是一首集句詞，王安石將許多前人詩的各別單句，合而成一闋詞，這種集句本來是一種故逞才學的遊戲，現在要將它們融合在一起，又能像自然寫成一般而且富於風味，著實不是一般人所能辦到的。王安石一生寫了不少集句詩，時人多倣效之。他將這個癖好轉用到詞上面來，可以說是首創。〔註 142〕這種鎔鑄手法看似粗糙，其實也要花不少心血，總之，這正體現此期文人積學富厚的一面。王安石的另一首〈桂枝香〉才是鎔鑄功夫的代表作：

> 登臨送目。正故國晚秋，天氣初肅。千里澄江似練，翠峰如簇。征帆去棹殘陽裏，背西風酒旗斜矗。彩舟雲淡，星

〔註 140〕《全宋詞》(一)，盤庚版，頁 205。
〔註 141〕見《宋詞鑒賞辭典》，頁 227。
〔註 142〕見《宋詞鑒賞辭典》，頁 226。

河鷺起，畫圖難足。　　念往昔，繁華競逐。嘆門外樓頭，
悲恨相續。千古憑高對此，漫嗟榮辱。六朝舊事隨流水，
但寒煙衰草凝綠。至今商女，時時猶唱，後庭遺曲。〔註143〕

「千里澄江似練」是借用謝朓〈晚登三山還望京邑〉的「澄江靜如練」句，與此時此地情景卻正相綰合；「門外樓頭」轉借杜牧〈臺城曲〉「門外韓擒虎，樓頭張麗華」句，正將古今榮辱繁華之事，一筆鉤盡；結句更把杜牧〈泊秦淮〉詩的「商女不知亡國恨，隔江猶唱後庭花」拆解，使詞意餘味悠長。整首詞不再是硬生生的套用古人名句，也不因爲化用古人成句而失色，反而有通透古今，一唱三歎之妙。故蘇軾見此，不覺嘆息道：「此老乃野狐精也。」〔註144〕

與王安石同調，蘇軾也善於鎔鑄古人詩句。比如前一章所引的〈水調歌頭・中秋〉（明月幾時有）一詞，粗看之下，似乎沒有什麼典故，其實化用甚多，正可以照見他融化功力之深。丁放、余恕誠在《唐宋詞概說》裡考證出處甚詳，略云：開篇「明月」二句，化用屈原〈天問〉「天何所沓，十二焉分？日月安屬，列星安陳？」、張若虛〈春江花月夜〉「江月何年初照人」、李白〈把酒問月〉「青天有月來幾時，我今停杯一問之」等詩的語意。「不知天上宮闕」二句，化用託名牛僧孺的〈周秦紀行〉中的詩句「共道人間惆悵事，不知今夕是何年」，另外戴叔倫、呂岩也有「不知今夕是何年」的句子。又「瓊樓玉宇」出《大業拾遺記》，「不勝寒」暗用《明皇雜錄》。而「但願人長久，千里共嬋娟」句，也與謝莊〈月賦〉、孟郊〈古怨別〉詩意，以及許渾〈懷江南同志〉「唯應洞庭月，萬里共嬋娟」的句意、寓意是前後相應的。〔註145〕除此之外，如其〈南鄉子〉（寒玉細凝膚）、（悵望送春杯）、（何處倚闌干）等數首，也是集吳融、鄭谷、李商隱、杜牧、

〔註143〕《全宋詞》（一），盤庚版，頁204。

〔註144〕見楊湜《古今詞話》所載〈王安石〉條，《詞話叢編》第一冊，頁22。

〔註145〕丁放、余恕誠在《唐宋詞概說》。合肥：安徽教育出版社，2002年12月，頁219～220。

白居易、韓偓、杜甫、韓愈、許渾、劉禹錫諸人詩句成詞，非記誦廣博、才學高深不能爲此。〔註 146〕蘇軾塡寫小詞時，所用的化用古人名句的手法，正是他「以詩爲詞」思想的體現，也是他文化涵養的自然的流露。經由他的引領，於是詞的風格提高而傾向於「典雅」也成了必然的趨勢。

蓋此時期的詞已由小令爲主的局面，轉變爲與長調、慢詞並行的局面，慢詞篇幅的加長，勢必得講究鋪陳的技巧。前此不久，柳永所開拓的以「領字」綰合所轄之以下數句的句意，以及用「領字」聯繫上下片詞或上下句意的手法，掌握了鋪陳所必要的入門之鑰。但柳詞大抵直敘而下，直率淺俗，既少回環往復之美，又乏渾厚閎美之姿。蘇軾除了在柳永的基礎上加強領字的功能，變化鋪排的手法，更以高雅雄邁之氣提振詞風，爲慢詞注入了新生命。東坡所挹注給詞壇的主要即精神內涵的充實，換句話說，就是用他那積學爲雄的文人修養，以及歷經人世滄桑後的大解脫，和爲國家效命、爲人民謀福利的大胸襟，所共同融合而成的精神境界，具體顯現在他的詩詞之中。在蘇軾手中，只有少數幾首詞較生硬地套用古典，其餘作品，都是經過細細咀嚼之後對典故加以改造，渾化無跡地融合在他的作品之中。今日體味他的作品所以高處出天，正是由這個因素所造成。

從王安石創造集句詞，到蘇軾的提倡「以詩爲詞」(本來是陳師道對他的負面批評)，已經引導出一條汲取古人精華爲己用的道路。然而東坡是不世出之才，他人難以企及，他的弟子黃庭堅得其豪放的一體，卻以傲骨違俗爲尚，用典、使事，都是爲著不屈於壓迫之下所作的狂放語作註解，自然會覺得兀傲而生硬。黃庭堅更津津於詩法中「鍊字」、「句法」、「用典」這些「點鐵成金」、「奪胎換骨」的主張，雖然頗受後人非議，被批評爲「特剽竊之黠者耳」。〔註 147〕但是這種

〔註 146〕《唐宋詞概說》，頁 221。

〔註 147〕金・王若虛《滹南詩話》卷三謂：「魯直論詩有『奪胎換骨』、『點鐵成金』之喻，世以爲名言。以予觀之，特剽竊之黠者耳。」《知

鎔鑄古典的好尚，遂流行不衰，世人乃稱黃庭堅一門所講究的詩法為「江西派詩法」。當時有心創作小詞的，也樂於採用詩法當中鎔鑄古典的手法，如此也間接促進了「典雅」詞風的興起。

若專寫小令為職志的晏幾道，也是一位推陳出新的高手，其〈臨江仙〉「落花人獨立，微雨燕雙飛」句，盛騰人口，近人找出五代翁宏〈宮詞〉已有此二句，謂其鈔襲。然而他融鑄得巧，融鑄得天然無跡，正是腹笥極豐，隨手拈來，更覺生色。又如其〈蝶戀花〉「春夢秋雲，聚散眞容易」句，襲用其父「長於春夢幾多時，散似秋雲無覓處」（〈木蘭花〉）句，其父更是化用白居易〈花非花〉詞，可見青出於藍，亦何必避忌化用之譏。〈蝶戀花〉結句「紅燭自憐無好計，夜寒空替人垂淚」，亦化用杜牧〈贈別〉「蠟燭有心還惜別，替人垂淚到天明」。本來燃燭有時間悠長及沈靜獨處等的審美情調，與「淚」相結合成為「複合意象」，小晏又添了一個「空」字，加深了境界，用在詞中，尤具婉轉之致。小晏承其家學，復專意於小令，下筆揮灑無非文雅之風。沈家莊的研究中謂：「小山詞也是『雅』的」，又謂其「既『邪』又『雅』的特點，與柳永詞一樣，表現出宋型文化之上、下層文化二維復合的鮮明特色。」〔註148〕沈氏稍後又指出所謂「邪」，實際指的應該是小晏情感的「無拘檢」所致，而非如柳永般的俗，小晏的「雅」則繼承乃父家風，這個觀點從文化心理層面來解釋，是說得通的。

至於秦觀詞之所以為當時人目為雅俗共賞，蓋以其詞語最為自然婉麗，跡近於白描，若有所使事用典，似乎都是詞語自然流動當中，不期然而然必定會用到這類的名典、軼事，使人不易察覺引用的痕跡。以下引一首用典較多的詞看他鎔鑄的手法，〈千秋歲〉寫道：

不足齋叢書》第五函，刊於《百部叢書集成》，臺北：藝文印書館，1966年，頁4。

〔註148〕沈家莊〈宋詞文體特徵的文化闡釋〉，《文學評論》，1998年第四期，頁148。

水邊沙外，城郭春寒退。花影亂，鶯聲碎。飄零疏酒盞，離別寬衣帶。人不見，碧雲暮合空相對。　　憶昔西池會，鵷鷺同飛蓋。攜手處，今誰在。日邊清夢斷，鏡裏朱顏改。春去也，飛紅萬點愁如海。〔註 149〕

徐培均《秦觀詞新釋輯評》在「注釋」中，一一考釋：這首小詞化用杜荀鶴〈春宮愁〉詩的「風暖鳥聲碎，日高花影重」爲「花影亂，鶯聲碎」；化用柳永〈鳳棲梧〉詞的「衣帶漸寬終不悔，爲伊消得人憔悴」爲「離別寬衣帶」；化用江淹〈雜體詩三十首・休上人怨別〉詩的「日暮碧雲合，佳人殊未來」爲「人不見，碧雲暮合空相對」；化用李白〈行路難〉詩的「閑來垂釣碧溪上，忽復乘舟夢日邊」爲「日邊清夢斷」；化用李煜〈虞美人〉詞「雕欄玉砌應猶在，只是朱顏改」爲「鏡裏朱顏改」等等。〔註 150〕故丁放等《唐宋詞概說》說：「仔細研究，發覺這首小詞依次用杜荀鶴〈春宮〉詩、柳永〈鳳棲梧〉詞、江淹〈休上人怨別〉詩、李白〈行路難〉詩、李煜〈虞美人〉詞（見徐培均《淮海居士長短句校注》）等，但如不知道這些出處，并不影響此詞的欣賞，眞正的好詞就應如此。」〔註 151〕說明了秦觀善於化用古人詩詞而不留痕跡的高度藝術技巧。

在此同時，賀鑄這位武人出身的詞人曾自言：「吾筆端驅使李商隱、溫庭筠常奔命不暇」（周密《浩然齋雅談・詞話》〈周賀詞用唐詩〉條所記）。〔註 152〕可見他對晚唐詩、詞一定有深入的研究。現在舉他的〈行路難〉作爲代表，論其鎔鑄古典的功力：

縛虎手。懸河口。車如雞棲馬如狗。白綸巾。撲黃塵，不知我輩可是蓬蒿人。衰蘭送客咸陽道。天若有情天亦老。作雷顛。不論錢，誰問旗亭美酒斗十千。　　酌大斗。更爲壽。青鬢長青古無有。笑嫣然。舞翩然。當壚秦女十五

〔註 149〕《全宋詞》（一），盤庚版，頁 460。
〔註 150〕見徐培均《秦觀詞新釋輯評》，頁 131。
〔註 151〕丁放・余恕誠等著《唐宋詞概說》，頁 263。
〔註 152〕見《詞話叢編》第一冊，頁 234。

語如弦。遺音能記秋風曲。事去千年猶恨促。攬流光。繫扶桑。爭奈愁來一日卻爲長。〔註 153〕

「縛虎手，懸河口」二句用「暴虎馮河」及「口若懸河」的語典；「車如雞棲馬如狗」一句，語出《後漢書・陳蕃傳》以形容車敝馬瘦；「白綸巾，撲黃塵」二句，參用陸機〈代顧彥先贈婦〉「京洛多風塵，素衣化爲緇」的詞意。「不知我輩可是蓬蒿人」一句，化用李白〈南陵別兒童入京〉「我輩豈是蓬蒿人」而出之以疑問句，使李白的豪情，在這裏被他轉用爲激憤抑塞的問語。「衰蘭送客咸陽道，天若有情天亦老」句，襲用李賀〈金銅仙人辭漢歌〉原句。「作雷顛，不論錢」句，套用《後漢書・雷義傳》的事典，以突出自己不慕名利的狂放心態。「誰問旗亭美酒斗十千」句也是合「旗亭畫壁」的古事和李白詩句爲己用。下片「遺音能記秋風曲」句，用漢武帝作〈秋風辭〉一事，轉寄人生苦難的悲懷。整首詞不但鎔鑄多方，而且驅使之爲己用，又不覺得生硬扞格。《宋代文學史》乃謂：

善於融化前人成句，是賀詞的又一大特色。……〈小梅花〉二首最爲典範，四十四句中用前人句凡二十二，分別取材於《詩經》、《楚辭》、《文選》、《後漢書》、《陶淵明集》、唐人別集；時代由春秋、戰國、兩漢、魏晉、南朝而及於盛、中、晚唐；文體有詩文、辭賦、書札、傳記、謠諺；部類包括經、史、子、集，方法或正用、或反用，或嵌用，或化用，或增字，或減字，或易一二字，或整句照搬。花樣翻新，眞能令人目不暇接。〔註 154〕

這裏把賀鑄的手法分析淨盡。總的來看，他有如此的才情，因此纔敢大言驅使古人奔走不暇了。

周邦彥善於融化前人語典是歷來論者一致的看法，南宋・樓鑰在〈清眞先生文集序〉說他：「經史百家之言，盤曲於筆下，若自己出。」

〔註 153〕《全宋詞》（一），盤庚版，頁 509。
〔註 154〕孫望、常國武《宋代文學史》（上），北京：人民文學出版社，2001 年 12 月，頁 338。

〔註 155〕樓鑰（1137～1213）在周氏（1056～1121）去世後十六年出生，可見得當代的人早已經分析出這一個特色。再晚一點的陳振孫《直齋書錄解題》也說周詞：「多用唐人詩櫽括入律，渾然天成」。張炎《詞源》說清眞：「所作之詞，渾厚和雅，善於融化詩句」，又說：「美成詞只當看他渾成處，於軟媚中有氣魄，採唐詩融化如自己者，乃其所長，惜乎意趣卻不高遠。」〔註 156〕沈義父《樂府指迷》也說：「凡作詞，當以清眞爲主。蓋清眞最爲知音，且無一點市井氣，下字運意，皆有法度，往往自唐、宋諸賢詩句中來，而不用經史中生硬字面，此所以爲冠絕也。」〔註 157〕這就是說宋人已有定論，對他善於化用古典，眾人皆無異詞。觀察他的〈瑞龍吟〉詞：

> 章臺路。還見褪粉梅梢，試花桃樹。愔愔坊陌人家，定巢燕子，歸來舊處。　　黯凝竚。因念箇人痴小，乍窺門戶。侵晨淺約宮黃，障風映袖，盈盈笑語。　　前度劉郎重到，訪鄰尋里，同時歌舞。唯有舊家秋娘，聲價如故。吟箋賦筆，猶記燕臺句。知誰伴、名園露飲，東城閑步。事與孤鴻去。探春盡是，傷離意緒。官柳低金縷。歸騎晚，纖纖池塘飛雨。斷腸院落，一簾風絮。〔註 158〕

當中就融化前人詩句多達十五處，「章臺路」暗用《漢書・張敞傳》「章臺走馬」故事；「定巢燕子」二句暗用劉禹錫〈烏衣巷〉詩；「前度劉郎」暗用劉禹錫作〈再游玄都觀〉詩事；「秋娘」涉唐代「杜秋娘」故事；「燕臺句」引用李商隱〈燕臺詩〉感動妓女柳枝的故事；「露飲」暗用《晉書・光逸傳》中露頂而飲的故事；「東城閑步」化用杜牧於洛陽東城再睹張好好而作〈張好好〉詩的典故；「事與孤鴻去」句化用杜牧〈題安州浮雲寺樓寄湖州張郎中〉詩意等等。他巧妙地將

〔註 155〕樓鑰《攻媿集》卷五十一之十七，《四部叢刊正編》第 55 冊，臺北：臺灣商務印書館，1979 年 11 月，頁 473。

〔註 156〕見《詞源》卷下〈雜論〉，《詞話叢編》第一冊，頁 266。

〔註 157〕見《樂府指迷》〈作詞當以清眞爲主〉條，《詞話叢編》第一冊，頁 277。

〔註 158〕《全宋詞》（二），盤庚版，頁 595。

諸多事典牽引交錯，融合成一首有機且時空往復的憶舊詞，既盪氣迴腸又幾乎不露斧鑿，眞是箇中作手。又他的〈西河〉（佳麗地）詞係據劉禹錫〈再游玄都觀絕句〉及古樂府檃括而成。他的〈滿庭芳・夏日溧水無想山作〉是化用杜甫、白居易、杜牧多首詩的意境，以表達宦海失意的作品。周邦彥的這種寫作方式，大有「無一字無來歷」的趨勢，充分表現出他個人學識的淵博和融化古人詩句的習慣性。他的融化手法，不但不生澀，而且圓熟流美，跌宕往復，這是因爲他善於「以思力安排」的緣故。〔註 159〕「思力」乃是「以賦爲詞」創作理念的實踐手法。今人袁行霈特別指出周邦彥「以賦爲詞」手法承之於柳永，但比柳永又進了一層，柳詞直陳而缺乏餘韻，周則「既能淋漓盡致，又無淺露之弊。」〔註 160〕清眞詞既然以賦筆寫詞，賦的寫作手法本以鋪敘爲尚，爲了鋪敘自然不得不以堆砌爲主，自然得採用華辭故實，著重思考安排。以賦法作詞可以擴大容量，增厚質感，這種寫作手法，周邦彥應該承之於柳永，多少也受了張先、蘇軾、秦觀等人的啓發。〔註 161〕

「使事用典」爲什麼就能營造高雅的格調？因爲典故是讀書人的專利，市井小民連典故來源都不曉得，那裏有能力運用？況且，如果沒

〔註 159〕葉嘉瑩〈論周邦彥詞〉一文中說：「所以周濟在其《介存齋論詞雜著》中，乃謂『美成思力，獨絕千古，如顏平原書，雖未臻兩晉，而唐初之法至此大備。』這一段話，可以說是對周邦彥詞之以思力安排取勝，且善於承襲前人之所長的特色，做了極爲扼要的敘述。」（《靈谿詞說》，頁 291～292。）

〔註 160〕見〈以賦爲詞——清眞詞的藝術特色〉，《北京大學學報》1985 年第 5 期，又刊在《中國詩歌藝術研究》。臺北：五南圖書出版社，1989 年 5 月，頁 345～358。「以賦爲詞」的觀念來源起於夏敬觀所言柳永詞「雅詞用六朝小品文賦作法」一語（龍榆生《唐宋名家詞選》錄夏氏〈手評樂章集〉），袁氏特闢文宣說之。

〔註 161〕李嘉瑜〈論「以賦爲詞」的形成——以柳永、周邦彥詞爲例〉一文以清眞的賦和其詞並舉而評，論「以賦爲詞」寫作風氣形成的時代背景，本節專門討論「整體營造的典雅詞風」，可視爲對其觀點更深入的剖析和擴充。李氏一文刊在《國立編譯館館刊》第二十九卷第一期，頁 133～148。

一定的文學訓練和天生運用文字的能力，即使知道一些典故，又怎麼能夠在行文中妥善融入。運用古典一面是文化累積自然會出現的現象，符合雅的內涵要求；另外一方面，又是作家文學修鍊和天賦才能的表現，符合雅的外顯要求。所以，鎔鑄古典是文化累積到一定程度，文學家創作時一定得借助的手法。詞原本流行於下階層，現在由這些飽學碩儒染指，他們的文化涵養再怎麼樣無意也一定會流露在詞作當中。黨爭期間詞人所作的雅化工作，應該歸爲時運所致，不能只歸爲少數人的提倡。

蘇軾和一干受牽連的詞人都是北宋文化鼎盛時期裡素養極高的文人，他們在詩文上不敢再放言高論，但是那種鬱抑的情懷又不能不找個管道以宣洩之，「詞」這種適合於婉轉表達情意的文體正好滿足了他們的需求。經歷了百年涵養的宋代士大夫，不但因爲文化的發達導至素養極高，又身歷了驚濤骸浪的黨爭磨難，其個人的經世之懷不能有所發揮，詩文之中又不能觸犯禁忌，乃將其情志寄託於可以婉曲其旨的詞文裡，將詩法用之於詞法，重新鎔鑄古典，故詞文之外自然泛溢著「典雅」的情志。這群體共同營造的「典雅」風氣，遂使宋詞走上了「雅化」的路線。然而也因爲雅化，宋詞逐漸爲士大夫們所把持，脫離了廣大通俗人民的生活，因而也與通俗的民間音樂漸行漸遠，逐漸成爲文人的案頭遊戲。民間曲詞另外自行發展，後來乃發展出更爲通俗、更爲白話、句法更自由、更具有音樂性的元曲。

三、在思想內涵上進行雅化

《荀子・王制》說：「使夷俗邪音，不敢亂雅。」這裏分辨得很清楚，「雅」是和「俗」相對而言的，「雅」在早期社會一定是被統治階層所專有，而「俗」就是指合乎下層大眾口味的習尚。在從前專制時代所謂的大眾，多指的是販夫走卒、市井小民和廣大的農業人口。這一大部分的人幾乎都是文化水平較低的，甚至是不識字的一群。他們的口味當然比較偏向於基本的生理需求，如飲食男女、聲色犬馬等感官爲主的活動，就是這群人的生活型態。即使其中少數人有較高的自覺，想要追求更高的精神層次，但是限於文化修爲，又限於經濟生活和周遭環境，一般大眾的精神生活層次，嚴格來講是不能入於高雅的境界。

「雅」在專制時代，幾乎是被上層統治者所界定，凡是不合乎帝王、士大夫胃口的，就不能稱爲「雅」。故儒家的書籍〈毛詩序〉就說：「雅者正也，言王政之所由廢興也。」這裡把「雅正」和「國政」牽扯在一起，就是說明「雅」是觀察統治者施政恰當與否的標準。鄭樵引申解釋道：「宗廟之音曰頌，朝廷之音曰雅。」這裡所談的是音樂，但指明朝廷的音樂屬於「雅正」的這個面向，那麼相對而言，民間的音樂大概就不能稱之爲「雅」了。朱熹《詩集傳》說：「以今考之：正小雅，燕饗之樂也；正大雅，會朝之樂、受釐陳戒之辭也。」〔註162〕指朝廷、士大夫所用的音樂屬於雅樂。可見得「雅」是高層統治者的一大表徵。再推而至文學，儒家自以爲其經典都屬於「雅言」一類，故《論語・述而》記：「子所雅言，詩、書、執禮，皆雅言也。」《論語集解》引孔安國、鄭玄訓爲「正言」。〔註163〕從這些早期學者的觀點，雅和正是並舉的，儒家的經典最爲雅正，士大夫階級的言行應以雅正作爲準則。

所以，「典雅」風格的精神內涵應該就是指那種：合於士大夫集體認定的標準，既遵循著傳統儒家經典的倫理道德觀，又迴出於低層大眾之上的高尚情趣。

宋詞到了黨爭時期，雅、俗之辨已經極爲清晰化，甚至對立化，如蘇軾批評秦觀詞有類似柳永詞俗豔處即是。以下將討論黨爭時期「典雅」詞風所表現出的精神內涵。大致而言，我們可以觀察出有三個主要類型：首先，是對女性的理解與同情，將女性推向高雅的形象；其次，崇尚哲學理趣，融合儒、釋、道思想；復次，以嚮慕古來高雅人士的情操提高詞格。以下論之：

〔註162〕《詩集傳》詩卷第九〈小雅二〉之傳語，臺北：臺灣中華書局，1973年3月，頁99。

〔註163〕《十三經注疏》第六冊，臺北：藝文印書館版，頁62。

（一）對女性的理解與同情，將女性推向高雅的形象

女性詞在早期作品裡（晚唐迄宋初）佔了最大份量，在對女子的描寫方面來看，如果不是用男子的立場，作一些對女性外貌、服飾、鶯聲、嬌態的外部描寫；要不然就是「男子而作閨音」的代言體。〔註164〕楊海明認爲這現象「總多少體現了社會（主要指男性作者群）對於婦女的注目與關心」。〔註165〕但是眞正深入去瞭解女性，以「平等」態度對待女性，又形之於詞的恐怕要以柳永爲最先。柳永代言女性心理，有時說道：「早知恁地難拚，悔不當時留住」（〈晝夜樂〉），或作「早知恁麼，悔當初、不把雕鞍鎖，……和我，免使年少光陰虛過」（〈定風波〉），的確已經開始爲女性心態設想。不過，所寫的是比較表層的心態，而且也比較沒有賦予什麼高雅的形象，只是如實地表顯出當時市井中女子的眞實生活和心態。

北宋後期，女性詞有更進一步的發展，我們可以舉出一些代表性的例子來作說明。蘇軾爲了一矯柳屯田詞的俗艷，全然不作女子嬌嗔姿態的描寫，而把女子描寫「雅化」了。楊海明在《唐宋詞主題探索》裡有一篇〈「冷美人」與「熱美人」〉，主要在討論蘇軾〈洞仙歌〉一詞所描寫的花蕊夫人在雅化上的意義。因爲在這首詞裡，花蕊夫人被蘇軾「勾勒出她如傳說中的藐姑仙子那樣『肌膚若冰雪』（〈莊子・逍遙遊〉），又像唐詩所說的『秋水爲神玉爲骨』（杜甫〈徐卿二子歌〉）一般，具超塵拔俗的高潔品性和解煩滌苛的晶瑩美感。」〔註166〕楊氏還說蘇詞的雅化：

> 首先體現在思想內蘊方面……故而，蘇詞所塑造的花蕊夫人和柔奴形象，就都是有思想的女性；在她們身上，實際融注了作者本身的政治感慨和人生哲學。〔註167〕

柔奴的「此心安處是吾鄉」是此女子自身的人生哲學，它感動了蘇軾，

〔註164〕楊海明《唐宋詞主題探索》開篇第一論題即討論這一現象，見頁1。
〔註165〕見《唐宋詞主題探索》，頁8。
〔註166〕見《唐宋詞主題探索》，頁172。
〔註167〕見《唐宋詞主題探索》，頁173～174。

也成了蘇軾的人生觀。因此提昇了蘇軾，使他處憂患於泰然，形之於〈定風波〉詞，更提振了不知多少的人心。這種對女性描寫的雅化作法，使詞格愈加提高，影響時人，甚至後人，在寫作時逐漸脫離俗艷的詞格，可以說是蘇軾「雅化」詞格的一大貢獻。

東坡的詞，曾有人批評爲「不及情」，在王若虛的《滹南詩話》卷二就曾記載：

> 晁无咎云：「眉山公之詞短於情，蓋不更此境耳。」陳後山曰：「宋玉不識巫山神女而能賦之，豈得更而後知？」是直以公爲不及情也。嗚呼，風韻如東坡，而謂不及於情，可乎！〔註 168〕

葉嘉瑩對這一段議論特作分析，認爲東坡爲歌兒舞女寫歌詞並不是「不及情」，而是：一方面他常爲他人的姬妾寫作，二是「在蘇軾的筆下，即使同樣是寫美女，也不同於一般俗艷之脂粉，而別具高遠之情致。」〔註 169〕其實這裏恰好說明另外一個主題，即：因爲東坡的女性詞太富於高雅的情調，所以看來似乎是「不及情」。葉氏特別說明東坡也是饒有兒女之情的人，但是他「不欲爲情所拘限」而已，舉證甚多，我們不必對此點多作添足之舉。在此特別將焦點放在葉氏提出的：蘇軾所寫的女性詞具有「高遠的情致」此點上。她接著又舉出東坡贈趙晦之吹笛侍兒的〈水龍吟〉（楚山修竹如雲）詞，說此詞：

> 寫侍兒之吹笛，則更復寄興高遠，直欲以笛音勝過人間貶謫蠻風瘴雨之苦難矣。

又舉東坡爲王定國歌兒柔奴所寫的〈定風波〉，說此詞：

> 後半闋結尾「試問嶺南應不好，卻道，此心安處是吾鄉」數句，也寫得曠達瀟灑。如此之類，是雖寫歌兒舞伎，而並不作綺羅香澤之態者也。〔註 170〕

〔註 168〕《滹南詩話》卷二。《知不足齋叢書》第五函，刊於《百部叢書集成》，臺北：藝文印書館，1966 年，頁 6。

〔註 169〕見《靈谿詞說》〈論蘇軾詞〉一文，頁 206。

〔註 170〕見《靈谿詞說》〈論蘇軾詞〉，頁 206。

葉氏的說明也正好可以顯示出蘇詞藉寫歌女抒發超脫苦難的雅懷，又引歌女之言入詞，也間接的凸顯雖是歌女，她也有「高出俗人的人生觀」，如此就把歌女推上了高雅的地位。我們可以從此處體會出，東坡對女性有一定的同情和理解，同時藉著對她們的描寫，把自己的雅趣結合在女性詞裏，「典雅詞」的內涵也由這個管道更加的擴充，這是典雅詞表現的類型之一。從而促成了女性詞生態的改變，使某種受政治壓迫不能發而又不得不發的苦悶情懷，恰能找到「女性詞」的另類管道來宣洩，此後的女性詞更加擴大了它的領域，女子不再被局限於受支配者的角色，逐漸獲得了人格的獨立。〔註 171〕

以秦觀來說，他的詞多寫男女之情，約佔他全數詞中的一半。其中除了〈河傳〉（恨眉醉眼）、〈迎春樂〉（菖蒲葉葉知多少）及〈御街行〉（銀燭生花如紅豆）比較冶豔之外，大都情語眞摯，脫去柳永多寫冶葉娼條的蹊徑，而且賦予女主角較爲高雅的風貌。比如秦觀欣賞他的老師蘇軾所藏的一幅畫，受感動而寫了〈南鄉子〉詞：

> 妙手寫徽眞。水剪雙眸點絳唇。疑是昔年窺宋玉，東鄰。只露牆頭一半身。　往事已酸辛。誰記當年翠黛顰。盡道有些堪恨處，無情。任是無情也動人。〔註 172〕

這首詞專寫畫中人物崔徽，崔徽是中唐時河中府娼女，和裴敬中相從累月，敬中由河中歸，徽以不能跟隨爲恨，使人圖像致敬中，後發狂而死。〔註 173〕東坡見此畫作詩〈章質夫寄惠崔徽眞〉一首，描寫畫中的崔徽形貌是「玉釵半脫雲垂耳，亭亭芙蓉在秋水」，因爲是七言古詩之筆，覺得用筆較爲疏闊直率。秦觀的詞只用七個字「水剪雙眸

〔註 171〕王兆鵬討論「紅粉佳人」在北宋詞壇仍佔半邊天，但如「秦觀、周邦彥詞中的女性形象，常常注入了男性士大夫、詞人自我的精神、生命，充溢著詞人自我的遷謫淪落之感知和人生的失意苦悶。」蘇軾亦何嘗不然。見〈唐宋詞的審美層次及其嬗變〉，《文學遺產》一九九四年第一期，頁 52。

〔註 172〕《全宋詞》（一），盤庚版，頁 461。

〔註 173〕此本事內容具載於元稹〈崔徽歌〉題下所注。《全唐詩》第六冊卷 423，臺北：盤庚出版社，1979 年 2 月，頁 4652。

點絳唇」作速寫，卻覺得婉轉而精細。這就是詩、詞本色的不同。秦觀這首詞接下來對女性動態舉止的描寫雖短短幾句，卻引宋玉〈登徒子好色賦〉的概念意象，濃縮成「疑是昔年窺宋玉，東鄰，只露牆頭一半身」。增加了這首詞的含蓄程度，還利用古典的賦，讓文意更加古雅，更加精緻，使本來是娼女之身的崔徽在此脫去傳統刻板的娼女冶艷形象，被描摹得清雅脫俗，這無疑是對女性描寫的一種進步。這是理想中女性形象在畫中的投射，而實際上，對當代女性的尊重和設想，秦觀詞中所在多是。鄧喬彬分析秦觀「詞心」時，特別舉其〈南歌子〉二首和〈減字木蘭花〉，謂：「這種想對方之所想的立場移易，又見出特別的體貼，『代言』的意味流露出『詞心』的推己及人。」〔註 174〕也都說明了秦觀尊重女性的態度。

但是女性詞的進步，站在另一種立場來看，卻是詞的發展走下坡的徵兆。因為詞本來發跡於民間，詞人起初填詞就是偏好民間詞的通俗性和親切性，現在詞格被雅化了，就逐漸脫離了廣大民眾通俗的生活情趣，市井小民的卑微的、基本的、粗豪的、純眞的心聲，不再受到上層社會的重視。反過來說，群眾對雅化了的詞也就越來越不能接受，來自民間鮮活的生命力在詞壇乃逐漸的衰退，群眾的娛樂趨勢遂轉向了新興的樂種、曲種、劇種。吳熊和在《唐宋詞通論》中就指出：

> 但從北宋後期開始，歌曲方面出現了嘌唱、唱賺、賺等樂種；說唱方面出現了鼓子詞、諸宮調等曲種；戲劇方面出現了雜劇、院本、南戲等劇種。……詞曲原來佔有的中心地位遂被逐步取代。〔註 175〕

他這裏雖然從音樂方面說明了民眾嗜好的轉變，乃因為文士詞人音樂創造力的降低。而另一方面，民眾在文學口味方面也起了轉變，推考其原因，「詞的雅化」最為顯著，而女性詞的雅化，更佔了其中極大的份量。因為詞的發生本來就和女性有濃得化不開的關係，而其流行場合本在廣

〔註 174〕鄧喬彬〈秦觀「詞心」析論〉，《文學遺產》2004 年第四期，頁 86。
〔註 175〕見《唐宋詞通論》，頁 145。

大且低下階層的歌舞娛樂活動處所，現在女性詞脫俗高雅到脫離廣大人民的生活，民眾自然會轉移他的興趣，尋找那更吸引人的娛樂。所以本文要說女性詞的進步，卻是歌詞生命力走下坡的徵兆之一。

（二）崇尚哲學理趣，融合儒釋道思想

宋人以哲理融入詩、詞、文當中，是文學理論家所共同認知的現象。何以宋人好言哲理？這和思想史上所謂「以禪理入儒學」的「新儒學運動」有關。但是儒者引禪理入儒學，並不是納入佛學的思想宗旨，而是取佛學辨證世界觀時的解析態度。蓋佛學解析世界（宇宙）是唯心所現，世界所給人類的一切影響都是苦，所以佛教所指引人心的，就是教人離苦得樂的一切「心法」和「修行之法」。佛教視世界爲虛妄，故所主張必在「捨離精神」上作工夫；而宋儒則是持肯定世界的態度，乃極力在「窮理盡性」上作工夫。

宋儒利用了佛學解析世界的方法，卻認爲世界是實有的，而且先斷定有一個形上共同原理實際運行於萬有之中，而爲存有界之總方向，即就此觀念建立價值觀念。〔註 176〕這是宋儒所持的天道觀（世界觀）。所謂「形上共同原理」即程、朱諸人所言之「理」的來源。其中程顥比較重視的即此「宇宙萬有共通之理」，而程頤、朱熹較喜歡談的卻是由這總主宰的理所分轄的「萬有各自存有之理」。理學家的這些觀念，雖然不是當時的文學家人人都能夠徹底洞悉，但是萬事萬物皆有其理，卻是諸人都願意承認、也容易體會的一種觀念。文學家受道學家喜好窮理的影響，也是顯而易見的，故而除了喜歡援引佛、道的哲理進入其作品，更有以一時之間個人人生的體會所領悟的哲理，結合在言情敘景的詞作當中。

若宋初晏殊的作品，葉嘉瑩氏討論其詞風，就以爲晏殊是一個理性的詩人。她解釋道：

> 我所說的理性的詩人，不是那一種雞毛蒜皮斤斤計較的那個

〔註 176〕上述諸觀點節取自勞思光《新編中國哲學史》三上，頁 53。

> 理性，而是說對於自己的感情有一種節制，有一種反省，有一種掌握，有這樣的修養的能力，這是理性的詩人。〔註 177〕

就以晏殊〈浣溪沙〉（一曲新詞酒一杯）來說，「無可奈何花落去」是感嘆世事的無常。「似曾相識燕歸來」卻是對「宇宙的循環」、「宇宙的永恆」的「圓融的觀照」。〔註 178〕這無疑說明了晏殊有他對人生宇宙的一種「悟」。暗中流露出他的「思致」——即「理」。然而晏殊並不刻意說理，他詞中的理，多是在自然生活情景中本身引發的「情理」。歐陽修的詞也有類似於晏殊這方面的性質，那就是在言情敘景的過程中，人生觀照的「理致」就自然寓寄在其中，這種表現正是二人的文化修養，人生閱歷和時代背景的同質性所融匯形成的。

詞中說理的現象，到了蘇軾這個時期，做了大大的改變，東坡詞裡的「哲理」究竟談的是什麼？它包含得很豐富，儒、釋、道的思想全部都融合在裡面。從儒學這一方面的表現來說，蘇軾自杭州赴密州途中所作的〈沁園春〉（孤館燈青）就是「用之則行，舍之則藏」（《論語・述而》孔子語）的思想，只是結尾「有筆頭千字，胸中萬卷，致君堯舜，此事何難。用捨由時，行藏在我，袖手何妨閒處看」的地方，有幾許頹唐；但是，他這時終究還持有著一種積極用世的儒者情懷。到了烏臺詩案後，他的內心矛盾掙扎，在黃州所寫的〈念奴嬌・赤壁懷古〉（大江東去）就是這種掙扎的表現。藉著撫昔感今，暗寓壯志難酬的悲慨，用世的志意在此時被壓抑了下去，強烈的解脫慾望油然而生，於是道家的「解脫」思想佔據了作品的大半空間。清人劉熙載《藝概・詞概》曾說：

> 東坡詞在當時鮮與同調，不獨秦七，黃九別成兩派也。晁无咎坦易之懷，磊落之氣，差堪驂靳。然懸崖撒手處，无咎莫能追攝矣。〔註 179〕

〔註 177〕見《唐宋詞十七講》，頁 185。

〔註 178〕見《唐宋詞十七講》，頁 188。

〔註 179〕見《藝概・詞概》〈晁无咎不能追東坡〉條，《詞話叢編》第四冊，頁 3692。

他所說的「懸崖撒手處」，就是指蘇軾能在他人意想不到的地方，絕地跳脫，別出天地，卻不流於消極。東坡出仕之前本來就有效法范滂「澄清天下」的志向，烏臺詩案雖重重的打擊了這一初志，但是僅僅讓這初志暫時隱身於幕後，道家出世之志一時活躍起來，而二者只是顯現在詞中的比重互有消長而已，並不是從此走上虛無幻化的世界。我們觀察蘇軾從少小讀書立志，到初入仕時表現的昂揚參政意願，到元祐時期任朝廷大臣時的知無不言、竭智盡忠，一直到晚年的持節不衰，就知道蘇軾思想主體應該是植基於儒家「用行舍藏」的精神。

不過當政治迫害加劇之後，道家思想浮現在蘇詞的例子開始增多，可以舉為代表的有〈水龍吟〉（似花還似非花）、〈滿庭芳〉（蝸角虛名）、〈水調歌頭〉（落日繡簾卷）、〈水調歌頭〉（明月幾時有）等數首。以下討論這幾首，先談〈水龍吟〉，劉熙載《藝概・詞曲概》以為：「東坡〈水龍吟〉起云：『似花還似非花』。此句可作全詞評語，蓋不離不即也。」〔註 180〕朱德才引申劉熙載的評語道：

> 即謂人與花、物與情當在「不離不即」之間。唯其「不離」，方能使種種比興想像切合本體，有跡可求，此詞家所謂「不外於物」；唯其「不即」，方能不囿本體，神思飛越，展開想像，此詞家所謂「不滯於物」。〔註 181〕

從以上的引申，可以說，「不離」近乎儒家入世的本質，「不即」（「不滯於物」）近乎道家「不役於物」的逍遙旨趣。第二首〈滿庭芳〉的起句「蝸角虛名」，劈頭拈出《莊子・則陽》文中蝸角觸氏、蠻氏之戰的故事，暗射政治爭鬥之無謂。詞語中又有「且趁閑身未老，須放我、些子疏狂。百年裡，渾教是醉，三萬六千場」的牢騷，全部都是頹放的思想，屬於道家頹放一派的思想作風，魏晉時期清談之士有一派曠達派如阮籍、嵇康者，正是持這種人生態度。〔註 182〕第三首〈水

〔註 180〕《藝概・詞概》〈史姜詠物評語〉，《詞話叢編》第四冊，頁 3704。

〔註 181〕見《宋詞鑒賞辭典》，頁 307。

〔註 182〕李曰剛《國學概論》論魏晉南北朝之玄學一節，分「玄學」為：一名理派、二玄論派、三曠達派。而稱「曠達派者，以順任情性，擺

調歌頭〉，詞末云：「堪笑蘭臺公子，未解莊生天籟，剛道有雌雄。一點浩然氣，千里快哉風。」提到《莊子・齊物論》的「天籟」。他拿這大自然的天風樂曲，嘲笑宋玉的不能悟解，強自分「雌風、雄風」，其實是多餘之舉。若是具有充塞於天地之間的浩然之氣在胸中，那麼那一種風不使人快意？這首詞就此把孟子的思想提注在整篇詞文，更巧妙地利用莊子的「天籟」之說，以轉化成爲「無風不快，皆爲天籟」的意義，於是儒、道思想在這裡融合爲一，絕無扞格，不禁令人讚歎蘇軾的要眇之思、如神之筆。第四首〈水調歌頭〉（明月幾時有），行文中「我欲乘風歸去，又恐瓊樓玉宇，高處不勝寒」數句，襲用《洞冥記》「廣寒宮」〔註 183〕的道教傳說，化入他筆上，陡然覺得仙氣飄飄。但是蘇軾意在寫人間的事，並不是有游仙之思，所以在苦難磨礪之下，他以人理類比於物理，那就是「人有悲歡離合，月有陰晴圓缺，此事古難全」，在這種「難全」的宇宙規律之下，他卻找出另外一條解脫之道，既任隨人生命運的安排，又能自闢一個理想的境地，即滿足於可以掌握的人間情感，以自娛自適，這分明是道家面對有生的要旨——以「觀賞世界」的態度得到自適的境界。〔註 184〕所以詞末才以「但願人長久，千里共嬋娟」作結。這首詞並不似上三首貶官於黃州時心境的沉重和掙扎，蓋因作於密州尚未以詩賈禍的緣故，但是已經顯然透露出蘇軾思想中有道家「不離不即」、「欣賞人生」的成份在。

脫名累，解放自我爲本色；蓋以避世爲懷，而篤行於老莊理論。」并舉阮籍、嵇康爲例。見其書頁 142。臺北：文津出版社，2001 年 9 月。勞思光《新編中國哲學史》論道家思想至漢以後分裂爲三部分，第二派屬於「放誕思想」，其後遂發展而爲魏晉清談。李氏和勞氏所指其實相同。見勞氏其書第二冊，頁 18。

〔註 183〕舊題爲漢・郭憲所著的《洞冥記》謂：「冬至後月養魄於廣寒宮。」《影印文淵閣四庫全書》第 1042 冊，臺北：臺灣商務印書館，1983 年，頁 306。

〔註 184〕勞思光以爲《莊子・應帝王》中主張的「勝物而不傷」的「勝物」，消極的是「不役於物」，積極的則應爲「支配外物」，但是道家多著重在「觀賞世界」的態度，不重視「征服世界」的態度。見《新編中國哲學史》第一冊，頁 278。

蘇軾早在元豐二年（1079）經過揚州時寫過一首〈西江月〉（三過平山堂下），有句道「半生彈指聲中」，「彈指」就是用佛典語。〔註185〕詞到結束時寫到「休言萬事轉頭空，未轉頭時皆夢」，對此二句，湯易水等評道：

> 作者以夢幻作結，無疑是受到佛教的影響，《維摩經》云世間萬物一律性空。他這樣寫，也許還因預感到災禍即將臨頭。〔註186〕

東坡是否有這樣的預感姑不深論，至少這首詞的思想跡近於消極的佛門觀點「一切有為法，如夢幻泡影。如露亦如電，應作如是觀。」〔註187〕可見蘇軾受佛教浸染之早、之深。

再看秦觀詞中的思想，他自稱「余家既世崇佛氏」，〔註188〕又稱「蹇吾妙齡，志於幽玄」，〔註189〕他說不但他家中本來就崇奉釋氏，從小自己也有心於研幾，同時為了應科舉考試，他當然對儒家思想很熟悉。唐代佛、道思想極度發皇，進入宋朝，儒、釋、道三家思想早有互相融合的現象，時人很少有不受浸染的，甚至連基層民眾駁雜的仙道之術，也融合進較高層次的知識份子界當中，所以秦觀又自稱涉獵「浮屠、老子、卜醫、夢幻、神仙、鬼物之說」，〔註190〕這是秦觀思想的複雜性，不過他的主流思想依舊以三家為主。在他仕進之後，黨爭越趨於激烈，他消極的佛、道思想也就越加顯現。曾寫〈俞紫芝字序〉一文，闡發道家「眞、無」的哲學內涵，並且與佛理的「空、

〔註185〕《翻譯名義集》卷2〈時分〉第24釋「怛刹那」:「二十瞬名一彈指。」《四部叢刊》本第31冊，上海：上海商務印書館，1967年，頁70。

〔註186〕《宋詞鑒賞辭典》，頁345。

〔註187〕語出《金剛般若波羅蜜經》，臺中：大光明雜誌社，1994年，頁99。

〔註188〕《淮海集》卷38頁2〈五百羅漢圖記〉，《景印文淵閣四庫全書》第1115冊，臺北：臺灣商務印書館，1983年3月，頁632。

〔註189〕《淮海集》卷31頁4〈遣瘧鬼文〉《景印文淵閣四庫全書》第1115冊，臺北：臺灣商務印書館，1983年3月，頁590。

〔註190〕《淮海集》卷39頁3〈逆旅集序〉，《景印文淵閣四庫全書》第1115冊，臺北：臺灣商務印書館，1983年3月，頁643。

相」理論融合起來，以解說道家「無本」的觀念。其中一段說：

> 己物不二，謂之眞一，夫是之謂以有本爲宗。……眞僞兩忘，亦無眞一，夫是之謂以無本爲宗。蓋非有本，則不能離相而歸空；非無本，則不能即空而證實。有本然後明心，無本然後見性。〔註191〕

這一段本來是文中童子的話，秦觀藉這段話抒發己見。其意在解明「有本、無本」是相對待而存在，因爲有「相」，才可能有相對於「相」的「空」存在，「相」就是「有本」的「本」。與「有本」（相）相對待的即是「無本」（空），如果不能夠體認「無本」（空）的眞義，就不能從「空觀」照見實體（即相）。此文中還有一節說「無舍，故不斷一切僞，無取，故不住一切眞」，這是在發揮《金剛經・妙行無住分第四》「菩薩於法，應無所住、行於布施。所謂不住色布施，不住聲、香、味、觸、法布施」的旨意。「不住」就是「不執著」，不執著於相，也不執著於空，所以「眞、僞」都是實有存在，但取「無舍、無取」的認知，則能不執著其象，也不落實在任何一方。秦觀用佛家的觀點來解釋道家「無本」的意義，恰好能夠相通。

在這種思想的指引下，秦觀的詞自然而然地施用佛、道家的用語，也瀰漫著佛、道思想。引佛道語的如：

> 近日來，非常羅皂醜。佛也須眉皺。（〈滿園花〉）
>
> 紫府碧雲爲路，好相將歸去。（〈一落索〉）

前一例借佛爲用，後一例借用道家典故。〔註192〕融入佛、道思想的最足以代表的則有〈好事近〉詞：

> 春路雨添花，花動一山春色。行到小溪深處，有黃鸝千百。
>
> 　　飛雲當面化龍蛇，夭矯轉空碧。醉臥古藤蔭下，了不

〔註191〕《淮海集》卷39頁1〈俞紫芝字序〉《景印文淵閣四庫全書》第1115冊，臺北：臺灣商務印書館，1983年3月，頁641。

〔註192〕《抱朴子・祛惑》內篇第二十記：「有項曼都者，與一子入山學仙，十年而歸家。家人問其故，曰：『在山中三年精思，有仙人來迎我。……及到天上，先過紫府，金床玉几，晃晃昱昱，眞貴處也。』」《四部備要》子部，臺北：臺灣中華書局，1973年3月，頁5。

知南北。〔註 193〕

徐培均在《秦觀詞新釋輯評・前言》中特別引此詞，並謂：

實際上詞之重心在歇拍二句，反映了萬物皆無、四大皆空的佛家思想。與他同時的趙令畤曾以之與賀鑄相比，曰：「方回亦有詞云：『當年曾到王陵鋪，鼓角秋風，千歲遼東，回首人間萬事空。』」可見少游之「了不知南北」，即方回之「人間萬事空」。既然萬事皆空，什麼功名富貴、榮辱苦難，當然就置之度外了。〔註 194〕

指明這首詞和佛家思想扯上關係。由秦觀家世和自我的剖析，即使此詞不明用佛典，然整首詞確有欲擺脫塵世苦惱的趨勢，徐氏的說法並不虛造。徐氏又引〈添春色〉詞的歇拍「醉鄉廣大人間小」與〈好事近〉的歇拍「醉臥古藤陰下，了不知南北」並舉，以爲都是受釋家的影響。

從以上來看，秦觀受釋、道思想影響是明顯有徵的，只不過他比較喜歡在詩文當中談論，大概就是順著文體本身的特性所致；至於詞裡面比較少談佛、道思想，當然是詞體不便於說理。另外一點，就是秦觀對詞體的觀念所致。秦觀以情詞著稱，他寫作的態度在早期並不避忌艷情，黨禍之後還寫了不少戀情詞，如果不瞭解他的身世，必然以爲他前、後期的詞沒有什麼差異，其實他後期情詞中所抒寫的「深恨」並不能單純地看待，當中實寓有身世之感。清人周濟評論秦觀〈滿庭芳〉（山抹微雲）詞曾說：

將身世之感打并入艷情，又是一法。(《宋四家詞選眉批》)〔註 195〕

秦觀將身世之感打并入艷情的方式爲何？就是採用借代的方式，即正面吐訴男女戀情之苦，內涵卻是傾訴受政治迫害的鬱悶。然而對身世之感他還有另外一種解脫的方式，即另尋一個神仙虛幻的境界，一面凸顯人間的不堪，一面藉以獲得精神的寄託。當他用這種方式抒寫情懷的時候，全然不見愁苦，多是閒情和歡樂，多是生意盈然的境界。

〔註 193〕《全宋詞》(一)，盤庚版，頁 469。
〔註 194〕見《秦觀詞新釋輯評》頁 13～14。
〔註 195〕《詞話叢編》第二冊，頁 1652。

除了前引的〈好事近〉（春路雨添花）是最佳的範例，尚有〈添春色〉詞，全詞云：

> 喚起一聲人悄。衾暖夢寒窗曉。瘴雨過，海棠晴，春色又添多少。　　社甕釀成微笑。半破瘦瓢共舀。覺傾倒。急投床，醉鄉廣大人間小。〔註196〕

這首詞雖然陶然於春景，而歇尾「醉鄉廣大人間小」一句，卻拋卻這美好的春景，寧願長駐於醉鄉，可見當時即使是生機勃勃的人間好時節，編管橫州（今廣西南寧市）永不敘復的痛苦，如何不讓秦觀想要尋求心靈的解脫。從詞文表面上可以看出：「它反映了少游超脫現實的曠達襟懷」。〔註197〕但是從作詞的時期和背景來看，應該歸之於少游苦悶的象徵才對。〔註198〕觀其歇拍一句正是一種牢騷語，不過是藉佛、道的幻境，自求逃避的樂地而已。

黃庭堅以哲理凸顯他的骨氣。黃寶華在所撰《黃庭堅詩詞文選評》的〈前言〉中指出黃氏的人生哲學：「一方面其詩抒寫『與時乖逄（案：當作逢），遇物悲喜』之情，呈現出憤世疾（案：疑作嫉）俗的反流俗傾向，另一方面又借佛道之理化解、超越與現實的矛盾衝突，故又趨於靜退，以求『胸次釋然』。」〔註199〕以上所作兩方面的分類雖在說明詩文的風格內涵，我們也同樣可以在他的詞中感受到這兩種風格。有關於「憤世嫉俗」的表現我們已經在上一章見到相關的討論，現在就第二點來作說明，黃庭堅詞是否也有與詩文相同的哲理性。他在崇寧元年六月赴知太平州（今安徽當塗縣），到任八日而罷，次日郡中置酒，他於席上寫了〈木蘭花令〉（凌歊台上青青麥）詞，後片云：「江山依舊雲空碧，昨日主人今日客。誰分賓主強惺惺，問取磯頭新婦石。」他這裏以江山依舊反襯人事代謝的倏忽多變，歇尾則謂不必強分賓主，否則故作惺惺

〔註196〕《全宋詞》（一），盤庚版，頁469。
〔註197〕見《秦觀詞新釋輯評》，頁319。
〔註198〕據《秦觀詞新釋輯評》考證此詞作於紹聖四年（1097）之次年春天或稍晚，頁319。
〔註199〕黃寶華《黃庭堅詩詞文選評》，頁8。

姿態以互相揖讓，實在令人厭惡之極。整體的意蘊，就是在闡發莊子的「齊物」思想，以破除榮辱、得喪之差別心，好像是在說理以解除世人的疑惑，其實也是他自我安慰的告白。故黃寶華總合而論道：

> 全詞貫穿了一條「暫作主人——反主爲客——主客不分」的思想變化脈絡，最終進入一種無差別境界，由感慨人生而達於委運任化。〔註200〕

「委運任化」正是道家的人生哲學旨要，黃庭堅塡詞也和蘇軾、秦觀同樣地化哲理於其中。只是此詞若再細觀之，覺得尚有不平之氣，雖有「齊物」的觀點，但暗中似乎譏誚著那些一時得勢的人，主客既不易分，現在也不必太得意，轉眼也將失勢爲客。語氣極堅定，但也充分表現心中的不平。山谷此詞所演示的道家哲理，其實還是未達上乘，不似乃師的曠逸灑脫。山谷另一首〈水調歌頭〉（瑤草一何碧），文已見前所引，通篇以別入仙境而自得其樂爲旨，當然仙境是假託，他不過想在幻境中自求心靈一時的安適而已。這首詞將仙境描述得鉅細靡遺，和人間眞實生活就顯得相形隔閡，詞格乃缺乏人間的情感，感人並不深摯。對下片歇尾，黃寶華論道：「理想不遂，只能以回歸現實人世作結。詞意的跌宕回環正表現出詞人深刻的內心矛盾。」〔註201〕評論得深中肯綮。總之，黃庭堅的詞偶然以佛、道思想摻入，可提振詞氣，然而讀完之後，終覺稍微突兀生硬，大概是由於個性使然吧！

再看另一位詞人賀鑄，他雖然以鎔鑄古人佳句見勝，詞風又時時顯現豪儁的英雄氣概，但他那一首哀悼亡妻的〈半死桐〉，不僅詞情婉轉，不事雕琢，更可貴的就是富有思想內涵。詞云：

> 重過閶門萬事非。同來何事不同歸。梧桐半死清霜後，頭白鴛鴦失伴飛。　　原上草，露初晞。舊棲新壠兩依依。空床臥聽南窗雨，誰復挑燈夜補衣。〔註202〕

鍾振振在評論此詞時特別舉潘岳、元稹的悼亡詩和蘇軾〈江城子〉、

〔註200〕黃寶華《黃庭堅詩詞文選評》，頁163。
〔註201〕黃寶華《黃庭堅詩詞文選評》，頁8。
〔註202〕《全宋詞》（一），盤庚版，頁502。

賀鑄〈半死桐〉作比較，而以爲賀詞在思想性上最優，因爲：「從思想內容來看，元詩、賀詞反映出了他們夫婦之間患難與共、甘苦同嘗的感情基礎，這一要素，恰恰是潘、蘇的作品中所缺少的。」〔註203〕鍾氏又評元稹〈遣悲懷〉詩其一的末尾「今日俸錢過十萬，與君營奠復營齋」二句爲「庸俗」而「損傷了全詩的格調」。這個批評的確實讓人有同感，但是，特別要指出的，即元稹在其髮妻亡故後，欲以豐厚的齋奠祭祀，應該是本之於人之常情，就因爲他是文學家，就責之以「庸俗」，對他個人喪妻傷悼的景況實有失公平，若針對一個文學作品所應講究的精純脫俗的藝術技巧而言，倒是可以一諷。總之，賀鑄這首悼亡詞的思想內涵，不但有它勝過潘、元詩及蘇詞的地方，也使後來的作者，甚難在這個主題上再作超越。

（三）以嚮慕古來高雅人士的情操提高詞格

如果把《花間》詞拿來和蘇軾詞作比較，很明顯地，前者描敘的內容，只有韋莊詞比較清麗、稍具個性，潘閬一部分的漁父詞尚有出塵之思，其餘若不是流於女性外貌與心理的刻劃，否則即爲無個性的代言體，風格俗豔。柳永詞雖然比花間詞更尊重女性、更具有一些個性，能寫羈旅仕宦之愁思，但是多數格調還是不高。晚唐、五代或宋初詞大都類似如此，只有晏、歐、張先諸人以其文化修養進行雅化的開路工作，但是哲理思想未深、雅化情趣尚淺。以一代文宗身分主倡，大開文雅之士關注詞運而共同進行雅化工作的，則非蘇軾莫屬。

蘇軾一生最仰慕陶淵明，從守揚州開始和起陶詩來，一直到流放惠州，遍和陶詩共一百九首，要蘇轍作〈追和陶淵明詩引〉，並附書說明和詩的用意：「然吾於淵明，豈獨好其詩也哉？如其爲人，實有感焉。」〔註204〕信中把陶詩的勝處提出，後面指出陶淵明的爲人才是他最想師法的。因爲陶臨終前寫了〈與子儼等疏〉有一段話

〔註203〕見《宋詞鑒賞辭典》，頁593。
〔註204〕見《蘇轍集・後集》卷二十，頁210。

說：

> 吾年過五十，少而窮苦，每以家弊，東西遊走；性剛才拙，與物多忤，自量為己，必貽俗患，僶俛辭世，使汝等幼而飢寒。〔註 205〕

蘇軾特別引此一節，認為自己真有「剛而忤世」的毛病，而不能早一點自覺，才惹來一世禍患，覺得很慚愧。推考他和陶詩意在仰慕淵明的高潔，任意仕隱。〔註 206〕他欣賞淵明的真率，何嘗不是因為他們個性相近。進一層而言，追慕淵明也是為了矯除自己剛直忤世的個性。考察他的詞，也脫離不了這類的思想。如其所作的〈哨遍〉在題序中，再度表明慕陶之意。整首詞的詞文幾乎就是陶〈歸去來兮〉辭的濃縮，他稱之為「檃括」，這樣寫作的方式使此詞本身並沒有創意可言，前人較少用「檃括」，他卻屢屢為之。〔註 207〕另一首〈江神子〉自述「夢中了了醉中醒，只淵明，是前生」，也表露了相同的心聲。

此外他對莊子也有所嚮慕，在〈水調歌頭〉（落日繡簾捲）詞裏頭有句云「堪笑蘭臺公子，未解莊生天籟，剛道有雌雄。一點浩然氣，千里快哉風。」在談哲理的過程裏，把境界一層層地提昇，由於宋玉把風分成君王之風與庶人之風，是迎合國君心意的的低層次說法。東坡乃提出莊子天籟之說，天籟出自於自然之風，為天地萬物之所共有共享，和孟子的「浩然之氣」同義，都是充塞於宇宙的無偏頗的自然之氣，萬物與之相遇無不快然，這才是更高的層次。他把涵蓋無垠的

〔註 205〕《陶淵明集校箋》卷七。臺北：盤庚出版社，1979 年 2 月，頁 301。

〔註 206〕《蘇軾全集・文集》卷六十八〈書李簡夫詩集後〉云：「陶淵明欲仕則仕，不以求之為嫌；欲隱則隱，不以去之為高。飢則扣門而乞食，飽則雞黍以延客，古今賢之，貴其真也。」，頁 2148。

〔註 207〕王若虛《滹南詩話》卷二謂：「東坡酷愛〈歸去來辭〉，既次其韻，又衍為長短句，又裂為集字詩，破碎甚矣。陶文信美，亦何必爾，是亦未免近俗也。」《百部叢書集成》刊錄《年不足齋叢書》本第五函，臺北：藝文印書館，1966 年，頁 3。又賀裳《皺水軒詞筌》〈蘇黃檃括體不佳〉條云：「東坡檃括〈歸去來辭〉，山谷檃括〈醉翁亭〉，皆墮惡趣。天下事為名人所壞者，正自不少。」《詞話叢編》第一冊，頁 710。

宏觀思想當作此詞的達解，使整首詞不因爲說理而枯燥，使觀賞者生命力也因而鮮活起來，心胸因而開闊了起來。就在這同時，他不僅將他的領悟剖白給讀者，也昭示了他的懷抱和人格類似於莊子，如此涵納於其詞中，因而提高了詞格。

功成名遂即行歸隱一直是蘇軾的夙志，在〈八聲甘州・寄參寥子時在巽亭〉詞中，有句道：「約他年東還海道，願謝公，雅志莫相違。西州路，不應回首，爲我沾衣。」他把自己比作謝安，和參寥子相約將來一同歸隱，而且說我一定能達成隱居的願望，你將不會像羊曇爲謝安雅志不遂而痛哭一般地落淚。文意頗樂觀，而且自比於謝安，就是想效法他擊退苻堅立下古今稱美的大功勳，而謝安談笑之間安邦定國的千古風雅，乃是他最爲傾心的範式。但他還想完成謝安未能完成的心願，那就是「功成身退」之後過著順心的隱居生活。東坡既渴慕謝安的仕而有成，又企羨陶潛的隱而順心。我們知道他少年時即有積極用世的志意，後來在哲宗朝身兼兩學士，也竭盡忠懇想大有作爲，到了整個局面如大廈將傾之不可爲，然後才萌生退隱之心。總之，蘇軾傾慕的是高潔如謝安、陶潛等人的人格，由於認同這類人物，在抒發情意之時，將理想投注在長短句裏，終致於使他的詞揚泛著高雅的格調。

黃庭堅〈定風波・次高左藏使君韻〉（萬里黔中一漏天）歇尾道「戲馬臺南追兩謝、馳射，風流猶拍古人肩」。劉裕在重陽節大會僚佐於戲馬臺，當時謝靈運及謝瞻與會，此二人皆才思橫溢，文筆高妙。黃庭堅引此軼事，自喻寫作歌詞文筆風雅，而且身強體健，尚能馳射，豪氣可以比得上古人，這是他以雅懷自詡的一例。又山谷另一首〈水調歌頭〉（瑤草一何碧）當中有句云「謫仙何處，無人伴我白螺杯」，其意以李白爲知音，今人沒有值得相與的，凸顯他不同流合污的態度與抗俗的氣骨，更有一份自我期許的高蹈情懷。又其〈菩薩蠻〉（半煙半雨溪橋畔）有句道「江山如有待，此意陶潛解」，意謂江山似乎在等待他歸隱，但眞正了解他心意的大概只有陶潛了。對於蘇、黃二人崇雅的意向，王曉驪指出「它以高尚的人格爲核心」，正合本節的主旨。但稱：

> 後來詞人屢有能跳出豔科藩籬者，均受益於蘇東坡的開拓，所以我們說蘇軾以及他的追隨者們眞正實現了詞的雅化，從而開闢了雅詞的發展之路。〔註 208〕

蘇軾追求高尚人格的傾向的確影響不少後人，若只歸功於他的開拓，似乎也嫌誇大。試看理學發展到哲宗時期，程氏兄弟曾領導一班弟子在舊黨內訌中爭權，理學的影響力已漸漸顯現，這對建立理想人格的思潮必然有極大的推動作用。觀察司馬光的戮力從公，也和當時時代風潮已走到這共同的趨勢有關。所以，不但東坡追隨者崇尚人格高雅，新黨周邦彥的詞裏也有所表白。

歷來詞評以爲周邦彥最擅長融化古人名句，推想他化用古典背後的用心，也可以看出仰慕的人物爲何。清眞身歷神宗、哲宗、徽宗三朝，政局翻覆之下他也受牽連，而浮沉流徙，深有感受。除了前述的〈渡江雲〉有憂虞朝政敗壞之意外，另一首〈西平樂〉表白心跡說：「重慕想、東陵晦迹，彭澤歸來，左右琴書自樂，松菊相依，何況風流鬢未華。」實已厭倦於仕宦生涯，有歸隱的打算，古人中最令他追慕的即東陵侯召平和時進時退的陶淵明。清眞本來也是高尚其志的，之所以出仕，可能由於家計所需，否則何以當個小縣令都願意，卻又不干求希進？這邊至爲有趣的問題乃何以陶淵明會成爲多數文人理想中的範式？〈北宋黨爭與蘇軾的陶淵明情結〉也縱觀地討論這個問題，認爲：

> 可見，在特定環境下被記起的陶淵明，普遍被宋人意象化、概念化了，陶淵明已成爲一種象徵、一種符號，代表了北宋士人所追求的夷曠灑脱、任眞自得、樂易無累的處窮態度；而陶詩中蕭散沖淡、恬靜和平的田園主題和詩中所刻畫的那種「躬耕非所歎」、「悠然見南山」的生活旨趣和情調，則在一定程度上成了膠擾於黨爭的北宋士人用以排遣情累的精神家園。〔註 209〕

〔註 208〕王曉驪〈閑雅・高雅・清雅——論宋代雅詞發展的三個階段〉，《山西師大學報》（社科版）第 28 卷第 1 期，2001 年 1 月，頁 56。

〔註 209〕丁曉、沈松勤〈北宋黨爭與蘇軾的陶淵明情結〉，《浙江大學學報》

這種生活旨趣和情調，的確受到了黨爭的激發，而在長短句的抒情表顯上卻不自覺地把志意也表顯出來了。

以上這些詞家，不但文化涵養深厚，寫作技巧嫻熟，更可貴的是大都有較高雅的志趣。他們都是仕宦中人，仕則有仕宦中高尚可佩的模範人士可以倣傚；不得志而萌生退隱之思，則有眞率樂天的清潔人士可以企羨。因爲這份雅志，使他們在述志的詞裏面，擺脫俗套，從早期或爲代言體、或缺乏個性內涵的局面，進化到可以眞正表達自我懷抱的格局。北宋後期的詞風以崇尚古來高雅之士的人格，從內在精神上進行雅化，其趨勢可謂極爲明顯。

第33卷第2期，2003年3月，頁115。

第七章　黨爭時期詞學觀念的演變

北宋前期，歌詞在上層社會的眼中不過是娛樂之具，不能登大雅之堂，擅長作詞是俗人的行爲，這個觀念普遍存在於士大夫階層，宋仁宗極愛聽宮女歌柳永詞，卻鄙視柳永的爲人，正是這種心態的作祟。〔註 1〕雖然當時的人如此輕視詞體，柳永卻是一位先知先覺的人物，他對於自己的創作頗爲自負，而且還藉著歌詞向世人吐露其個人志意與苦悶。他是最早認識詞體功能和價值的人，把詞和詩文等量齊觀，改進了詞樂，發展了慢詞的寫作技巧。可惜因爲社會地位不高，時代、環境並沒有給他如蘇軾般的大改革的機會；又因爲當時沒有重大的政治鬥爭，對他身心上面的衝擊也不夠強烈。因而在詞的造境上和思想內涵上開拓得不夠深遠，在詞學理論上當然也沒有留下任何資料。

另一方面，世人對詞的喜愛與日俱增，雖然表面上不把詞體當作大雅文章，其實平時總日誦夜謳，不知不覺中還品評起來，懷著一種矛盾的心態，像王安石就是抱持這個心態的最佳例子。北宋前、中期，大致維持著這個態勢。等到蘇軾及一干舊黨人士受到嚴厲的排擠，藉

〔註 1〕吳曾《能改齋漫錄》卷十六謂仁宗見柳永〈鶴沖天〉詞「忍把浮名，換了淺斟低唱」句，特落其科考名，而謂：「且去淺斟低唱，何要浮名？」《詞話叢編》第一冊，頁 135。陳師道《後山詩話》也說：「仁宗頗好其（柳永）詞，每對酒，必使侍從歌之再三。」《景印文淵閣四庫全書》第 850 冊，臺北：臺灣商務印書館，1983 年，頁 817。

詩文以言志或論政的途徑被硬生生地阻絕，抑鬱與畏禍的情緒遂轉移而宣洩至歌詞之中，歌詞內涵充實了，相隨而來地，對詞體認知加深了，對詞體也就越來越尊重。雖然這是舊黨人士政治前途的不幸，卻是詞壇所以能夠快速發展的大幸，以下的討論，即著重於觀察及分析詞壇各種觀念變遷的現象。

黨爭不但推動了致力創作歌詞的風氣，也帶動了論詞的興趣，其言論或見於專論，或見於詞序，或見於軼聞，大略而言，實多瑣碎。爲了瞭解整個大趨勢，勢必得先觀察創作質量的變化情形，故本章第一節首先討論「詞論質與量的增加」問題。其次，當時人究竟對詞體持什麼態度，是進一步需要瞭解的，故接著述論「對詞體評價」的議題。第三節進一步探討當時詞人對詞體性質的瞭解狀況，次之以「諸家的詞體觀」。再次，進一步探討詞家所持的流派與風格觀念爲何，故次之以「諸家對流派與風格的討論」。既然詞家對詞體已經投以極大的關注，在創作理論上應該也有所建樹才是，次之以第五節「諸家對創作理論的探討」。對當時整體詞學觀念有了通盤的理解之後，最後試著以近代美學觀點從另一個角度切入，論當時詞人的審美意識，第六節乃結之以「此期詞學界的審美觀念」。

第一節　詞論質與量的增加

蘇軾之前，特別重視詞體，並爲之作出最大努力的，就要算柳永了，他的〈鶴沖天〉詞即爲心跡的表白，其中「何須論得喪，才子詞人，自是白衣卿相」句，自負才華，以爲詞壇中唯我獨尊，他多麼自詡於作詞林中的才子，甚至是盟主。另一首〈西江月〉下片也表現這種狂傲的心態，詞云：「我不求人富貴，人須求我文章。風流才子佔詞場，眞是白衣卿相。」依上述來推理，詞體應該是他最重視的創作載體，他沒有詞論流傳下來，〈鶴沖天〉詞的放言高論，就勉強當做他以詞爲重的詞論吧！

其後王安石在詩文創作之外，也分出一部分的注意力，針對「詞」這種文體的性質加以討論，並以詩樂來源作爲依據，論塡詞方式恰當與否。趙令畤《侯鯖錄》卷七載王安石的言論爲：

古之歌者，皆先有詞，後有聲。故曰：「詩言志，歌永言，聲依永，律和聲。」如今先撰腔子，後塡詞，卻是「永依聲」也。〔註2〕

以上在討論歌詞先於音樂，還是音樂先於歌詞的問題。他認爲塡詞的行爲屬於後者，不合乎古來（〈詩大序〉及其支持者）一般的觀點，即先創作音樂再塡詞的作法是不合理的，由此推想王安石對詞這時興的文體大致有貶低的意思。魏泰《東軒筆錄》卷五有一則王安石認爲「當宰相不宜作小詞」的記載，文曰：

王安國性亮直，嫉惡太甚。王荊公初爲參知政事，閒日，因閱讀晏元獻公小詞而笑曰：「爲宰相而作小詞可乎？」平甫曰：「彼亦偶然自喜而爲爾，顧其事業豈止如是耶？」時呂惠卿爲館職，亦在坐，遽曰：「爲政必先放鄭聲，況自爲之乎？」平甫正色曰：「放鄭聲不若遠佞人也。」呂大以爲議己，自是尤與平甫相失也。〔註3〕

此觀念似乎一般人都持相類的看法，王安石也顯然輕視詞體。不過既然注意到小詞，當然免不了去讀它，除了上一段記載，《苕溪漁隱叢話・前集》引《雪浪齋日記》載王安石與黃庭堅的問答云：

荊公問山谷云：「作小詞曾看李後主詞否？」云：「曾看。」荊公云：「何處最好？」山谷以「一江春水向東流」爲對。荊公云：「未若『細雨夢回雞塞遠，小樓吹徹玉笙寒』，又『細雨濕流光』最好。」〔註4〕

雖然王安石可能把南唐中主詞搞錯成後主詞，至少對歷來名家名句，

〔註2〕趙令畤《侯鯖錄》卷七，《景印文淵閣四庫全書》第1037冊，臺北：臺灣商務印書館，1983年3月，頁407。

〔註3〕《東軒筆錄》卷五，《景印文淵閣四庫全書》第1037冊，臺北：臺灣商務印書館，1983年3月，頁439。

〔註4〕《詞話叢編》第一冊，頁162。

隨時都在咀嚼，作分句比較式的文學批評。又陳師道《後山詩話》也提到相似的情形，說：

> 尚書郎張先善著詞，……王介甫謂「雲破月來花弄影」，不如李冠「朦朧淡月雲來去」也。冠，齊人，爲〈六州歌頭〉，道劉、項事，慷慨雄偉。劉潛，大俠也，喜誦之。〔註5〕

王安石提出張先與李冠詞的名句，一分高下，卻沒有說明誰優誰劣的原因，觀察初期的詞評方式大都如此，可謂偏於主觀又沒有理論系統，大約早期對詞體較不經意才有此現象。再如毛晉《宋六十名家・六一詞》附宋佚名跋語云：

> 荊公嘗對客誦永叔小闋云：「五彩新絲纏角粽，金盤送，生綃畫扇盤雙鳳。」曰：「三十年前見其全篇，今才記三句，乃永叔在李太尉端願席上所作,〈十二月鼓子詞〉。數問人求之不可得。」嗚呼！荊公之沒二紀，余自永平幕召還，過武陵，始得於州將李君誼，追恨荊公之不獲見也。誼，太尉猶子也。〔註6〕

王安石牢牢記住歐陽公的詞句，歌詠再三，這樣說來，他對小詞其實相當有好感，才會時時諷詠或討論前人名句。

蘇軾在政爭初起之前，曾嘗試填詞這種創作活動。治平元年（1064）十二月，蘇軾罷鳳翔任，至長安，因遊驪山，曾作〈華清引〉，是一般認定較初期的作品。詞文有以古代帝王驕奢淫逸，今應引爲鑒戒之意。〔註7〕熙寧七年（1074），他在赴密州途中，寫了〈沁園春〉詞，其「有筆頭千字，胸中萬卷，致君堯舜，此事何難」句，抒寫從政報國的抱負，這時他已經把詞體當作述懷的管道。到了密州，他在

〔註5〕《後山詩話》,《景印文淵閣四庫全書》第1478冊，臺北：臺灣商務印書館，1983年3月，頁284。

〔註6〕《四部備要》冊一，臺北：臺灣中華書局，1971年2月，頁20。

〔註7〕據石聲淮、唐玲玲《東坡樂府編年箋注》所考〈華清引〉作於治平元年（1064），時東坡廿九歲。見該書〈華清引〉「編年」之考證，略謂〈華清引〉與〈驪山三絕句〉書寫旨意相近，論其時、地則正經過驪山，是同期作品，故作此推斷。臺北：華正書局，2005年9月，頁3。

書信中提到新近作一小詞〈江神子〉（老夫聊發少年狂），自謂「頗壯觀也」，〔註8〕此時顯示了他對詞風發展的方向，開始有不同於時俗的看法。「烏臺詩案」以後，在黃州屢屢與親朋書信往返，像〈與陳季常〉十六首之十三云：

> 又惠新詞，句句警拔，詩人之雄，非小詞也。但豪放太過，恐造物者不容人如此快活，一枕無礙睡，輒亦得之耳。〔註9〕

具有以雄放爲尚的看法。又〈與蔡景繁〉書十四首之四云：

> 頒示新詞，此古人長短句詩也。得之驚喜，試勉繼之，晚即面呈。〔註10〕

文中驚喜蔡氏之詞「似古人長短句詩」，有鼓勵「以詩爲詞」的傾向。又〈題張子野詩集後〉說：

> 張子野詩筆老妙，歌詞乃其餘技耳。《華州西溪》云：「浮萍破處見山影，小艇歸時聞草聲。」與余和詩云：「愁似鰥魚知夜永，懶同胡蝶爲春忙。」若此之類，皆可以追配古人。而世俗但稱其歌詞。昔周昉畫人物，皆入神品，而世俗但知有周昉士女，皆所謂未見好德如好色者歟？元祐五年四月二十一日。〔註11〕

這裏將張先的詩和詞作比較，卻貶低詞的地位，看得出這時他尚存著是不是該尊詞體的矛盾心理。另外又有〈跋黔安居士漁父詞〉時，曾譏誚黃庭堅詞太過兒女綺情，語帶諧謔。文曰：

> 魯直作此詞，清新婉麗，問其得意處，自言以山光水色，替卻玉肌花貌。此乃眞得漁父家風也。然才出新婦磯，便入女兒浦，此漁父無乃太瀾浪乎？〔註12〕

似乎認爲長短句不宜太偏寫兒女之情。以上由蘇軾親筆寫出的言論，

〔註8〕《蘇軾全集·文集》卷五十三〈與鮮于子駿〉三首之二，上海：上海古籍出版社，2000年5月，頁1754。
〔註9〕《蘇軾全集·文集》卷五十三，頁1761。
〔註10〕《蘇軾全集·文集》卷五十五，頁1824。
〔註11〕《蘇軾全集·文集》卷六十八，頁2146。
〔註12〕《蘇軾全集·文集》卷六十八，頁2154。

最足以代表他的詞學思想。另外還有後人記載他一言一行的「詞話」、「筆記」等約十七篇，亦值得參考。〔註13〕比起王安石，蘇軾投注心力在詞的創作和批評方面，實不可以道里計，除了個人的偏好之外，蘇軾因爲政治上的挫折轉而從事於文學，要爲主因。

楊繪（1027～1088）稍長於蘇軾，並與蘇軾交遊唱和，編有《時賢本事曲子集》，梁啓超輯錄遺文共五條，有〈記時賢本事曲子集〉一文題記，謂：「有前後集，想卷帙非少。據所存佚文，知其每於本事之下具錄原曲全文，是實最古之宋詞總集，……且覶述掌故，亦可稱爲最古之詞話，尤可寶貴。」〔註14〕楊繪爲同時的詞家記錄一言一行，還把詞的原文也錄出，使後人對那時文士的生活點滴及作詞原意得以更深入了解，功勞委實不小，可惜失散過多。唯可見他和蘇軾一樣地關注著詞壇動靜。

吳熊和在《唐宋詞通論》中主張「蘇門始盛評詞之風，對推尊詞體和推進詞的評論起了重要作用」。〔註15〕指明因爲蘇軾的提倡，引導著一般門人對詞學理論有著相當的興趣，相繼討論起來。今日所見，大部分得之於詞集的序跋和專門的論文裡，一部分散見於筆記、軼聞中。

蘇門中如黃庭堅有〈小山集序〉，序曰：

> 晏叔原，臨淄公之暮子也。磊隗權奇，疏於顧忌，文章翰墨，自立規摹。……平生潛心六藝，玩思百家，持論甚高，未嘗以沽世。余嘗怪而問焉，曰：「我槃跚勃窣，猶獲罪於諸公。憤而吐之，是唾人面也。」乃獨嬉弄於樂府之餘，而寓以詩人之句法，清壯頓挫，能動搖人心，士大夫傳之，以爲有臨淄之風耳。罕能味其言也。余嘗論叔原，固人英也。其癡亦自絕人。愛叔原者，皆慍而問其目，曰：「仕宦連蹇，而不能一傍貴人之門，是一癡也；論文自有體，不

〔註13〕曾棗莊等著《蘇辛詞選》頁316有〈東坡論詞〉一目，共錄23則相關記載。

〔註14〕《梁啓超全集》第九冊，北京：北京出版社，1999年7月，頁5279。

〔註15〕吳熊和《唐宋詞通論》第五章第三節，頁281。

肯一作新進士語，此又一癡也；費資千百萬，家人寒饑而面有孺子之色，此又一癡也；人百負之而不恨，己信人，終不疑其欺己，此又一癡也。」……至其樂府，可謂狎邪之大雅，豪士之鼓吹，其合者〈高唐〉、〈洛神〉之流，其下者，豈減〈桃葉〉、〈團扇〉哉！余少時間作樂府，以使酒玩世。道人法秀獨罪余以筆墨勸淫，於我法中，當下犁舌之獄，特未見叔原之作耶？雖然，彼富貴得意，室有倩盼惠女，而主人好文，必當市致千金，家求善本。曰：獨不得與叔原同時耶！若乃妙年美士，近知酒色之虞；苦節臞儒，晚悟裙裾之樂，鼓之舞之，使宴安鴆毒而不悔，是則叔原之罪也哉？〔註16〕

此文揭明晏幾道的「癡情本性」和「詞風淵源之所自」，同時也顯示了黃氏本人的詞學觀。

吳曾《能改齋漫錄》卷十六曾記載晁補之論詞數則，曰：

晁無咎評本朝樂章，不具諸集，今載于此云：「世言柳耆卿俗，非也。如〈八聲甘州〉云：『漸霜風淒緊，關河冷落，殘照當樓。』此眞唐人語不減高處矣。歐陽永叔〈浣溪沙〉云：『堤上遊人逐畫船，拍堤春水四垂天，綠楊樓外出秋千。』要皆妙絕，然只一『出』字，自是後人道不到處。」「黃魯直間作小詞，固高妙，然不是當家語(《侯鯖錄》卷八作「當行家語」)，是著腔子唱好詩。」〔註17〕「晏元獻不蹈襲人語，而風調閒雅，如『舞低楊柳樓心月，歌盡桃花扇底風』，知此人不住三家村也。」「張子野與柳耆卿齊名，而時以子野不及耆卿，然子野韻高，是耆卿所乏處。」「近世以來，作者皆不及秦少游，如『斜陽外，寒鴉萬點，流水遶孤村』，

〔註16〕見《山谷集》卷十六，《景印文淵閣四庫全書》第1113冊，臺北：臺灣商務印書館，1983年3月，頁147。

〔註17〕趙令畤《侯鯖錄》卷八所記與此小異，稱：「當行家語」。吳曾《能改齋漫錄》亦作「當行家語」，見《詞話叢編》第一冊，頁125。魏慶之《詩人玉屑》卷二十一作「當家語」。臺北：九思出版公司，1978年11月，頁467。

雖不識字，亦知是天生好言語。」〔註18〕

約有二百餘言，對本朝（宋）詞人多所評騭，提出「當行」的觀念，討論蘇詞協不協律的問題，對諸家詞的風格尤其注意。

又張耒作〈東山詞序〉（大約作於紹聖、元符間），文曰：

文章之於人，有滿心而發，肆口而成，不待思慮而工，不待琢磨而麗者，皆天理之自然，而性情之至道也。世之言雄暴虓武者，莫如劉季、項籍。此兩人者，豈有兒女之情哉！至其過故鄉而感慨，別美人而涕泣，情發於言，流爲歌詞，含思淒婉，聞者動心焉。此兩人者，豈其費心而得之哉？直寄其意耳。余友賀方回，博學業文，而樂府之詞，高絕一世，攜一編示余，大抵倚聲而爲之詞，皆可歌也。或者譏方回好學能文，而惟是爲工，何哉？余應之曰：是所謂滿心而發，肆口而成，雖欲已焉而不得者。若其粉澤之工，則其才之所至，亦不自知也。夫其盛麗如游金張之堂，而妖冶如攬嬙施之袪，幽潔如屈宋，悲壯如蘇李，覽者自知之，蓋有不可勝言者矣。〔註19〕

序文的觀念裡，詞和詩地位不分軒輊，因爲二者同出於「天理之自然」，同樣都是情感在心中蓄積至不得不發而形之於言的結果，即張耒所稱之「滿心而發，肆口而成」的現象。和〈詩大序〉「情動於中而形於言」的「緣情說」主旨相符。這樣說來，詩詞是同源的。文中還舉劉邦、項羽的歌詞純出於自然爲證，文末又舉屈、宋、蘇、李詩歌乃「才之所至，亦不自知者」，說明這些人都是出之於「天理之自然」發而爲歌。由詩、詞所以作的根源相同，並舉出詩歌實例說明「詞理」，在張耒眼中，詞絕非詩的附庸，故俗人譏笑賀鑄只作歌詞作得好，他就反駁那批人，以爲賀鑄詞的表現可以和詩體表現的內涵等量齊觀。

〔註18〕《能改齋漫錄》卷十六〈黃魯直詞謂之著腔詩〉條，《景印文淵閣四庫全書》第850冊，臺北：臺灣商務印書館，1983年，頁810。

〔註19〕《東山詞》所錄序，刊於《彊村叢書》（二），臺北：廣文書局，1970年，頁1235。

李之儀也有一篇詞論〈跋吳思道小詞〉，文曰：

長短句於遣詞中最爲難工，自有一種風格，稍不如格，便覺齟齬。唐人但以詩句，而用和聲抑揚以就之，若今之歌〈陽關詞〉是也。至唐末，遂因其聲之長短句而以意填之，始一變以成音律。大抵以《花間》中所載爲宗，然多小闋。至柳耆卿，始鋪敘展衍，備足無餘，形容盛明，千載如逢當日，較之《花間》所集，韻終不勝。由是知其爲難能也。張子野獨矯拂而振起之，雖刻意追逐，要是才不足而情有餘。良可佳者，晏元獻、歐陽文忠、宋景文，則以其餘力游戲，而風流閒雅，超出意表，又非其類也。諦味研究，字字皆有據，而其妙見於卒章，語盡而意不盡，意盡而情不盡，豈平平可得彷彿哉！思道覃思精詣，專以《花間》所集爲準，其自得處，未易咫尺可論，苟輔之以晏、歐陽、宋，而取捨於張、柳，其進也，將不得而禦矣。〔註20〕

首先他推重「長短句」，認爲比其他文體尤爲難工。接著主張唐人將詩句用和聲抑揚之即成爲詞，指出了詞的來源。又謂《花間集》是詞壇正宗，柳永詞雖然擅舖展、富辭采，但韻終不勝。又歷評張先、晏殊、歐公、宋祁等人，最後勉勵思道更求進境。他這裡的「和聲說」可能受到稍早的沈括《夢溪筆談》卷五觀點的影響。

稍晚一些的黃裳在論詞的深度上又再進一層，他有〈演山居士新詞序〉一篇，文云：

演山居士閒居無事，多逸思，自適於詩酒間，或爲長短句及五七言，或協以聲而歌之，吟詠以舒其情，舞蹈以致其樂。因言：風、雅、頌，詩之體，賦、比、興，詩之用。古之詩人，志趣之所向，情理之所感，含思則有賦，觸類則有比，對景則有興，以言乎德則有風，以言乎政則有雅，以言乎功則有頌。採詩之官收之於樂府，薦之於郊廟，其誠可以動天地、感鬼神，其理可以經夫婦、移風俗。有天

〔註20〕《姑溪居士集・前集》（四）卷四十，王雲五主編《四庫全書珍本》十集，臺北：臺灣商務印書館，1980年，頁2～3。

下者得之以正乎下，而下或以爲嘉。有一國者得之以化乎下，而下或以爲美。以其主文而譎諫，故言之者無罪，聞之者足以誡。然則古之歌詞，固有本哉！六序以風爲首，終於雅頌，而賦比興存乎其中，亦有義乎？以其志趣之所向，情理之所感，有諸中以爲德，見於外以爲風，然後賦比興本乎此以成其體，以給其用。六者聖人特統以義而爲之名，苟非義之所在，聖人之所刪焉。故予之詞清淡而正，悅人之聽者鮮，乃序以爲說。〔註21〕

他完全用詩「六義」之旨來討論詞體的功能，認爲詞的功能可以提昇到「言德」、「言政」、「言功」（謂歌頌功業）的實用價值上來。全文約三百言，他的詞學觀點和晏殊、王安石的觀念可謂大異其趣。他另一篇〈書樂章集後〉對柳永詞的反映時代風貌予以大力地讚揚，鑑賞的角度獨異於眾人。

北宋中期之後，討論歌詞的風氣已盛，從柳永沒有著論，詞體觀念散見於歌詞；中經蘇軾有意提高詞格，詞論還散見於書信和軼聞、筆記中；再經楊繪有心作詞評，惟流於記述單篇詞的本事；復至東坡門人的專意論詞，開始在題序中發表意見，有比較廣泛的討論。至李之儀、黃裳等的高標詞體價值。討論的範圍越來越廣，對詞體越來越重視，觀念的改變，軌跡甚明。另一方面，論文的型式由片斷的摘章抉句，到某家與某家風格異同比較，到詞體的功能價值，在「質」的方面份量越來越重。在「量」的方面，早期的詞論是短篇、散論，到了北宋將亡之前，專門論詞篇章的字數有約三百字者（如黃裳之文），並且論詞的家數也增多，具見詞學發展到這時期，已經受到相當的關注，而且詞體也建立起了獨立的地位。

南渡之前，出現了一位具有特識的女詞人李清照，她指出詞的源流，歷評詞人，重視樂律，推崇詞「別是一家」，討論達五百餘言，處處顯出獨到的眼光。她的〈詞論〉，載於胡仔《苕溪漁隱叢話・後

〔註21〕《演山集》卷二十之十〈演山居士新詞序〉，《景印文淵閣四庫全書》第1120冊，臺北：臺灣商務印書館，1983年3月，頁149。

集》卷三十三，文曰：

> 樂府聲詩並著，最盛於唐。開元、天寶間，有李八郎者，能歌擅天下。時新及第進士，開宴曲江。榜中一名士，先召李，使易服隱姓名，衣冠故敝，精神慘沮，與同之宴所，曰：「表弟願與坐末。」眾皆不顧。既酒行樂作，歌者進，時曹元謙、念奴爲冠，歌罷，眾皆咨嗟稱賞。名士忽指李曰：「請表弟歌。」眾皆哂，或有怒者，及轉喉發聲，歌一曲，眾皆泣下，羅拜曰：「此李八郎也。」自後鄭、衛之聲日熾，流靡之變日煩，已有〈菩薩蠻〉、〈春光好〉、〈莎雞子〉、〈更漏子〉、〈浣溪沙〉、〈夢江南〉、〈漁父〉等詞，不可遍舉。五代干戈，四海瓜分豆剖，斯文道熄。獨江南李氏君臣尚文雅，故有「小樓吹徹玉笙寒」、「吹皺一池春水」之詞。語雖奇甚，所謂亡國之音哀以思者也。逮至本朝，禮樂文武大備。又涵養百餘年，始有柳屯田永者，變舊聲作新，出《樂章集》，大得聲稱於世；雖協音律，而詞語塵下。又有張子野、宋子京兄弟、沈唐、元絳、晁次膺輩繼出，雖時時有妙語，而破碎何足名家。至於晏元獻、歐陽永叔、蘇子瞻，學際天人，作爲小歌詞，直如酌蠡水於大海，然皆句讀不葺之詩爾。又往往不協音律者，何邪？蓋詩文分平側，而歌詞分五音，又分五聲，又分六律，又分清濁輕重，且如近世所謂〈聲聲慢〉、〈雨中花〉、〈喜遷鶯〉，既押平聲韻，又押入聲韻；〈玉樓春〉本押平聲韻，又押上去聲，又押入聲。本押仄聲韻，如押上聲則協；如押入聲，則不可歌矣。王介甫、曾子固，文章似西漢，若作一小歌詞，則人必絕倒，不可讀也。乃知詞別是一家，知之者少。後晏叔原、賀方回、秦少游、黃魯直出，始能知之。又晏苦無鋪敘，賀苦少典重。秦即專主情致，而少故實。譬如貧家美女，雖極妍麗豐逸，而終乏富貴態。黃即尚故實，而多疵病。譬如良玉有瑕，價自減半矣。〔註22〕

〔註22〕《苕溪漁隱叢話》後集卷三十三引，《四部備要》，臺北：臺灣中華書局，1971年2月，頁6～8。

內容質量雙勝，規模弘大而廣泛，這正是詞學發展匯流的必然趨勢，只是由女流來作此高論，倒引起不少詞評家的異議。詞學有此成熟的發展，文學本身「窮則變」的定律要爲因素之一；蘇軾的有心提倡及門人的響應這種人爲因素當然應該列爲考量；而那暗中具有推動作用的黨爭背景，也是研究詞學演變絕不可忽視的一項因素。

第二節　詞體評價觀念的轉變

黨爭之後，詞人的處境與從前大爲迥異，「詞」這種適合於宣洩情感、婉曲表意的載體，此時遂得到高度的發展，創作數量和質量急遽地提高。奇怪的是，北宋後期在詞學批評的諸多論述裡，卻可以發現有些詞人依舊對詞體保持著輕視的態度；然而從整體而言，詞家正逐漸地轉變這種心態，甚至還有將詞體推舉至與詩體同尊的言論出現。以下說明這兩種不同心態的存在情形：

一、輕視詞體的潛意識心理

前一節曾提到魏泰《東軒筆錄》卷五有一則對王安石詞體觀念的記載，指明是初行新政時，王安石閒讀晏殊詞，質疑以宰相身分作詞似乎不恰當，有輕微嘲笑之意，其弟安國（字平甫）有所迴護地說偶然作作無妨，呂惠卿附會安石批判一番，平甫乘機暗批惠卿爲佞人。雖然意見不同，顯然三人都認爲詞體不足以登上廟堂。王安石雖然持這種蔑視詞體的態度，載記中卻說他閒來還讀詞，豈不是他內心有所喜愛，與自己的言論相矛盾？其實他思想上雖保守，情性上卻不能免於喜愛歌詞，如此身心才能取得平衡。考其所作，流傳並不多，然而皆堪諷詠，比如他的〈桂枝香〉詞，就博得蘇軾高度的讚賞。〔註23〕

喜好作詞也不一定全然重視詞體，蘇軾就是一位代表人物。他一

〔註23〕楊湜《古今詞話》：「金陵懷古，諸公寄調〈桂枝香〉者，三十餘家，獨介甫爲絕唱。東坡見之，嘆曰：『此老乃野狐精也』。」《詞話叢編》第一冊，頁22。

生塡詞三百五十餘首，可謂執詞壇之牛耳，有時發表言論，還不知不覺留有輕視詞體的痕跡。他在〈與楊元素書〉中說：

> 近一相識，錄得明公所編《本事曲子》，足廣奇聞，以爲閒居之鼓吹也。然切謂宜更廣之，但囑知識間令各記所聞，即所載日益廣矣。輒獻三事，更乞揀擇，傳到百四十許曲，不知傳得足否？〔註24〕

他在文中將詞（曲子）看成閒居之鼓吹，意中以爲詞就是閒暇時候的消遣，不能成爲廟堂上的雅樂，充分反映了詩詞地位懸殊的觀念。又如他的〈與鮮于子駿書〉中曾有「近卻頗作小詞，雖無柳七郎風味，亦自是一家。呵呵！」一語；又元吳師道《吳禮部詞話》亦謂蘇軾稱歐詞：「尙猶小技，其上有取焉者。」〔註25〕以上「小詞」、「小技」的用語，還沿用通俗輕視的習慣用法，宋人慣用「小」字來形容「詞」這個文體，揭示了既喜愛又不足以爲「大」的意思。〔註26〕他另外一封書信〈答陳季常〉三首之二（見前一節引）對陳慥的歌詞具有雄放之風甚爲讚賞，以爲有詩的境界，甚至還是「詩人之雄」呢！語意裏「新詞」甚爲可觀，表示出有意提倡詞的新境界，不知不覺中卻將「小詞」貶了下去。這樣說來，東坡對以前的詞當然頗爲不滿。更有甚者，第一節提到他在〈題張子野詩集後〉說：「張子野詩筆老妙，歌詞乃其餘技耳。……而世俗但稱其歌詞。昔周昉畫人物，皆入神品，而世俗但知有周昉士女，皆所謂未見好德如好色者歟！」這段話竟把「詩」比爲「德」，把「詞」比爲「色」，喜好歌詞就如喜好仕女畫般地好色，如此說來，豈不是全然貶低了詞的身價。以這幾項記載作推理，蘇軾或許不能自覺潛意識裏殘留了輕視詞體的觀念。他親身實踐開拓詞風

〔註24〕《蘇軾全集・文集》卷五十五〈與楊元素書〉十七首之七，頁1816。

〔註25〕《吳禮部詞話》，《詞話叢編》第一冊，頁293。

〔註26〕朱崇才以爲：「正如『小詩』可作爲體制短小之謂，不盡爲貶斥之詞一樣，『小詞』之稱，也含有體制短小之義，此種含義，可與『慢詞』、『大曲』相對稱，不一定盡是貶辭。」的確有時候「小詞」的稱呼是一種習慣，但習慣之中帶有一種不經意的意識也是存在的。朱氏《詞話學》，臺北：文津出版社，1995年1月，頁182。

的工作，提高詞體的地位以與詩相抗衡，又不免偶然輕視之。究其因，在這個時代可能眾人的觀念還相當保守，即使少數人起來提倡，整體氛圍轉變不多，蘇軾雖然是提倡最力者，其心中恐怕還有一些矛盾情結吧！

黃庭堅也持相同的觀念，他的歌詞迴出塵俗，留下不少名篇。前一節所引爲晏幾道所作的〈小山集序〉中，稱許晏氏的癡情，並稱小山詞具有「詩人之句法」，似乎把詞體看得很高，卻把小山樂府，稱爲「狎邪之大雅」，那就是屬於低俗文化中的上乘，終究不能列入上流囉！其中又指稱小山詞之上焉者如〈高唐〉、〈洛神〉，就是認爲神韻固然高遠，體質上還免不了綺情氾濫的格調，那下焉者就不必提了。宋玉的〈高唐〉、〈神女〉，曹植的〈洛神〉賦等，在宋代理學家眼中是「禮法之罪人」，排斥的立場很鮮明。〔註 27〕今人批評觀點早有不同，對宋玉作品裏貧士流落不偶的低迴怨抑之情如何影響宋代詞人，已經有了相當深入的探討。故今日學者大致可以同意的，即在宋代詞人中，身世相類而最能理解宋玉悲秋情懷的，則非柳永莫屬了，可惜黃庭堅卻沒有這份體認。〔註 28〕即使黃庭堅極力地以「大雅」稱譽小山詞，但還是沒有辦法排除時俗「詞是狎邪」的觀念。爲小山詞作序，當然要稱許創作者才對，卻不自覺說漏了口，把詞列入「狎邪」之流，他對小詞持甚麼樣的態度，於焉可知。〔註 29〕

〔註 27〕即使到了南宋較開明的朱熹在《楚辭集注．楚辭後語目錄》頁五，尚謂：「若〈高唐〉、〈神女〉、〈李姬〉、〈洛神〉之屬，……以義裁之，而斷其爲禮法之罪人也。」《景印文淵閣四庫全書》第 1062 冊，臺北：臺灣商務印書館，1983 年 3 月，頁 404。

〔註 28〕葉嘉瑩氏指出柳永詞寫出了「秋士易感」的哀傷，承之於宋玉。見《靈谿詞說》頁 137、138。孫維城更進一步認爲宋玉的〈高唐〉、〈神女〉二賦所表現的，「不是諷諫，不是淫浮，而是一種感傷，一種憂鬱，一種心靈的遠游」。「千餘年後的柳永也許是第一個解讀了宋玉〈高唐〉、〈神女〉兩賦的人。見〈論宋玉《高唐》、《神女》賦對柳永登臨詞及宋詞的影響〉，《文學遺產》，1996 年第 5 期，頁 63、64。

〔註 29〕沈家莊在其〈宋詞文體特徵的文化闡釋〉文中，認爲黃山谷在此故意「以『邪』治『邪』，適得其正，這才是眞正的『大雅』，這稍晚的晁補之也沿用「小詞」來稱說詞體，吳曾《能改齋漫錄》卷十六記晁氏論詞，其中「黃魯直間作小詞，固高妙，然不是當行家語，是著腔子唱好詩」一節，他有分別詩詞本色不同的意思，不過晁氏不是輕視詞體，反而是標榜詞有它獨立的特色，這可以由他討論「本朝樂章」提及諸家詞時所下的評語大都採用讚賞的態度可以得知。只文中襲用「小詞」一語，倒也不能免俗。

張耒與晁補之對詞體的功能性都相當有領會，二人評論諸詞家都很中肯。張耒爲賀鑄寫的〈東山詞序〉（見前引），其中「或者譏方回好學能文，而惟是爲工，何哉？」一節，別人質疑怎麼一個好學的人，只特別精擅這種不入流的文體（詞），則透露出當代一般人輕視詞體的普遍現象。張耒回應一般人對賀鑄的譏笑而大力地反駁，指詞乃滿心而發、眞情之顯現，豈可小看。〈東山詞序〉大概作於紹聖、元符（1100）之間，時值蘇軾晚年，當時的人依舊執此輕視的態度，具見響應蘇軾提振詞風的人恐怕不多。在黨爭尚未激化的時期，諸仕宦都還抱持著極爲強烈的參政意願，詞體一直被認爲無關於政教，不能和詩體相抗衡，因此，當時人對詞體的輕視態度是極容易理解的。

二、重視詞體的言論逐漸開展

柳永是最早重視詞體的代表人物，他不但在詞樂的改進上做出極大的貢獻，也在鋪展慢詞的佈局和修辭技巧上做出了示範。更可貴的在他有意無意中寫了一些述志詞，使詞的容量提高，風格也大異於歷來諸作。柳永沒有論文留下，他的詞學觀點可以靠歌詞中的片斷來理解，他自稱「自是白衣卿相」，從而看出他絕對是重視詞體的，把塡詞當成他的志業，留下了述志的篇章。然而通俗大眾所喜歡的並不是述志這部分的詞，反而偏愛他卑靡的詞風，只有有心的文人才能看出

就是黃庭堅謂小山詞爲『狹邪之大雅』的深層文化意蘊。」這是矯枉過正的意圖。茲不論意圖如何，總之，山谷終不敢稱「此爲大雅」，顯現社會的壓力有多大。參見《文學評論》，1998 年第 4 期，頁 148。

他述志詞的價值。蘇軾雖然還不能深深觀察出柳永詞中有何志趣，或許潛意識中已經有所體會，或許覺得他的志趣格調不高，起碼對柳詞的造境的高妙處還能領略，才說他「不減唐人高處」。由於對柳詞詞格的不滿，他開始獨標述志的詞風。

（一）主張詞的言志作用

蘇軾在不得志的情境下，轉而關心起歌詞，憑他通透的洞察力，知道柳永詞因爲語近俗靡，內容狹窄，常局限在市井柳巷、歌舞兒女的生活層面，所以被士大夫階層排擠；但是他也發現柳詞裡偶有一些高格調的表現，不比唐人差。敏銳地察覺到詞這種文體還有許多發展的空間，開始有心充實詞的內涵，提昇詞的格調。在他的書信以及各種文學評論中，有意無意透露了改革的論調，在創作裡也同時實踐著自己的主張，不再囿於流俗的約束。

蘇軾作詞較早可考者，大概在二十九歲時。〔註 30〕自熙寧四年至七年，他作了約五十首詞，從數量上增加之快，知道他已開始注意詞這種文體，也頗想一展長才。如離開杭州赴密州途中，作〈沁園春〉（野店雞號）詞，後片回憶初到京城欲「致君堯舜」的氣概，當時英氣勃發，如今奔走州郡，大材無用，至樂章歇尾語帶頹廢。但是在詞中概乎「言志」，即表示他把詞的功能看成和詩相當，不止於抒情而已了。隨後在密州曾作一首〈江城子〉（老子聊發少年狂），即以報國爲急。〔註 31〕此詞中自言「親射虎，看孫郎」，就有媲美孫權之意；歇尾「會挽雕弓如滿月，西北望，射天狼」，表示有志於平定邊虜，可見他在創作歌詞的時候，就是意在述志。後來他在〈與鮮于子駿書〉提到作詞的心情（全文見第六章第二節），而獨標「自是一家」，又自

〔註 30〕見注 7。

〔註 31〕此詞有「西北望，射天狼」句，洪亮《蘇東坡新傳》指意在抗西夏的侵凌，筆者曾討論可能爲東坡寫作之一小失誤，然詞旨志在報國則可推定。見〈「西北望，射天狼」解疑——談東坡詞的小失誤〉，《國文天地》第 187 期，2000 年 12 月，頁 18。

以爲「頗壯觀」，就顯示了在詞壇想佔一席之地，並欲創造與前人不同風格的意向。這種將詞當作詩來驅使的態度，明顯地意在尊體；不過，如前所述，他還不時在潛意識中尚留著時俗輕視的觀點，這也只能歸之於風氣初起當然的現象。

（二）由詞為詩裔進至詩詞同源說

蘇軾在〈祭張子野文〉（文見本章第一節）裏，一面稱譽張先，一面提出「詞爲詩裔」的觀點，以這個說法來增強他改革詞體的正當性。進一步的，他還主張「以詩爲詞」的宗旨，在〈與蔡景繁〉之四的信裡，有「頒示新詞，此古人長短句詩也」的說法。一面把詩、詞的性質給同質化；一面又視詞爲「長短句詩」。似乎把詞的某些體性（音樂性、娛樂功能）予以壓抑，而強調、凸顯其文學性和抒情功能，有著「破體以詩化」而推尊詞體的用心。〔註32〕又〈答陳季常〉三首之二曾有「又惠新詞，句句警拔，詩人之雄，非小詞也」之語，則對早期「小詞」似有所輕視，如今看到陳季常「新詞」有雄放之姿，大加稱許，還稱爲「詩人之雄」。可見他要把詞提拉到與詩同等地位，還指出「豪放」是他心中理想的格調。「以詩爲詞」名義雖出諸陳師道之文，〔註33〕東坡自作詞及論詞之際，當有此傾向，弟子才會下此評語。故《中國古典詞學理論史》即謂：

> 我們認爲，蘇軾詞在題材、內容上的多方開拓，不僅是其倡導詞之詩化的生動體現，也是其詩化理論具體內涵的一個形象展示，兩者是可以表裏山河，相互發明的。〔註34〕

蘇軾意識裏既這麼主張，創作當然會朝此方向前進，果然由這些高徒

〔註32〕此採王昊〈論宋人詞體觀念的建構〉之見解，《第二屆宋代文學國際學術研討會論文集》，南京：江蘇教育出版社，2003年6月，頁490。

〔註33〕《後山詩話》：「退之以文爲詩，子瞻以詩爲詞，如教坊雷大使之舞，雖極天下之工，要非本色。」《景印文淵閣四庫全書》第1478冊，臺北：臺灣商務印書館，1983年3月，頁285。

〔註34〕方範智等著《中國古典詞學理論史》，上海：華東師範大學出版社，2005年12月，頁39。

們敏銳地觀察出來。《王直方詩話》也記載門人類似的觀點：

> 東坡以所作小詞示无咎、文潛，曰：「何如少游？」兩人皆對云：「少游詩似小詞，先生小詞似詩。」〔註35〕

此文記載弟子都持相同的觀點，一方面指出了東坡詞的特色似詩，一方面可能知道其師不會在意這樣的批評，那麼提出「以詩爲詞」的標目，應該算了解其師的詞學主張和詞風了。總之，東坡在言論和實踐上，充分說明了他重視詞體、一心想提振詞格的思想。

黃庭堅詞雖被評家目爲逋峭絕俗，似乎與詞「本色」異趨，深究其風格的成因，個性之外，與他的詞學思想有關，主要在「他常以論詩的旨趣論詞」。〔註36〕他論詩重視鍛鍊，重視博學，論詞也還是這樣主張。他評蘇軾〈卜算子〉（缺月挂疏桐）說：

> 語意高妙，似非吃煙火食人語。然非胸中有數萬卷書，筆下無一點塵俗氣，孰能至此。〔註37〕

在他眼中，詩和詞地位相當，寫作詞要「胸中有數萬卷書」，即表明必須飽讀詩書才能作好詞，因爲多讀書才能「無一點塵俗氣」，才能「語意高妙」。劉禹錫曾仿民歌作〈竹枝詞〉，爲樂府民歌，黃庭堅卻把它拿來與杜甫〈夔州歌〉相提並論。《詩人玉屑》卷十五記載黃庭堅之言道：

> 劉夢得〈竹枝〉九章，詞意高妙，元和間誠可以獨步。道風俗而不俚，追古昔而不愧，比之杜子美〈夔州歌〉，所謂同工而異曲也。昔子瞻嘗聞余詠第一篇，歎曰：「此奔軼絕塵，不可追也。」〔註38〕

杜詩在唐代已有譽之者，宋人則普遍推崇其充滿儒家人道關懷的精神，以之與李白詩並尊。黃庭堅最仰慕杜工部，在這段言論中把劉禹

〔註35〕同第五章注17。

〔註36〕見《中國文學批評通史》宋金元卷，頁576。

〔註37〕《山谷集》卷二十六之四〈跋東坡樂府〉，《景印文淵閣四庫全書》第1113冊，臺北：臺灣商務印書館，1983年3月，頁274。

〔註38〕《詩人玉屑》卷十五〈獨步元和〉條，臺北：九思出版有限公司，1978年11月，頁337。

錫的樂府歌詞提出和工部〈夔州歌〉媲美，〈夔州歌〉爲工部晚年精絕之作，夢得〈竹枝詞〉僅僅是受民風薰染的樂府，卻被提昇至與詩聖精品同列，除了獨譽夢得，也正好反映在他心目中對民歌樂府的重視。他對秦觀〈踏莎行〉詞所評「語言極似劉夢得楚、蜀間詩也」，〔註 39〕不但稱譽秦觀，也體現了他的詩詞平等觀。

雖然黃庭堅與其師一樣有提高詞體的心，議論之間卻往往不經意地受到時俗觀念的影響，猶把詞看成「狎邪」，在其〈小山詞序〉裡就把樂府（指詞）貶爲豔情狎邪一類的創作，即使他極力地以大雅稱譽小山詞，但還是沒有辦法排除時俗「詞是狎邪」的觀念。具見士大夫階層一般並未認知還可以繼續提昇詞格，發展「狎邪」以外的思想內涵，也可以知道他並不避忌狎邪。接著他還在〈序〉中自稱年輕的時候作詞，不過是借唱唱歌、喝喝酒遊戲人間而已，不料道人法秀批評他以筆墨勸淫，應該下犁舌地獄。他不但不否認，還作反駁，才在文中揭出，並說晏幾道的詞更甚呢，我的詞算什麼。總之，山谷對「狎邪說」一點都不忌諱，還帶有一些憤世的意味，清楚地表示出抬高詞體的心態，較鄭重時則把詩、詞當成同等看待。

當時尚有一位黃裳，元豐五年（1082）進士第一，紹聖末曾任權兵部侍郎，新黨得勢時，多居要職，至南宋高宗建炎二年（1128）致仕。從其一生仕宦經歷看來，應屬新黨一員，他對詞頗爲重視，在前一節引的自作〈演山居士新詞序〉裏，甚至許詞以「六義」的價值，其中「古之詩人，志趣之所向，情理之所感，含思則有賦，觸類則有比，對景則有興，以言乎德則有風，以言乎政則有雅，以言乎功則有頌」一節，提出詩「賦比興」之所由起，以及「風雅頌」等不同體裁所抒寫內容的差異，本來針對的主題應該爲《詩經》。接下來黃裳卻轉移六義之義論樂府和歌詞，說「採詩之官收之於樂府，……然則古之歌詞，固有本哉」，認爲《詩經》所採擇的本來即民間的歌詞，被

〔註 39〕汲古閣本《山谷題跋》卷九，刊於《宋廿名家題跋彙編》，臺北：廣文書局，1971 年 12 月，頁 15。

官府所收入故稱爲樂府。然後又與前面「或爲長短句及五七言，或協以聲而歌之」相呼應，如此建立了詩（五七言）和詞（長短句）皆屬樂府的觀念，於是賦予歌詞六義之義。凸顯了詞與詩不但同源，而且詞也有「言志」的功能。可以說黃氏不但接續了蘇軾的看法，而且還不惜和「詞爲小道末技」、「詞主抒情」的傳統觀念相拮抗。黃裳是新黨營中一員，所持的政教觀念依舊受王安石影響，主張文學有它的社會功能，而思想比荊公還開通，連荊公鄙薄的「小詞」，也被他賦予了實用的價值。

（三）詞自有本色

陳師道首先指出東坡「以詩爲詞」，他心中的「詞」當自有體性，才會指東坡詞不合詞的「本色」。胡仔《苕溪漁隱叢話・後集》卷二十六引《後山詩話》說：

> 退之以文爲詩，子瞻以詩爲詞，如教坊雷大使之舞，雖極天下之工，要非本色。今代詞手，惟秦七、黃九爾，唐諸人不迨也。〔註 40〕

後山已經認定詞有它獨立的地位，體性和詩不同，故直指東坡詞爲詩化了的詞，不合詞的本色。他心中已把詞推置與詩並峙，而且有它獨特的風味和寫作方式，連東坡這位詩家老手所作的詞，也不能算眞正的詞。他又說秦、黃二人的詞才合本色，後面「唐諸人不迨也」一句，恰好把「宋詞的獨立地位」以及「後出轉精」二層意涵顯現了出來。然詞的本色究竟爲何？陳師道亦未拈出，如果要了解，則必須先研究秦七、黃九的詞風才能得知。

晁補之也提出「當行家語」的言論，《能改齋漫錄》卷十六載其〈黃魯直詞謂之著腔詩〉云：

> 蘇東坡詞，人謂多不諧音律，然居士詞橫放傑出，自是曲子中縛不住者。……魯直間作小詞，固高妙，然不是當行

〔註 40〕何文煥輯《歷代詩話》所錄《後山詩話》，北京：中華書局，1987 年 5 月，頁 93。

家語，自是著腔子唱好詩。……近世以來，作者皆不及少游。如「斜陽外、寒鴉萬點，流水繞孤村」，雖不識字人，亦知是天生好言語。〔註41〕

他反駁「東坡詞不諧律」的說法，認爲東坡只是不願受樂律的束縛而已，樂律在他的眼中，不是詞的唯一判準，「當行家語」才是。從其整篇的敘述觀來，无咎所重視的在「造語」、「風調」等語言表現，所說的「當行家語」即指詞語必須符合「詞的語言特色」。故黃山谷的小詞作得再怎麼好，只是合乎樂律的「詩語」（著腔子唱好詩）。故王運熙等主編的《中國文學批評通史》比較陳、晁二人觀點道：

蓋晁氏所謂「當家語」著眼於語言風格，而陳師道本色論則兼指音律。〔註42〕

晁、陳二人雖然認知互有參差，但是具有共同的概念，即詞體在這段時期，已經脫離前代風格，建立起宋代主體風格，而且有著詩、詞地位相當的認識。顯然在東坡的倡導下，門人都肯定了詞體之尊，更體認了歌詞語言及聲律的獨特性。

李之儀（？～1117），字端叔。自號姑溪老農，有《姑溪居士文集》70卷傳世，曾任蘇軾幕僚。〔註43〕他的〈跋吳思道小詞〉（見第一節引）雖然是集後小跋，卻對詞學提出極廣泛的討論。主張詞「自有一種風格」，與陳、晁二人「本色說」、「當行家語」都共同認定詞的獨立特質，其意認爲「詞」可以和「詩」分庭抗禮，而且也指出了二種文體風格有本質上的不同。李之儀，熙寧間進士，與黃庭堅、晁補之、張耒諸人同往來蘇門，可能在詞學方面有所討論接觸，即便很少直接交換意見，也應該互有影響。李氏評柳永詞「韻終不勝」，與

〔註41〕《能改齋漫錄》卷十六〈黃魯直詞謂之著腔詩〉，《景印文淵閣四庫全書》850冊，頁810。。

〔註42〕王運熙等《中國文學批評通史》（四），頁585。

〔註43〕元祐八年（1093）李之儀曾從蘇軾於定州任幕府，又其〈次韻東坡還自嶺南〉詩自稱「門生」，見其《姑溪居士集·前集》卷四，王雲五主編《四庫全書珍本》十集，臺北：臺灣商務印書館，1980年，頁2。

東坡觀點同調。他另外又提出詞淵源於詩「和聲」的說法，此說可能參考早先沈括的《夢溪筆談》卷五，沈氏云：

> 詩之外又有和聲，則所謂曲也。古樂府皆有聲有詞，連屬書之，如曰「賀、賀、賀，何、何、何」之類，皆和聲也。今管弦中之纏聲，亦其遺法也。唐人乃以詞填入曲中，不復用和聲。〔註44〕

雖然「和聲」之說可能只是詞的來源之一，〔註45〕不必認作唯一依據，但我們要注意的是「和聲說」指出詞和音律的密切關係，引出了後人諸多的討論。沈、李二人特別深入探索詞體本色中的和聲特徵，正是對詞的體性有了更高的興趣，對之更爲重視的表現。

（四）提倡詞的託興作用

朱弁《風月堂詩話》有晁无咎晚年評詞曲一則：

> 韓退之云：「餘事作詩人」，未可以爲篤論也。東坡以詞曲爲詩之苗裔，其言良是。然今之長短句比之古樂府歌詞，雖云同出於詩，而祖風已掃地矣。晁无咎晚年，因評小晏并黃魯直、秦少游詞曲。嘗曰：吾欲託興於此，時作一首以自遣，政使流行，亦復何害，譬如雞子中原無骨頭也。〔註46〕

這裡提到晁无咎嘗說「吾欲託興於此」，他很清楚地認知小詞具有「託興」的功能，這樣說來詞是可以和詩相提並論的，所以他說「東坡以詞曲爲詩之苗裔，其言良是」，贊同東坡的意見。自古以來儒者認爲詩有「言之者無罪，聞之者足以戒」（〈詩大序〉）的作用，現在東坡把詞提昇爲詩的苗裔，即指詞也有「託興」的作用，晁无咎於是將詞這種功能作用，再加以引申。這一段詩話，十足地表明詞體的地位已

〔註44〕《夢溪筆談》卷五頁十一，《景印文淵閣四庫全書》第862冊，臺北：臺灣商務印書館，1983年3月，頁734。

〔註45〕葉嘉瑩在〈詞的起源〉一文中曾詳細討論和聲問題，並謂詞起於諸「和聲」、「泛聲」……等說法「實在並不完全正確」，加以釐正。見《靈谿詞說》頁10～15。

〔註46〕《風月堂詩話》，《景印文淵閣四庫全書》第1479冊，臺北：臺灣商務印書館，1983年3月，頁17。

經由早期的不登大雅之堂的通俗看法，躍升到被視爲具有「比興」作用的地位。晁補之生年早於朱弁（晁 1053 年生，朱 1085 年生），朱弁所引的這一段話，或許親耳得之，或許輾轉得之。總之，所記的前輩之言應該相當可靠，當晁氏在世之時，已經把詞當作寄興的載體。

張耒小晁補之一歲，他爲賀鑄作〈東山詞序〉（第一節引），文中以情感發於「天理自然」來說明詞和詩的來源相同。他以爲文章（指的是詩歌、樂府之詞等文詞）是情感觸發而自然流至於文字的結果，是「直寄其意」的場所。這種「寄意於詞」和晁補之的「託興」說，立場是相當的，那就是詞體已經被提高到和詩一樣具有「託興」的功效了。這種思想可能啓發自蘇軾，而發揚蹈厲於門人。故《中國古典詞學理論史》才說：

> 可以認爲，張耒的這篇詞論，是在理論上對蘇軾以詞陶寫情性的認同和發揚，是蘇軾倡導詞之詩化所結出的一個理論果實。〔註 47〕

我們從本文第六、七章種種的討論，是可以清楚地觀察到這一現象的。前文提到黃裳主張詞和詩一樣具有六義的形式和功能，即是指詞也有傳統諷諭託興的作用。雖然全文著重在政教的目的，但是對詞極爲重視，有較開明的觀點，不過似乎他把詞當作一種工具，比較不在乎它的藝術性。

我們若探討爲甚麼「小詞」在此時會被賦予這類的功能，不可避免的，自然讓人聯想到在當時黨爭下「詩禍」所造成的「逃避效應」。長期以來，詩體早已被普遍認定在政教上有它一定的勸諷作用，政治人物在互相鬥爭時，會特別地注意政敵的詩在寫些甚麼，從詩中找把柄，以攻擊政敵。從烏臺詩案以後一次又一次的「詩禍」互鬥，不難看出這種心理；相對地，對於流行於歌館樓臺、花街柳巷的小詞則投以輕蔑的眼光。也就是因爲這種輕蔑的眼光，反而造成了詩人爲了避嫌，改變在詩裡面抒發激憤志意的習慣，移出一部分的精力，將他憤

〔註 47〕方智範等著《中國古典詞學理論史》，頁 47。

滿抑鬱的情緒宣洩在詞作裡。詞本來就是宜於傾洩細膩情感的文體，而且詞語在「本色」上又是以委婉幽約偏多，描寫上又常在男女之情裡打轉，要在小詞裡挑出「譏刺」的骨頭，見仁見智，不易判出定準。現在暗中把一些情緒寄託在詞裡邊，又出以旖旎繾綣之語，政敵實在是難以陷之於罪。既然有此方便，那麼何不把「託興」的作用轉移到詞上面呢？東坡及其門人的心態應該就是如此的吧！

（五）詞的獨立宣言

李清照之父李格非，曾「以文章受知於蘇軾」（《宋史・李格非傳》），又被目為「後四學士」，屬於舊黨一派應該無疑。易安夫婿趙明誠之父趙挺之本屬新黨，蔡京誣陷他而窮治其罪，大觀元年（1107）尚在徽宗朝任職，三月卒，趙明誠遂與李清照離京返回青州故里。由其背景看來，兩家都是新黨所忌害的對象。李清照在詩文中對國事大發議論，暗諷徽宗朝政，慷慨有大略，政治背景可能佔一部分因素。

李清照的〈詞論〉（見第一節引）開頭先區分「聲詩和樂府」，是首見將二者合論又分辨清楚的言論。接著，李清照舉出歌詞感人之深者是如何的故事，有提昇詞體地位的用心存在。然後對古今詞風轉變的概況略作敘述，循此又對北宋重要詞家作了一番批評，將詩人、詞人、文人作了一個區隔。她區隔的重要依據，即在詞風是趨於「文雅」還是「鄭衛」，語言是「詞化」了的還是「詩化」了的。此觀點的提示，已進入了宋文化主體意識的論述範圍，即進入了「雅俗之辨」和「本色論」的範圍。然後她特別進入歌詞「音律特色」的議題，提出了更多的條件和準則。歌詞除了要重視「平仄」的音調規範外，語言的發聲也須合乎人體發聲原則，更要依音樂的律呂製曲，尤其不能忽略聽覺感受。關於音律方面的問題，她可以說是發前人之所未發，言前人之所未言。〈詞論〉的最後一部分歷數諸詞家而論其短長，後人譏評她有妄自尊大之嫌，但是以其才華之橫溢，持此睨視群雄的姿態，是可以理解的。〈詞論〉近尾聲處稱詞「別是一家」，無異於認為詞體獨出其他文體之外。王昊於其〈宋人詞體觀念的建構〉一文亦以爲：

> 李清照詞『別是一家』說，是〈詞論〉的核心綱領，其內涵實質是從本體論的角度，嚴分詞、詩之疆域。〔註48〕

在該文中他還認爲李清照的意思是「分體以尊體」的一種表示。我們觀察早期蘇軾稱「自是一家」時，意指自己是詞人中的一家，並沒有把詞拔出於其他文體之外的意思；又謂詞是「詩之苗裔」，詞附屬於詩的意思還很濃厚。到了晁補之論詞則有所謂「當行家語」，以及李之儀主張「（長短句）自有一種風格」，已經認清了詞體有它自己的獨特性質，故陳師道也稱之爲「本色」。李清照稱詞「自是一家」，就是在這些觀念基礎上正式宣告了詞體的獨立。〔註49〕

研究以上這些逐步深入探討詞學問題的風氣，稍早的線索，可以溯自宋初諸大家的提倡文雅，已經使詞的體質有了些許的改變。更大的刺激因素，則是再經黨爭下諸文人轉注心力於實際的創作和理論的探討，以及蘇軾提倡「以詩爲詞」觀念的提示，詞體的功能遂被擴大了，甚至被提升到如黃裳所謂詞也有政教作用的制高點。詞體在此時獲得了自我發展與茁壯的契機，讓當代宋人都能承認詞的本色特性，其實正是宋代社會發展與政治紛擾下自然的趨勢。

第三節　諸家的詞體論

對詞學理論的討論，北宋後期沒有分項又有系統的專論出現，本文擬從當時詞家對詞體的體性認知，依時代發展的先後爲序論列，以整理出思想演進的概括面貌。

〔註48〕王昊〈宋人詞體觀念的建構〉，《第二屆宋代文學國際研討會論文集》，南京：江蘇教育出版社，2003年6月，頁492。

〔註49〕王運熙等《中國文學批評通史》（四）稱：「對唐、五代至北宋詞學的發展進行總結，表述了她關於詞的審美理想，較之晁補之的〈詞評〉及李之儀的〈跋吳思道小詞〉等更有系統性，兼具理論與實踐意義，可謂之詞的一篇獨立宣言。」上海：上海古籍出版社，1996年12月，頁595。

詞的體性到底如何？由於北宋諸詞人創作的興趣逐日提高，對詞體的來源、詞體的特質與詞體發展演變的種種因素，討論越來越頻繁，對詞體的認識也就更加地清楚。但是當時民間或許習以爲常，或許上流社會長期以來對詞體地位有所輕視，討論起詞的特質多有誤解或模糊不清的。總體而言，觀念當然越來越清晰，也越來越重視詞的文學和社會作用。

一、詞體的特質問題

歐陽炯《花間集·敘》曾對詞的體性做一番議論，說道：

> 鏤玉雕瓊……是以唱雲謠則金母詞清，挹霞醴則穆王心醉。名高白雪，聲聲而自合鸞歌；響遏青雲，字字而偏諧鳳律。……則有綺筵公子，繡幌佳人，遞葉葉之花牋，文抽麗錦；舉纖纖之玉指，拍按香檀。不無清絕之詞，用助嬌饒（一作「嬈」）之態。自南朝之宮體，扇北里之倡風。……因集近來詩客曲子詞五百首，分爲十卷。〔註50〕

由上文看來，他把詞的源起上推至六朝的「宮體」。而對詞的名稱，他稱爲「詩客曲子詞」，其意即指「詞」本爲曲子而作。認爲「詞」生發於酬酢的綺筵場合，爲了配合樂曲歌唱的需求，公子們乃寫「清絕之詞」，以「助嬌嬈之態」。爲應歌而作，故稱「曲子詞」，這是詞的音樂特性；而詞的生發場所在歌筵酒席，寫作的目的在助歌兒舞女嬌美的姿態，這是詞的出身體性。所以詞的體質因而被定位在兒女纏綿之情那種綺豔婉轉的特殊格調。從此立下詞的體性範式，雖然後代風格變體極繁，要之，詞家普遍總以「婉約」格調爲詞正宗，常以「豪放」或其他格調爲變體。

黨爭之後，不少文人轉注心力於創作及評論詞的工作，蘇軾是其中翹楚。他常在與人書中夾敘夾議地論及詞的性質，在〈與蔡景繁〉書之四中說：「頒示新詞，此古長短句詩也。」這裏把詞看得和詩一

〔註50〕《宋本花間集》，臺北：藝文印書館，1969年10月，頁1。

樣，詞是具備「長短變化」的一種「詩」體，雖然並不是所有的詞呈現長短句的形式，大體而言，蘇軾認爲詞的文句以長短不一的句式爲特徵。〔註 51〕前文曾引蘇軾在〈祭張子野文〉裏主張「詞爲詩裔」，則他認爲詞應該是詩的流裔，是由詩分支發展而來，若再和「新詞是長短句詩」的意思合起來看，那麼形式上長短不一的詩體，以樂府民歌的性質最爲相近。故他在〈與楊元素書〉中說「近一相識錄得公明所編本事曲子」，以「曲子」稱呼「詞」，則「詞」是拿來唱歌的。又在〈題張子野詩集後〉說「張子野詩筆老妙，歌詞乃其餘技耳」，直接地以「歌詞」稱「詞」。可見蘇軾不但認爲「詞爲詩裔」，又認爲「詞爲長短句詩」，應該還認爲詞是一種民間歌謠（樂府）吧。蘇軾的好友劉攽在他的〈見蘇子瞻所作小詩因寄〉詩說：「千里相思無見期，喜聞樂府短長詩」，〔註 52〕詩題把詞當作「小詩」看，詩句裏又把詞當作「樂府」看（即長短句），即性質同於樂府的「短長詩」，可見劉攽認同蘇軾「詞爲詩裔」之說，並抱持者「詞爲樂府之流」的看法；不過，他稱「詞」爲「樂府短長詩」，似乎更趨向於「詞是宋代的樂府」的意思。

黃庭堅雖然也把詞看成「樂府」，但是他並不輕視詞爲「小詞」，也不以爲詞是「詩之裔」，直接稱之爲「樂府」。他在〈書王觀復樂府〉中說：

> 觀復樂府長短句，清麗不凡，今時士大夫及之者鮮矣。然須熟讀元獻、景文筆墨，使語意渾厚乃盡之。〔註 53〕

他這裏所謂的樂府就和長短句同義，所以并稱。他的認知裏，從形式方面看詞是「長短其句的文體」，從體質上看「詞屬於樂府的範疇」，則這裏的「樂府」當指「合樂的歌詞」，他的觀點越來越貼近詞的體

〔註 51〕朱崇才《詞話學》指東坡爲首先使用「長短句」一名者，頁 183。

〔註 52〕《彭城集》卷十五，《叢書集成初編》，北京：中華書局，1985 年，頁 210。

〔註 53〕《山谷題跋》（三）卷七〈書王觀復樂府〉。《百部叢書集成》刊汲古閣本《津逮秘書》第五函，臺北：藝文印書館，1966 年，頁 7～8。

性，可能即由蘇軾的觀點再加延伸而來。又他在〈小山詞序〉（見第一節引）中所稱的「至其樂府，可謂狎邪之大雅，豪士之鼓吹」的「樂府」，則應該指「詞」是可以入樂的民間歌謠，相當於今日之流行歌曲。文中說「其合者〈高唐〉、〈洛神〉之流」，拿詞來和辭賦類比。又說「其下者豈減〈桃葉〉、〈團扇〉」，〈桃葉〉爲王獻之所作歌辭，〈團扇〉是班婕妤〈怨歌行〉的後代別稱，二者皆爲樂府。那麼詞（山谷口中的樂府）的性質不就有如「賦」、有如「歌」，山谷心目中的詞自然是句式自由、有如樂府歌行和極富於音樂性的一種文體。同時，晏幾道爲自己詞集作序時，說：「〈補亡〉一篇，補樂府之亡也。」他「顯然將古樂府視爲詞之先導，點出了詞與樂府一樣都是用以抒發眞情。」〔註 54〕以上這幾位同時代的人已經共同認定當代的詞即古樂府的流裔，也是「宋代的樂府」。

直呼「詞」爲「長短句」的，見於李之儀〈跋吳思道小詞〉一文，當中云：「長短句於遣詞中最爲難工，自有一種風格。」這篇跋大約作於大觀三年（1109）之後。〔註 55〕東坡稱詞爲「長短句詩」、「樂府長短句」，此處逕稱「長短句」爲「詞」，指的正是文句迭有長短的文體，於此可知李之儀把詞地位再提昇了一級，擺脫了詩的糾纏。此外，又稱詞「自有一種風格」，無異於主張詞在語言表現上和詩或其他文體有所差別，就在這同時，詞家們都紛紛提出了類似的思想，如陳師道和晁補之即是。

陳師道的《後山詩話》認爲詞有它的特色，提出了「本色論」的主張，而且只有「秦七、黃九」二人最近本色，值得推崇。「本色」到底怎麼定義？陳師道並沒有仔細說明，只是提出秦觀、黃庭堅二人

〔註 54〕見蔣哲倫、傅蓉蓉《中國詩學史》（詞學卷），廈門：鷺江出版社，2002 年 9 月，頁 50。

〔註 55〕朱崇才《詞話學》頁 183 指：吳思道在大觀三年（1109）舉進士，李之儀政和七年（1117）致仕，推斷〈跋〉作於大觀三年前後。本文以爲吳氏若尚未中式而集結小詞請專家爲序跋，似乎機會較少，應在騰達之後刊刻比較合理。

的詞當作典型。究竟秦、黃二人詞能表現那些特質？陳氏也未加以敘明。今人王運熙等舉出胡仔《苕溪漁隱叢話．後集》卷二六引《後山詩話》後評論之語，以為：

陳師道的詞之『本色』論，主要重在其音律的可歌性。……蘇軾擴大詞境之後，其詞中寫兒女之情的成分比重自然較秦觀等詞為少，這也是陳師道認為蘇詞「非本色」的一個因素。〔註56〕

歸結此書討論的意見，陳師道所謂的「本色」要不出兩點：一、詞需具備音樂性；二、詞要富於兒女之情。的確，陳師道所說的「退之以文為詩，子瞻以詩為詞，如教坊雷大使之舞，雖極天下之工，要非本色」，指的正是蘇詞的語言不能表現出詞的語言風味。詞的語言風味維何？兒女之情是其主要內涵。以上是王運熙等對陳師道的「本色論」的探討，認為陳氏乃從語言和音律二方面談詞的特質，如此說來陳師道依舊延續著歐陽炯的主張了。但是對詞體的尊重，已經不似早期詞家的欲說還羞的姿態，因為他說秦七、黃九的詞「唐人不逮也」，而且詞自有本色就是尊體的主張。

《能改齋漫錄．詞話》曾錄晁補之論詞（見前引），晁氏以為詞的特質少不了「合律」，其次，詞有其語言的特色，即所謂「當行家語」。晁補之注意到「諧律」一事為眾人極重視的地方，因此有人才批評蘇軾詞的不諧律，他卻認為蘇詞並不是不諧律，只是不願意受音律束縛，才華脫出音律之外而已。看來晁氏大概站在蘇軾一邊，主張創作不能全然受限於音律，文學上的創作和音律上的要求應該同等重要。故接著舉出黃庭堅的詞，指不是當行家語，只是合乎音律的好詩。於此知道晁補之主張「詞語」和「詩語」本自不同，必須符合詞的「當行家語」才是好詞，故下文接著提出秦觀的詞句，稱之為「天生好言語」，無異於說秦觀詞最符合「當行家語」了。在此處須研究秦觀詞的特色到底是什麼，才會知道「當行家語」應該像什麼。

〔註56〕見王運熙等著《中國文學批評通史》（肆）宋金元卷，頁582。

今人徐培均在其《秦觀詞新釋輯評》〈前言〉中說：

> 淮海詞清麗淒婉，窈眇深微，「知樂者謂之作家歌」；而「柔情曼聲，摹寫殆盡，正詞家所謂當行，所謂本色也」。這種風格的形成，主要植根於作者的個性和才情。〔註 57〕

「清麗」，指秦詞的詞采清雅美麗而言；「淒婉」，可以由身世的困躓蹭蹬想見；「窈眇深微」，謂其情思幽隱含蘊，描寫細膩。至於「柔情曼聲」，當指其詞富於兒女情思又諧律悅耳。合而言之，秦詞風格婉約深隱，音韻和諧又寓涵身世淒涼之感。故明人張綖在《詩餘圖譜・凡例》裏分詞體爲二大類，即將秦觀詞列爲婉約風格的代表。形成秦觀詞婉約風格的基本要素是什麼？諸學人都傾向於「秦觀詞專主情致」這一主題，此論最早見諸李清照的〈詞論〉。至清人馮煦《蒿庵論詞》乃說：「他人之詞，詞才也；少游，詞心也。得之於內，不可以傳，雖子瞻之明雋，耆卿之幽秀，猶若有瞠乎後者，況其下邪？」〔註 58〕拈出少游有一種詞人特殊的心靈，其餘諸名家未必具備。徐培均《秦觀詩詞文選評》論此云：

> 什麼叫詞心？實際上便是能夠孳生綿邈深情又能動搖人心的那顆藝術家的心靈。〔註 59〕

秦觀詞的語言特色，就是從他的心靈裡脫化出來的那種「綿邈深情」的婉約情調。今人鄧喬彬引馮煦、陳廷焯等相繼闡發的「詞心說」，認爲：「其實，馮煦所說的詞心，一在於眞切的深情，二在於難以移易的獨特性。」〔註 60〕這兩方面的拈出，「深情」或許多數人都具有，但「難以移易的獨特性」，恐怕才是秦觀「詞心」不同於他人之所在，故而李清照所稱的「專主情致」的「專」應該就是指這種特殊的心靈，必須具有了它，才有可能產生晁補之所謂的「當行家語」。

〔註 57〕見徐培均《秦觀詞新釋輯評》，頁 1～2。

〔註 58〕節錄《蒿庵論詞》之〈論秦觀詞〉語，《詞話叢編》第四冊，頁 3586～3587。

〔註 59〕徐培均《秦觀詩詞文選評》之〈導言〉，頁 1。

〔註 60〕鄧喬彬〈秦觀「詞心」析論〉，《文學遺產》第四期，2004 年，頁 77。

對於長久以來「詞體究竟具有什麼樣的特質」的問題，民國初年王國維在其《人間詞話》裡說：

> 詞之爲體，要眇宜修，能言詩之所不能言，而不能盡言詩之所能言；詩之境闊，詞之言長。〔註61〕

這個看法深受近來學者認同，繆鉞在《靈谿詞說》的〈總論詞體的特質〉一文中還加以解析，謂：

> 晚唐、西蜀詞多作於酒筵歌席之間，所以「娛賓而遣興」，爲歌唱而作。當時唱詞者多是少年歌女，故詞之內容亦多是寫男女之間的閒情幽怨，作者與歌者都會感到親切，而其相應的風格則是婉約馨逸，有一種女性美，亦即是王靜安所說的「要眇宜修」。〔註62〕……詞是長短句，音節諧美，音樂性強，又因爲篇幅短，要求言簡意豐，渾融蘊藉，故詞體最適合於「道賢人君子幽約怨悱不能自言之情，低佪要眇，以喻其致」（張惠言《詞選序》），而可以造成「天光雲影，搖蕩綠波，撫玩無斁，追尋已遠」（周濟《介存齋論詞雜著》）的境界。〔註63〕

以上所提到的「女性美」、「音樂性強」和「道幽約怨悱之情」等特質，秦觀的詞皆賅備無遺，晁補之才會稱譽爲「當行家語」，可是晁氏本人並未細解「當行家語」的涵意，這是他評本朝詞人樂章最大的缺陷，今日也只好以今臆古，爲他作解了。〔註64〕

張耒和晁補之的觀點不同，張耒觀念較爲籠統，把詞的性質（文體源起的原因）看成和詩文近似，在爲賀鑄寫的〈東山詞序〉中，張

〔註61〕〈人間詞話刪稿〉第十二則，《人間詞話》，北京：中國人民大學出版社，2006年3月，頁24。

〔註62〕《靈谿詞說》，頁29～30。

〔註63〕同上注，頁30。

〔註64〕後來楊燕以爲詞的「本色」還有第四個特質——必以雅俗相濟，這是今人對詞整體發展的特質再歸納出來的，北宋人並未有此主張，甚至雅俗觀念正在互相矛盾狀態中，所以黃庭堅才會努力爲自己辯解。本文則以當時人的「概念」爲討論主體。參見楊燕〈北宋詞之「本色」與淮海詞〉，《山東大學學報》（哲學社會科學版），1989年第3期，頁83。

未直接稱呼詞體爲「樂府之詞」，似乎在說「樂府」包羅了多種的形式，其中一種是「詞」。「樂府之詞」的特徵是什麼？他說「大抵倚聲而爲之詞，皆可歌也。」這說明了詞必是「倚聲之詞」，而且「可歌」，乃就聲律上說明詞的體性。其次，他又認爲詞的特質在「言情」。從序文一開始就以「文章」二字領軍，接著一轉立刻討論到劉邦、項羽的歌詞，又一轉談到賀鑄的詞，具見他把詩、文、詞三體一視同仁。他以爲詞之所以作，全都是爲了抒發情感，而且純然發自「天理之自然」，不得不發，故稱「是所謂滿心而發，肆口而成，雖欲已焉而不得者」。這不但把詞「言情」的特質顯揚出來，還指出詞的發源是「源之於心」，心有所感則不得不發而爲詞，那麼任何時代都應該有詞的產生，只是不同時代，得到不同的名稱而已。故他舉劉邦、項羽的歌詞爲例，正謂漢代歌謠即不同時代的「詞」，他爲「詞體」性質所下的定義，既廣泛又籠統。

同時的沈括對詞的性質進行了更進一步的探討，特別提出了「和聲」與詞所以產生的體性大有關聯的看法。沈括在其《夢溪筆談》卷五（見前引）中提到「和聲」的說法，有很大的自相矛盾處，即「和聲」不過是在樂段某處加上一些不一定具有意義的「文詞」，如「賀、賀、賀，何、何、何」等狀音詞，那麼現在在這些地方改用有意義的文詞，若其意義與原詩不能配合，那原來的詩又成何意？若其意義與原詩相合，這樣的做法也不是填詞，不過是狗尾續貂、畫蛇添足而已。因爲填詞乃逐樂句而自行創作，不是逐詩句之後而添加詞語，如此說來，填詞的作法遂和他所講的「和聲」之說無所關聯。〔註65〕

〔註65〕本文從「和聲塡實」一說上作反駁，說明和聲說並不是塡詞眞正的來源。謝桃坊〈宋人詞體起源說檢討〉文中，則以燕樂有新舊之分，論詞可能起源於盛唐，並謂〈楊柳枝〉詞在唐末五代有兩體並行，後來新流行的〈楊柳枝〉詞既不是聲詩，又不是將和聲塡實的作品，而稱：「然而若以爲詞體起源於和聲，則是極片面的。」他以音樂來源和詩的格律排除「和聲說」的可能性，正與筆者之意相發明。見《文學評論》，1995年第五期，頁105～113。

除了沈括所說的「和聲說」，南宋朱熹另有「泛聲」之說（《朱子語類・詩文下》），胡仔有「虛聲」之說（《苕溪漁隱叢話》後集三十九），阮閱有「散聲」之說（《詩話總龜》前集卷二引《百琲明珠》記蘇軾改白居易〈寒食詩〉爲挽歌之事所錄），諸說和今日音樂界所謂「和聲」本質上不同，據《簡明大英百科全書》對「和聲」的定義：「泛指兩個以上同時聽到的音」，〔註 66〕所指的即同一個時間有兩個以上的聲音一起發聲而產生和諧共鳴的現象。葉嘉瑩在其〈論詞的起源〉一文裏舉出宋代諸詞家類似「和聲說」的主張，其文說：

> 以上諸說，不過僅舉其要者約言之而已。至於其主要之概念，則不過都只是以爲詩之字句過於整齊，不便歌唱，樂曲演奏之時，往往有音聲宛轉而並無歌辭之處，前人或名之曰「和聲」，或名之曰「泛聲」，或名之曰「虛聲」，或名之曰「散聲」。名雖不同，義實相近，其有以文字寫入此一部份者，則可以有以下之數種情形：其一爲有音無義之文字，如沈括《夢溪筆談》所舉「賀、賀、賀，何、何、何」之類，……其二爲雖是有音有義之文字，但與原歌辭之本義並無密切之關係者，如孫光憲〈竹枝詞〉二首，本爲七言絕句之形式，而於每句間加有「竹枝」及「女兒」等聲辭，……其三爲有音有義之文字，而且與原辭之本義結合有密切之關係者，如顧敻之〈楊柳枝〉，……其辭如下：「秋夜香閨思寂寥。漏迢迢。……更聞簾外雨蕭蕭。滴芭蕉。」……其四爲疊句，如世所稱之〈陽關三疊〉本爲王維之一首七言絕句，而在歌唱之時，則須反覆疊唱，如江順詒引方成培之言，所謂「〈陽關〉必至三疊，而後成音」者。〔註 67〕

從葉氏的分析看來，宋人諸說都和現代的「和聲」之說不相干，都是演奏樂曲時，在音聲婉轉本無歌詞的地方穿插進去的文詞。沈括說「唐

〔註 66〕《簡明大英百科全書》第八冊，臺北：臺灣中華書局，1988 年 10 月，頁 675。

〔註 67〕《靈谿詞說》，頁 12～13。

人乃以詞塡入曲中，不復用和聲」一語實在很含糊，因爲如前所述，塡詞入曲子中本是創造新的內容，當然不是在有和聲的地方塡詞；而原來有和聲處不管塡的文字有無意義，也都不是創造新詞，因此，「不復用和聲」一句根本多餘，「唐人乃以詞塡入曲中」才是符合塡詞的行爲。李之儀推斷塡詞的作法可能在唐代末年才流行，在〈跋吳思道小詞〉（見第一節引）中說「至唐末，遂因其聲之長短句而以意塡之」，分明在說塡詞乃依樂句的長短以己意創作之，亦即詞體必須依賴音樂才可能產生。後面又說「語盡而意不盡，意盡而情不盡」是一般詞人的高妙處，那麼詞體含蘊得最豐富的應該就是「情」了。李之儀「和聲說」似乎全然循著沈括的思考理路，但是後面說「遂因其聲之長短句而以意塡之」，依樂句長短塡詞的特質卻被他伺察出來了。

同時，新黨人士黃裳在自作的〈演山居士新詞序〉（見前引）裏，談到詞的性質和蘇門諸人近似，「長短句」就是他所謂的「新詞」，具有長短不一的形式，可以「協以聲而歌之」，這種合樂的歌詞，是他對「詞」性質的瞭解，和前述李之儀等人的觀點全然相類。

北宋末，李清照出，遂能統合諸人言論，前一節所錄的〈詞論〉裏，她將「歌詞」的源流發展以及詞體的特質整理出頭緒。有關於詞體的特質，她以爲「樂府聲詩並著，最盛於開元、天寶間」，「樂府」就是指「歌詞、長短句」，故接下去才會提到李八郎能歌的軼事。「樂府和聲詩」不僅都是可以合樂的二種歌詞體，更要注意的是二者有「由樂定詞」和「以詞入樂」（元稹〈樂府古題序〉）〔註68〕之分，蔣哲倫、傅蓉蓉的《中國詩學史》（詞學卷）對此論道：

> 前者重在垂範如何以辭合樂，而後者著重指出「聲詩」與「詞」原是一脈，較之李之儀和沈括只將詞視作詩歌配以「和聲」，然後再塡實的說法，眼界更爲開闊，也更符合詞體發展的歷史狀況。這一命題的提出，說明易安已對「詞

〔註68〕此序見楊軍箋注《元稹集編年箋注》，西安：三秦出版社，2005 年 11 月，頁 688。

體」的源頭有了一個清晰的認識。〔註69〕

指出了李清照對詞的源頭已有了清晰的概念，這是歷史進化一定會走的趨勢。而謝桃坊分析得更明晰，他在《中國詞學史》中說：

李清照認爲在唐代長短句的詞與齊言的聲詩同屬一種音樂淵源的兩種體式，二者同時流行於社會。因此二者是并行的，不存在淵源關係。〔註70〕

指出了「聲詩和樂府」的並行關係，而李清照也能分辨無礙。〈詞論〉後邊評論柳永「變舊聲作新聲，出《樂章集》，大得聲稱於世，雖協音律，而詞語塵下」，凸顯了詞的音樂特質，所以評論蘇詞爲「又往往不協音律」。爲了解釋協律的重要性，她仔細地加以解說之後，指出「可歌、不可歌」成了她評斷歌詞高下的重要標準，於是引出和可歌有關的寫作要領。這裏所謂的「五音」當指唇、牙、齒、舌、喉等發音部位，「五聲」當指宮、商、角、徵、羽五音高，「六律」則指十二律呂中的一半（陽律或陰律），易安認爲塡詞必須重視詞文的平仄四聲、口型五音，再和五聲、六律的樂律配合才不致於成爲「句讀不葺之詩」，講究得精細之極。她不再簡單地說「塡詞須協律」一兩句話而已，更深入地探討怎樣才能協律，〈詞論〉一文顯然比起前人又進了一步。

綜觀這個時期的詞人對詞體的特質大致已經取得了相當的共識，即：（甲）詞的文句形式以有長有短爲主要特徵；詞的語言特色有別於其他文體，以婉約清麗爲主，這是從文體的立場來看。（乙）詞是爲配合音樂而塡寫的歌詞，這是從音樂的立場來看。（丙）詞要表達的內容以「專主情性」爲主。

〔註69〕《中國詩學史》（詞學卷），廈門：鷺江出版社，2002年9月，頁70～71。

〔註70〕他在前面舉出崔令欽《教坊記》記唐代的聲詩至今尚存千五百餘首曲名，但王灼《碧雞漫志》考察〈清平樂〉的歷史淵源，已能分別在唐代的〈清平調〉與〈清平樂〉是同調，而同時存在齊言的聲詩與長短句的詞體。詳見謝桃坊《中國詞學史》，成都：巴蜀書社，2002年12月，頁35～36。

二、詞體的起源問題

關於詞是如何產生（即過程和因素）的問題，沈括和李之儀有所謂「和聲說」。沈括《夢溪筆談》卷五提到「為歌詞和聲」的說法，他說：「詩之外又有和聲，則所謂曲也。」但是所提「賀賀賀」、「何何何」之類的和聲，其實只是偶然穿插進去無特別詞意的聲音，增加音樂性之美而已。接著他又說：「唐人乃以詞填入曲中，不復用和聲」，則這裏所謂的「詞」字指有意義的「文詞」，有別於「和聲」。他認為唐人已經為曲子再添加上「文詞」，才會形成所謂的「詞」。我們在前文已經仔細辨正過「和聲說」的不周延，應該存疑。以上是沈約對詞產生過程的大致推論，但他只概稱唐人有何作法，卻沒有說明詞發生於什麼確定的時間。

張耒對詞的起源，開始更深入地探討，在〈東山詞序〉裏有言「余友賀方回，博學業文，而樂府之詞，高絕一世。大抵倚聲而為之詞，皆可歌也」。他把詞稱為「樂府」，意即詞與樂府性質相當，蓋樂府乃民間傳唱的歌謠，歷代皆有當代的流行歌謠，「詞」正是宋代傳唱的流行歌謠。從他的觀點看來，詞應該起源於古樂府，只是從「音樂的時代性」和「文詞表現」上看，詞卻是「宋代的樂府」，故張耒稱之為「樂府之詞」。而另一主題「文章……皆天理之自然，而性情之至道也」的「性情」，並不侷限在兒女之情，末尾才說「夫其盛麗如游金張之堂，而妖冶如攬嬙施之祛，幽潔如屈宋，悲壯如蘇李，覽者自知之，蓋有不可勝言者矣。」如此屈宋的賦體、蘇李的詩歌和言情的詞都是出之於「不得不發」的心態而創作出來的，這是從詞體何以會發生的「起源原因」上說明其性質，換言之，詞是為了「言情」這一性質而產生的新文體。這時所顯現的「詞情」不限於兒女私情，而有「幽潔如屈宋，悲壯如蘇李」者，這不正是政治懷抱不遂與受政敵迫害的孤憤情緒。張耒所揭示的正是：誰說借用長短句不可以抒發「詩言志」同樣的情懷呢？

與張耒、李之儀約同時，年齡雖稍長，發表論詞意見卻較晚的黃裳（1044～1130），致仕後專意填詞，自作〈演山居山新詞序〉（見前引），大約作於宋高宗建炎二年（1128 致仕）之後。〈序〉文謂「然則古之歌詞，固有本哉」，這裏的「本」字，所指的即古代歌詞的精神內涵，這內涵需合於詩經的六義，采詩之官把民間歌詞收集之後，配以音樂收入樂府，薦之於郊廟，拿到大雅之堂上來歌詠。這樂府歌詞作用極大，天地、鬼神、人倫都受感動，治國者得到樂府歌詞六義之用可以化民成俗。他所稱的「樂府」和「古人歌詞」同樣指《詩經》之流的民間歌謠，而類推到宋代，「詞」、「歌詞」或「長短句」皆成了宋代的「樂府」。到了文末，他自稱「故予之詞清淡而正，悅人之聽者鮮，乃序以爲說」，就是把他的詞作和古樂府連繫起來，「清淡而正」自然有別於穠豔和淫邪的風格，同時也標舉詞風近於清淡雅正，有政教的作用，才會「悅人之聽者鮮」，這個主張恰恰體現了新黨發起政治改革的主要思想趨向，政教才是新黨諸人最爲關心的問題。再看它整個序文幾乎都在討論《詩》的六義，到最後突然回到論自己所作的詞，黃裳根本把「詞」看成廣義樂府的流裔，「詞」和《詩經》性質相同，《詩經》是古之樂府，「詞」則是宋代的樂府。總之，黃裳主張「詞」起源於「樂府」，卻沒有說明起源時間。

詞產生於何時？詞的前身是什麼？蘇軾並沒有主張得很清楚。《蘇軾文集》卷五十五〈與蔡景繁〉書說：「頒示新詞，此古人長短句詩也。」又於〈祭張子野文〉中說「微詞宛轉，蓋詩之裔」，直指「詞起源於詩」，只很簡短地交代詞可能的來源。

把詞體確立的時代指出，較早可知的資料大概要從李之儀的序言算起，他在〈跋吳思道小詞序〉裏說：「唐人但以詩句，而用和聲抑揚以就之，若今之歌〈陽關詞〉是也。至唐末，遂因其聲之長短句而以意填之，始一變以成律。」這裏的「和聲」是指配合歌者而另外在詩句外延長聲音，後來唐末的人才填文詞在加長的聲音裏。我們知道「和聲」本指配合歌者而同時由他人唱出另一種聲音，以得到和音共鳴之美，並不是像李之儀所說的添加歌詞或改動歌詞。李氏確切地指出唐末詞家才有「以意塡之」的作法，這才是他所認定的「詞」，並且以《花間集》爲代表。由此可知他主張「詞」正式成爲新文體的時期在「唐末」，寫作的方式是「因其聲之長短句而以意塡之」，所指的即「依樂句長短而作詞」，這確實是後代認知的塡詞方式了。

李清照的〈詞論〉把詞起源時間至少推前至盛唐。她說：「樂府聲詩並著，最盛於唐開元、天寶間，有李八郎者，能歌，擅天下。」首先提出「樂府、聲詩」都可歌。接下去她依時序談到五代、本（宋）朝，內容都是評詞，可見她口中的「樂府」就是指「詞」，而且樂府和聲詩一同受重視早在開元、天寶年間，即盛唐之時。在此之前，是否已有詞這種新的文體呢？依「最盛」二字來看，起源應該更早了，究竟起於何時，李清照未再加以推測，卻是把詞起源時間推測得最早也最確定的人。〔註 71〕今人謝桃坊討論王灼《碧雞漫志》考察詞體起源與流變時，認爲王氏也持和李清照、鯛陽居士相類的看法，因爲：

> 起於開元、天寶的詞調占王灼所列詞調半數以上，它們大都爲宋人沿用，而且屬於新的燕樂系統。所以，李清照和鯛陽居士以爲詞起於「開元、天寶間」的判斷是有依據的。〔註 72〕

這證明了李清照對詞的研究是多麼具有特識。詞發展到了北宋，不但創作的陣容漸趨龐大，世人對詞的認同度增強了，詞人對詞體性質的探討也越來越深入，李清照算是其中理念最清晰的一位。

以上諸人對詞體起源的問題何以特別有興趣？我們可以從詞史發展過程裏找出下列幾個因素：其一，詞人有意的推展。其二，文人文學趣味的轉移。其三，詞體的開發與作法的改進，已被柳永、張先等人打開了局面。其四，詞體發展的成熟現象。以上諸觀點，早經學者討論，在此僅拈出「詞體起源問題」成爲注目的焦點，顯示了詞學

〔註 71〕李清照的推測比上述諸家應該更近事實。任二北《敦煌歌辭總編》舉敦煌曲子中二首〈獻忠心〉推定爲玄宗時作品，當可據爲佐證。上海：上海古籍出版社，1987 年，頁 2。

〔註 72〕謝桃坊《中國詞學史》，成都：巴蜀書社，2002 年 12 月，頁 43。

的觀念逐漸在建立中。我們由前幾章所敘述的詞人生涯與寫作表現，可以歸納出第一、第二點最可能受到政治因素的影響。

第四節　諸家對流派與風格的討論

今人朱崇才《詞話學》爲風格與流派之別定義說：「風格是作家、作品、時代的個性特徵。流派指具有相同風格特徵的作家群體或作品集合。」〔註73〕宋人討論詞體風格的風氣較晚，北宋前、中期多集中在某人作品某幾句的即興評論。短短幾句卻偶然有意想不到的功效，能將某人作品的大致風貌提挈出來。比如吳曾《能改齋漫錄》卷十六說：

> 仁宗留意儒雅，務本理道，深斥浮豔虛美之文，初，進士柳三變，好爲淫冶謳歌之曲，傳播四方。嘗有〈鶴沖天〉詞云：「忍把浮名，換了淺斟低唱。」及臨軒放榜，特落之，曰：「且去淺斟低唱，何要浮名？」〔註74〕

吳曾於高宗時任工部郎中，此處所記載可能道聽塗說而來，他生年去仁宗朝不足百年，此《錄》刊於紹興二十七年（1157），〔註75〕時代相去不算太遠，尚有可信度。《錄》中仁宗對柳永的名句印象極深刻，黜落柳時，特意用其詞語，細看來，極近似於對詞風的側面評論，柳詞的俗豔風格，可能早被當時上層社會所認定。

前述北宋早期的詞評多流於摘章抉句，此習慣流至後期才慢慢轉變，縱使蘇軾有心提高詞格，他也還停留在片斷、數句的評詞方式。如〈祭張子野文〉評張先詞「微詞宛轉，蓋詩之裔」二句，大體上已先承認詞體有「宛轉」的風格特質。《吹劍續錄》（文見第六章第二節）載東坡問幕士「我詞比柳詞何如」一項記載裏，東坡口中雖然不直接批評柳永詞，卻首肯幕士的比喻，可知他對自己和柳永詞風異趨的看

〔註73〕《詞話學》，頁322。

〔註74〕《能改齋漫錄》卷十六，《景印文淵閣四庫全書》第850冊，臺北：臺灣商務印書館，1983年3月，頁817。

〔註75〕據《中華古文獻大辭典·文學卷》。長春：吉林文史出版社，1994年1月，頁592。

法，當與幕士的評語相合。以豪放自許，視柳詞爲婉約風格，應該是他內在的評詞觀。東坡論詞風不以偏概全，對柳永高勝處，也頗爲欣賞，趙令畤《侯鯖錄》卷七記：

> 東坡云：「世言柳耆卿曲俗，非也。如〈八聲甘州〉云：『霜風淒緊，關河冷落，殘照當樓。』此語於詩句不減唐人高處。」〔註76〕

除了俗，還看出了柳永詞另具渾闊的風格。〔註77〕大致而言，東坡評論他人詞風，還延續早期「以斷章取義方式論詞風」的習慣，不過，因爲他的藝術修爲深厚，大抵不會扭曲太過。他的評論多緊抓要點，一語破的。如對秦觀〈踏莎行・郴州旅舍〉絕愛其尾句，自書於扇面，曰：「少游已矣，雖萬人何贖！」〔註78〕所說的兩句話並沒有評詞風的用語，細繹他所喜愛的那兩句，恰恰反映秦觀詞風特勝之處，只要解得這二句，秦觀詞風的特徵就呼之欲出。再如曾慥《高齋詩話》載少游入都見東坡，東坡評少游所舉詞枉費筆墨而無內涵，自舉〈永遇樂〉「燕子樓空，佳人何在，空鎖樓中燕」三句，以爲近作之可得意者。今之學者雖考證少游不可能有入都見東坡一事，〔註79〕然東坡好以他人數句詞作評，或有此事。即或不實，另有一記載也寫東坡喜歡以詞中一句評論此詞作者的好尙。葉夢得

〔註76〕《侯鯖錄》，《景印文淵閣四庫全書》第1037冊，臺北：臺灣商務印書館，1983年3月，頁407。

〔註77〕徐敏〈北宋詞史上的兩座里程碑——從柳詞「曉風殘月」說到蘇詞「大江東去」〉謂：「何謂『不減唐人妙處』？以成就最高的盛唐詩歌爲管觀豹，其要點可以概括爲是以興象取勝，就是把大自然的山水景象與個人的興發感動結合起來，而且不論喜怒哀樂，都不失開闊博大之氣，這可以說是唐人詩歌妙處。」所謂「唐人高處」評家分析多類此，蘇公所見當同。見《北京師範大學學報》，1988年第2期，頁111。

〔註78〕見《苕溪漁隱叢話・前集》卷五十引《冷齋夜話》，臺北：世界書局，1976年2月，頁338。

〔註79〕王運熙等《中國文學批評通史》（四）曾分析《高齋詩話》此則記載的種種破綻，見頁572～573。

《避暑錄話》卷三曰：

> 秦觀少游亦善爲樂府，語工而入律，知樂者謂之作家歌。……「山抹微雲，天黏衰草」，尤爲當時所傳。蘇子瞻於四學士中最善少游，故他文未嘗不極口稱善，豈特樂府。然猶以氣格爲病，故常戲云：「山抹微雲秦學士，露花倒影柳屯田。」露花倒影，〈破陣子〉語也。〔註80〕

無論如何，以上具見他評論詞的方式，都是挈其首領而概見其旨。

以上歸納東坡批評詞風的方式，還不能稱爲有體系的風格論。他門下幾個詞人的評論方式開始起了變化，有以數人爲一流派而統論之的，有以印象式數語概論一人並依此模式參互比較的，開始有了流派系統或風格系統的概念，到了李清照乃將此批評模式作一個統合，並依時代先後論列，可稱爲稍有系統的論文。這一段時期的詞論有一個最大的缺陷，即沒有舉證較多的證據，並分析其所以形成詞風特色的標準在那裏。以下先敘論流派系統觀念的演進情形，其次論風格系統觀念的演進情形：

一、流派系統觀念的萌芽

李之儀〈跋吳思道小詞〉討論諸家的詞，處處以《花間集》爲準，我們比較《花間集》中所錄十八家，各自風格不盡相同，尤其韋莊詞「卻初步轉變溫庭筠的濃豔氣息，帶著疏淡秀雅的筆調」。〔註81〕溫、韋詞的風味詞評家多能分辨，將各家完全看成一種風格本來並不恰當，但是宋代詞家往往習慣視《花間集》爲一個典型，又大多以溫庭筠爲《花間》領袖。李之儀所持見解即大致如此，故在跋中不止一次地把《花間》當作一種範式，顯然認爲它是詞學裡的一個流派。此外，他又把晏、歐陽、宋三人風格看爲一類，將張、柳看作一類，勉勵吳思道規模取捨。具見李之儀分別流派的意向，只是沒有特別標出流派

〔註80〕《避暑錄話》，《景印文淵閣四庫全書》第 863 冊，臺北：臺灣商務印書館，1983 年 3 月，頁 674。

〔註81〕見劉大杰《中國文學發展史》，頁 610。

的名目而已。

逐漸地，分別流派的觀念進一步開展，到了北宋末，李清照的〈詞論〉也概略地將詞人分類，如將南唐君臣詞人歸爲「尙文雅」一類，並認爲晏、歐這些作家雖學養博贍，但以詩人之筆寫詞，缺乏詞的本色風韻，而且又常常不合音律，這一類的詞，李清照眼中可能只算是「詩人之詞」，故稱「皆句讀不葺之詩」。又王安石、曾鞏等文章家的詞，在李氏的評準裏，也不合乎詞的本色。晏幾道以下諸家才是知音律者，他們所作，應該可以稱之爲「詞人之詞」，合乎歌詞本色，不過也各有缺點。李氏這樣的評語，隱隱然將詞家分爲數類，類似於「詩人之詞」、「文章家之詞」、「詞人之詞」的概念。李之儀、李清照的分類方式，留給後人思考的空間。南宋王灼《碧雞漫志》對各家詞藝曾有評騭，如將「晏、歐」合而論之，似乎認爲二人可入一派，又提出從沈公述至万俟雅言等六人，「源流從柳來，病於無韻」，開始明白指出源流所自，這未始不是受李之儀、李清照論詞的啓發。〔註 82〕

黨爭和學派之爭本有關聯性，王兆鵬在《宋南渡詞人群體研究》中認爲：

> 北宋黨派之爭常是學派之爭，如洛、蜀黨爭同時又是洛學與蜀學之爭。〔註 83〕

但是詞學上流派的觀念卻沒有這種相爭的現象。原因大概是：(一)詞學流派的主張在此期並沒有明確地建立，比如重視格律的人很多卻沒有自稱爲格律派的，比如陳師道以「本色」爲倡卻沒有明確指出「本色」的定義是什麼？要怎麼表現出「本色」也沒有具體的創作指導理

〔註 82〕顏翔林在其〈論《碧雞漫志》的詞學思想〉文中認爲王灼的詞學理論裏有許多和以往看法不同的地方，本文在考察北宋後期詞學發展狀況後，則以爲王灼大部份觀點都是前有所承的，如「人莫不有心」、「情性論」、「自然說」，其實與張耒「滿心而發說」同調。王灼「詞家論」的風格理論也是承自前人（如李清照），再由身世背景引伸以論風格。總之，北宋詞學的發展的確影響後世深遠。顏文參見《文學遺產》2003 年第 4 期，頁 85～93。

〔註 83〕見王兆鵬《宋南渡詞人群體研究》，頁 51。

論。（二）詞學才剛剛興起，派別的意識並不清晰。（三）詞學在大部分文人心中可能還不認爲重要到須要立門派。

雖然蘇門群體意識鮮明，蘇軾並沒有想爲詞壇特立一個門派的動作，即使他有改革詞體的構想，在當時整體的潮流裏並不符合流俗，追隨他的作風的爲數不多，甚至連學生也不一定接受他的路線。蘇軾雖然不滿秦觀詞風類似柳詞，倒沒見到他強烈要求非改變作風不可的情形，他對學生的創作雖然有所指導，卻並不限制個人的嗜好（秦觀還是走他自己的路）。他的作風開明，常鼓勵或讚揚學生的長處，不硬性要求學生應遵守何種門徑，論詞的風氣很自由，因而蘇門詞學各有主張甚至敢於批評老師就不足爲怪了。

黨派之分並沒有影響詞風或詞派的觀念，倒是新黨成員似乎對創作歌詞有興趣者不多，寫作較多的：如舒亶作詞五十首，出色的不多；如黃裳也作五十四首，但不是偏於宣揚教化，就是歌頌太平。曾布寫了一些小詞，其中包括一組「敘事詞」——即七首〈水調歌頭〉，這是以一連串富於情節結構的小詞敘述一個完整的故事，雖然語言優美，可稱之爲佳作，可惜不是上乘之作，很少受到注意。只有周邦彥作詞一百八十六首，被後人稱爲格律派大家，他卻並沒有以格律自倡，而且全然不受新黨政治思想主張的影響。新黨成員不熱衷創作歌詞，可能受本派學術思想的影響，他們重視的是政治，是實用的治民之術，對「小詞」總帶著輕蔑的眼光，前文說明已詳。他們既然不太理會歌詞，對詞風詞派自然也就不怎麼去討論。〔註 84〕

舊黨之間分爲洛、蜀、朔三黨，有沒有影響到流派系統的觀念呢？他們各派對歌詞的重視程度不同，對詞學如何分流派就沒有甚麼好爭

〔註 84〕今人陳元鋒討論〈北宋館職、詞臣選任及文華與吏材之對立〉，文中指出王安石主政偏重吏材貶抑文華之士，崇寧、政和中兩度沮詩賦、崇經義，都是繼續這個政策，新黨旗下館職人員缺乏能文之士，這些人勢必不熱衷於歌詞的創作。《文學評論》2002 年第 4 期，頁 70～73。

執了。洛黨之首程頤對詞體尤其輕視，《河南程氏遺書》卷十八記程頤語道：

> 且古者「興於詩，立於禮，成於樂」，如今人怎生會得？古人於詩，如今人歌曲一般，雖閭里童稚，皆習聞其說而曉其義，始能興起於詩。後世老師宿儒尚不能曉其義，怎生責得學者？是不得興起於詩也。……古人有歌詠以養其性情，聲音以養其耳，舞蹈以養其血脈，今皆無之，是不得成於樂也。〔註 85〕

他以爲古代有詩教、樂教，現代人都已經遺忘、不實施了，所以詩教失敗了，樂教也失敗了，連帶地，歌詞也是不值得一聽了。又因爲詩教不興，「溫柔敦厚」之義不明，歌詞成爲里巷的「鄭衛之音」，程頤當然要排斥。呂本中《童蒙訓》卷下曾這麼記道：

> 伊川先生嘗有弟子，日赴歌會過差，先生聞之大不樂，以爲如此絕人理，去禽獸無幾爾。〔註 86〕

喜歡歌舞就近乎禽獸，他這個觀念未免過於偏執，所以在伊川先生門下，喜愛論詞、塡詞的人大概絕無僅有，否則必得私下爲之。總之，洛學並不重視詞這種文體。朔黨人士與洛黨聲氣相通，學風保守，對歌詞常以異端視之；蜀黨之學風則較開放，本來《花間》詞風即以反應蜀地文風爲主，故蘇門對時下流行的歌詞當然比較不排拒。因此，洛、朔二黨中人擅長塡詞者甚少，論詞之人更少，對詞學如何分流派並沒有興趣。至於後代詞論家以個人的立場爲這段時期所作的分派，或許是歸納所得，既未必是實情，在當代也並未有任何一詞家提出確切的詞派說，故在此不多著墨。〔註 87〕

〔註 85〕《河南程氏遺書》卷十八，《景印文淵閣四庫全書》第 698 冊，臺北：臺灣商務印書館，1983 年 3 月，頁 161。

〔註 86〕《童蒙訓》卷下，《叢書集成續編》第 61 冊，臺北：新文豐出版公司，1989 年，頁 179。

〔註 87〕如今人邱昌員即對所謂「江西詞派」一詞不予認同，詳見其文〈宋代「江西詞派」商榷〉，《上海師範大學學報》（哲學社會科學版）第 33 卷第 2 期，2004 年 3 月，頁 82～86。

二、風格系統觀念逐漸形成

北宋早期，歌詞爲遭受輕視的娛樂之具，詞家論詞風氣不盛，有亦不過片言隻語，或者以一個簡短的評語論一詞、一人，或者評議某人某詞的某句。大約當時詞家不多，風格差異也不遠，普遍未能察覺有何風格系統，即使要找出一個系統，恐怕一時之間只能得出《花間》這個脈絡。到了蘇軾有心改革，詞壇才逐漸察覺詞體風格似乎產生了另一個流派，陳師道首先提出「本色」之說，隱然建立主流、非主流的看法。《後山詩話》曾有「退之以文爲詩，子瞻以詩爲詞」的評語，又說東坡的詞「不入腔」。《王直方詩話》也提到晁无咎、張耒評蘇軾、秦觀詞的風味，云：

> 東坡嘗以所作小詞示無咎、文潛，曰：「何如少游？」二人皆對云：「少游詩似小詞，先生小詞似詩。」〔註88〕

晁無咎又曾稱蘇詞是「曲子中縛不住者」。據以上諸人的言論，知道與東坡同時的人甚至晚輩都批評東坡的詞像「詩」，總之，都指向其詞「非本色」。如前文所述，「本色」當指：（一）必須要協律。（二）要合乎詞的語言特色。（三）要含豐富的柔情（指兒女之情及詞心）。那麼本色又要以什麼具體作品爲範式呢？當時詞家心中多指向《花間集》。《花間集》大約編定於大蜀廣政三年夏四月（940），到蘇門盛於評詞的時期，即元豐三年之後（1080），已行世約一百四十年，行之既久，影響也廣。除了北宋初期詞人寫作時規模撫玩，黨爭之後，論詞者仍奉以爲正格，才會時時提出《花間》諸作來比較最近時人的作品。如李之儀〈跋吳思道小詞〉雖然稱許柳詞，而仍以爲比《花間集》遜色。蘇軾時時想與柳爭個高下，卻譽柳詞有「不減唐人高處」的勝境，在蘇軾眼中，柳應該是有宋一代最值得注意的人，說柳詞可以比得上唐人，那麼應該不會比唐、五代之際的《花間》諸人詞遜色吧！所以當幕賓評蘇、柳二人詞互有特色時，東坡即頗爲首肯，「爲之絕

〔註88〕郭紹虞《宋詩話輯佚》錄《王直方詩話》254條〈蘇王黃秦詩詞〉，北京：中華書局，1987年5月，頁93。

倒」(《吹劍續錄》)。在蘇軾心中，他就是要跟「傳統」區別，他要區別的就是他無柳的「俗」，當然也要區別於無柳的「豔」，而柳的「豔」何嘗不是從《花間》來？從以上的推論中，可以理出一個大方向，即：蘇軾屬於有意提振詞風的「革新派」，當時的人（包括門人）及稍晚的詞家，幾乎都把他當作「別格」看。只有到了王灼才特別標舉蘇軾詞「指出向上一路，新天下人耳目，弄筆者始知自振」，推翻諸前輩觀點，並把蘇軾詞形容爲「高處出神入天，平處尚臨鏡笑春，不顧儕輩」，那麼蘇詞那裏是別格，應該稱之爲「正格」才是呢！

王灼所以有此觀點全因爲時代背景不一樣，在旽鮠的局勢下，爲了救亡圖存，當時政治觀點也換了立場，蘇公的提振人心、奮勵用世的詞風，才被視爲可取。推溯前此的北宋後期，蘇詞風格在時人眼中終究是別格。

李清照卻別有見解，她的〈詞論〉最具有詞史概念，對詞風也持著不同於流俗的看法，在眾人群起推崇《花間集》之際，她卻以「斯文道熄」爲《花間》作注腳。〈詞論〉似乎非常不以《花間集》的詞風爲然，反而對南唐詞風頗爲欣賞，認爲其詞獨尚文雅。《中國詩學史》（詞學卷）說：

> 這說明李氏論詞已經跳出傳統的「詞爲豔科」的束縛，她的「斯文」以及後來評界李氏君臣的「文雅」都體現出了文人的審美情趣。〔註89〕

這些析評之語，指出〈詞論〉以「文雅」詞風爲尙，而不滿《花間》詞風。李清照所以有如此的觀點，和蘇軾提振詞風之後的時代背景有關。李清照處於北宋末年，文壇上論詞風氣早已盛行，蘇門諸人詞風各異，論詞觀點復相參差，如陳師道評蘇軾詞，以爲「非本色」，晁補之卻反駁他人批評蘇詞「不諧音律」的說法。又柳永詞風沿襲《花間》之流，秦觀詞似即繼承柳永的路線；蘇軾雖對秦詞風格有所不滿，

〔註89〕蔣哲倫、傅蓉蓉《中國詩學史》(詞學卷)，廈門：鷺江出版社，2002年9月，頁72。

秦觀卻依舊沒有脫離他自我的「本色」。從這些現象看來，北宋末年詞論觀點已經異論紛紛，李清照在這個環境下，自然也不會人云亦云。故她對《花間》風尚並不以爲然，而以南唐文雅風尚爲詞的典範，顯然詞風流派已被她區別爲雅、俗二類。由以上的分析，並對照蘇詞具有的雅化現象，她對蘇詞風格應該頗爲認同，但是對蘇詞的打破音律限制卻大加批評，因爲她個人對詞的質性有著極嚴格的要求。

總之，北宋末年詞家對風格系統有「正格」、「別格」二分的看法；也有「雅、俗」二分的看法。南宋之後崇雅的風潮，以及後代詞評對什麼才是正格的論戰，未始不是濫觴於此時。

第五節　諸家對創作理論的探討

詩體發展源遠流長，論詩法的著作，唐代已多，如王昌齡《詩格》、日人弘法大師《文鏡秘府論》、釋皎然的《詩式》爲其中犖犖大者。宋人歐陽修首開以《詩話》爲名的寫作方式，然而內容多屬於詩人故事的記載和詩句的品評，並沒有具體指出創作法則如唐人者。其後詩話的著作有如潮湧而至，大致延續歐公論詩法式，如司馬光《溫公續詩話》、劉攽《中山詩話》，多以作品批評與審美觀點談詩。至江西詩派詩論出，除了用上述方法論詩，又接受黃庭堅講論詩法的影響，開始趨向於謀篇、立意、修辭、句法、字眼等具體實踐上的指導。相對地，詞話之作卻如鳳毛麟角，現存較早的詞話，要算王灼的《碧雞漫志》與胡仔的《苕溪漁隱叢話》、曾慥《樂府雅集》、楊湜《古今詞話》、鮦陽居士《復雅歌詞》、胡寅〈題向子諲酒邊詞〉等，雖然先前有北宋楊繪編輯的《時賢本事曲子集》一書，然內容多爲軼聞及本事，今多散佚，沒有討論詞法。至於整部書論詞法，由音樂方面的要求談到文學創作過程，詳細又有條理的，應該從陳暘的《樂書》、張炎的《詞源》算起，沈義父的《樂府指迷》堪稱嗣響。總之，北宋後期詞學沒有尚存的創作論專書，今日要討論當時的創作論，也只好割裂掇拾各家詞序、詞話、筆記，自以綱目條貫而論列。以下分別依時序就諸家論述言及創作動機、創作方法等理論，作綜合尋繹和比較的探討：

一、對創作動機的討論

對詞學創作理論的探討，稍早的晏殊偶然在詞文裡透露出一些消息，如他的〈破陣子〉有句云「多少襟懷言不盡，寫向蠻牋曲調中，此情千萬重」；另一首〈花木蘭〉也有「未知何處有知音，長爲此情言不盡」，似乎點出了「創作動機」的問題。他認爲詞之所以作，是因爲有「言不盡」的襟懷（即千萬重的情感），言語不能盡達乃以詞來宣洩，簡言之，創作的動機就是爲了「抒情」。晏殊這種「爲創作主體自己的情性而作」的思想，很顯然地，比歐陽炯〈花間集序〉的「用助嬌嬈之態」、「用資羽蓋之歡」的看法，更具有出自心靈而非應酬助興的可貴價值。

歐陽修在〈採桑子〉連篇詞十一首之前有短文〈西湖念語〉，結尾所稱「因翻舊闋之辭，寫以新聲之調。敢陳薄伎，聊佐清歡」，雖與「酬賓遣興」觀點似乎同調，但細案這篇序文尚有前題，說：

> 至歡然而會意，亦傍若於無人。乃知偶來常勝於特來，前言可信，所有雖非於己有，其得已多。〔註90〕

他來西湖遊賞，獨有會意而「傍若無人」，所得已多。具見當他寫作之前，被美景激發出創作的動機，把久存於腹笥的東西拿出來「聊佐清歡」，如此乃「有感而發」，不是爲了應酬而已。

不同於晏、歐二人，柳永的創作動機更進一步爲了「顯露才華」。其〈鶴沖天〉自稱「何須論得喪，才子詞人，自是白衣卿相」，頗自豪於有特殊的「詞才」，能夠領袖群倫。歇尾雖然帶有負氣的意味，云「青春都一餉，忍把浮名，換了淺斟低唱」，訴說不願爲了浮名辜

〔註90〕《歐陽修全集》第二冊卷五＜西湖念語＞，臺北：河洛圖書出版社，1975年，頁124。

負青春，寧願過著「淺斟低唱」的生活，其實他也爲了功名辛苦數十年之久。但總的說，柳永極端自負，而且深知塡詞乃他發揮才氣最佳的場所，故其創作動機，比感發有更積極的意義存在。朱崇才《詞話學》總合詞家創作目的（其意亦指動機）說：

> 這些創作目的大致可分爲兩類：爲自己心靈而作；爲敷衍他人而作。〔註91〕

以此觀晏殊、歐陽修、柳永諸人的觀點，他們已經意識到塡詞應該屬於「爲自己心靈而作」的活動，而不是「敷衍他人」。詞體的文學作用、藝術作用地位提高了，此時的詞學觀念正屬於轉化時期，再進一步，詞體被認爲可以與詩體並立，並且獨具體格面目（本色），就在黨爭大起的同時。

蘇軾的創作觀也是爲了「顯露才華」，〈與鮮于子駿書〉稱：「近卻頗作小詞，雖無柳七郎風味，亦自是一家。」表示了獨創面目的欲念。進一步地，他更積極推崇創新的必要，如書信中〈與蔡景繁〉十四首之四云：「頒示新詞，此古人長短句詩也」；〈與陳季常〉十六首之九云：「日近新闋甚多，篇篇皆奇」；又〈答陳季常〉十六首之十三有「又惠新詞，句句警拔，詩人之雄，非小詞也」等語。〔註92〕諸如此類稱讚他人所寫的爲「新闋」、「新詞」，即在鼓勵創作必須出之以新意，正是主張「爲自己心靈而作」。

晏幾道小蘇軾一歲，一生以狷介不趨附權貴，未能顯達，只曾任穎昌府許田鎮監之類的小官。獨專意於塡詞，繼承乃父閒雅家風，復融入身世流落之慨，詞風自成一格。他爲自己的詞集作序，論及創作的動機，也是主張爲了「感物之情」而寫作，〈小山詞序〉云：

> 叔原往者浮沈酒中，病世之歌詞不足以析酲解慍，試續南

〔註91〕見《詞話學》，頁577。

〔註92〕第一則見《蘇軾全集・文集》卷五十五；第二、三則見卷五十三，頁1824、1760、1761。

> 部諸賢緒餘，作五七字語，期以自娛，不獨敘其所懷，兼寫一時杯酒間聞見，所同遊者意中事。嘗思感物之情，古今不易，竊以謂篇中之意，昔人所不遺，第於今無傳爾。故今所製，通以補亡名之。……考其篇中所記，悲歡離合之事，如幻如電，如昨夢前塵，但能掩卷憮然，感光陰之易遷，嘆境緣之無實也。〔註 93〕

上文中，首先他不滿於俗詞的「不足以析酲解慍」，其意是說歌詞須能愜合酒席間的快意，以解人懷爲主。接著又說他填詞「期以自娛」，表示詞也不一定要爲他人而作，故可以「敘其所懷」，增廣聞見，寫諸同遊的「意中事」。他寫作的動機以「出自心懷」爲主，娛樂他人爲副。故主張詞之所以作，起於「感物之情」，和《詩經・大序》的「物感」觀點同調。〈小山詞序〉結尾以佛理重增感傷之意，更顯出「物感說」在他心中的主導地位。

比晏幾道稍晚，張耒提出了「滿心而發」的寫作動機論，他爲賀鑄詞集寫了〈東山詞序〉(見前引)。此序大致以爲文學作品之所以創作，本來出自天然，不必刻意思考，不必特別雕琢，當情境感發某人時，其原有的天然才華被激發，自然就流露出來而形之於文章（當然也包括詩詞）。文中舉劉邦、項羽過故鄉感發而作歌爲例，大力提倡「滿心而發」的主張。這個「滿心而發」的觀點比晏幾道「敘其所懷」、「感物之情」的觀點，更進了一層，因爲張耒還說「雖欲已焉而不得」，其意謂創作不但出自於自己心靈，還有不得不出自於心靈之冥冥中的動力存在，這動力，連創作者自己「亦不自知」。細案全文，我們所說「冥冥中的動力」指的即「天理之自然」。統合張耒的觀點，文章之所以創作，皆本天理之自然，不得不發，有了人類，自然會有文章（詞）這種形式的產品由人類手中流出，因爲這是天理賦予人類的特殊能力，張耒所見的確比前人更爲深入。

〔註 93〕《二晏詞・六一詞》中《小山詞》前錄晏幾道自題之〈小山詞序〉，臺北：世界書局，1981 年 11 月，頁 1。

黃裳雖然長張耒十歲，但是他得享高齡，卒於高宗建炎四年（1130），在建炎二年（1128）致仕，閑居之時，致力於著述，曾爲自己的詞集作序，其〈演山居士新詞序〉比張耒〈東山詞序〉晚出，文中他論創作動機有「吟詠以舒其情」、「情理之所感」等語，並不能脫出「物感」、「抒情」之說，實無新意，茲不贅論。但是另外要注意前文已有討論的，他主張詞有特殊社會教化的「功能」，顯然觀念甚爲積極。

李清照〈詞論〉雖然沒有直接討論創作動機的篇章，不過文中有「獨江南李氏君臣尚文雅，……語雖奇甚，所謂亡國之音哀以思也」一節，論李氏君臣有感於亡國而作之作品，表現出「哀以思」的情調，那麼她應當也持著「物感說」的觀點了。朱崇才分詞人創作動機爲二，我們回溯北宋前後期詞人的觀點，大致可以說諸人的觀念由「爲敷衍他人而作」，逐漸轉而至「爲自己心靈而作」。這其中透露一個消息，黨爭之後，詞體不再成爲流俗的娛樂之具，已成了文人抒情、達志的主要載體之一。

二、對創作方法的討論

對文學創作方法，先秦兩漢學者大多提示大原則，而不作實際寫作的指導。魏晉時代文學批評的專章多了起來，曹丕〈典論論文〉指出天賦不可以遺傳（「雖在父兄不能以移子弟」），卻開始舉出不同文體有不同的風格表現，示人以寫作方向。陸機〈文賦〉再加以推展論十種文體的風格表現，還是甚爲籠統。

到了劉勰的《文心雕龍》，對創作理論研究得更加開展和深化，他很重視後天的學習，〈神思〉篇雖然談創作時的精神活動，卻又強調「積學以儲寶，酌理以富才」之類實際努力學習的重要。故在全書後半，多立篇章以討論創作的具體原則，在〈知音〉篇中更主張「凡操千曲而後曉聲，觀千劍而後識器；故圓照之象，務在博觀」。劉勰並不一味強調天分的可貴，反而重視後天努力的必要，才會花了許多篇幅討論創作過程與技巧的問題。但必須要到沈約、謝朓、王融等人提倡「四聲、八病」之說，創作方法才落實到具體化的境地。

唐代杜甫在詩篇中一再表示積學鍛鍊對創作的必要，唐代學者也盛談詩律、詩格等問題，著作漸豐。其後宋代詩人處於傳統文化累積繁富之局面，爲了消化出新，當然要講究創作方法，果然出現了江西詩派作出階段性的貢獻。宋代詞學界也盛行談方法論（技巧論），不過如前文所述，北宋前、中期詞家談到創作技巧時，都極爲簡略而籠統。到黨爭之後，討論的言論增多，討論的內容逐漸趨於具體化和精細化。以下分三方面論述：（一）創作的準備階段。（二）創作構思過程。（三）具體的文辭修飾。

（一）有關於創作的準備階段方面

黃庭堅在作詩方面開啓了江西詩派門戶，最重視鍛鍊句法、字法、用典等，并認爲徒有其法沒有才學更不行，他在〈論作詩文〉裏主張：「詞意高深，要從學問中來爾。」至於塡詞，他採取類似的態度，對晏幾道所作詞稱「寓以詩人之句法」（〈小山詞序〉），即以講究詩人句法的態度論詞。從此引申，對詞家的學養同樣極爲重視，他評蘇軾〈卜算子〉（「缺月挂疏桐」）謂：

> 語意高妙，似非吃煙火食人語。然非胸中有數萬卷書，筆下無一點塵俗氣，孰能至此。〔註94〕

又〈跋子瞻醉翁操〉說：

> 人謂東坡作此文因難以見巧，故極工。余則以爲不然。彼其老於文章，故落筆皆超軼絕塵耳。〔註95〕

上例「胸中有萬卷書」指飽讀詩書、涵養深厚的重要，下例「老於文章」則指知曉文章奧妙又擅長爲文之道才能超軼絕塵，二者都是把積累學問當成作好歌詞的要件。此外，當然更要熟吟詞家前賢的作品，

〔註94〕《山谷集》卷二十六頁四〈跋東坡樂府〉，《景印文淵閣四庫全書》第1113冊，臺北：臺灣商務印書館，1983年3月，頁274。

〔註95〕同前注，頁274。

才能深蹈詞境。故在〈書王觀復樂府〉裏，黃庭堅說：

> 觀復樂府長短句，清麗不凡，今時士大夫及之者鮮矣。然須熟讀元獻、景文筆墨，使語意渾厚乃盡之。〔註 96〕

此處說想要精擅長短句，一定得從前賢遺緒中汲取菁華，才可以使詞意含蘊深厚。這個主旨，東坡雖然沒有像山谷一般提示在言論裡，觀察他的言論，實際上也時常規撫咀嚼著前賢佳作，才會稱柳永〈八聲甘州〉「不減唐人高處」（趙令畤《侯鯖錄》），常在他人面前拿柳永與自己比較（俞文豹《吹劍續錄》），又慕張志和〈漁歌子〉并改作之（吳曾《能改齋漫錄》）。黃山谷親炙師風，能舉出門徑以示後學，功勞不淺，但過於重視學識及鍛鍊，恐怕有損情性之至道。

山谷的主張，可能影響不少人，李清照也傾向於以詩文創作手法去充實開拓詞境。〈詞論〉評論蘇軾道：「蘇子瞻學際天人，作爲小歌詞，直如酌蠡水於大海。」推崇東坡學養才華，作爲歌詞，不過其餘事耳。宋代文人所以強調「學養」對創作的重要性，除了文化的積澱和消化的必然性，本文第二章論述宋朝政府的重文輕武政策也是一個強力的催化劑，物質生活上的進步（如印刷術的進步、經濟生活的綽有餘裕）復促使文人博學多方，都是值得注意的影響因素。

在這樣的整體氣氛下，「天分」似乎比較不受重視，其實仍有某些言論主張創作優秀的作品，「天分」常佔主導地位。如晁補之評秦觀：

> 近世以來，作者皆不及秦少游。如「斜陽外，寒鴉萬點，流水遶孤村」，雖不識字人，亦知是天生好言語。〔註 97〕

晁氏在讚賞秦詞之際，表白了有「天生好言語」的事實，可見有些詞作所以膾炙人口，就因爲作者有特殊的「天分」所致。此外，張耒在〈東山詞序〉裡認爲「才」由天賦予，再由人來顯現，顯現至極致之際，連當事者都不清楚已經呈現出自己的「天分」，張耒遂說「其才

〔註 96〕同本章注 53。

〔註 97〕《能改齋漫錄》卷十六〈黃魯直詞謂之著腔詩〉，《景印文淵閣四庫全書》第 850 冊，臺北：臺灣商務印書館，1983 年 3 月，頁 810～811。

之所至，亦不自知」，原來這情形是「天理之自然」，所以不能自我察覺。雖然性情的表露純任天然，但「才」有高低之分，有一部分的人確能充分顯現天分（即有滿心而發之「有」），於是張耒此論重心集中在創作活動裡「天分」的主導地位，幾乎不談後天琢磨努力之功，偏向了唯心論的一邊。後人對秦觀詞釐析品鑑之後，多察覺秦觀具有天生詞人的特質，故稱他最具「詞心」，張耒序文雖論賀鑄，卻正好可以作爲秦詞注腳。

（二）有關於創作的構思過程方面

詞和詩文皆屬於文學體裁，其創作過程多有相似的原則，比如關照全局先要命意高遠、立主旨、選題材、定方向。其次要安排結構以首尾呼應，可以稱之爲佈局；又次，視文體來選定寫作語言並加以潤色（包括審音、擇調、修辭、用典、鎔裁、鍊字等漸入精微的細節），修辭一部分將列入下一節討論。現在討論歌詞和樂律方面的問題。

沈括曾大力排擠蘇軾，舊黨及後人多有鄙薄其爲人的。其實他頗有述作，對曲與詞的關係有極深的研究。在《夢溪筆談》卷五〈樂律一〉中說：

> 古詩皆詠之，然後以聲依詠以成曲，謂之協律。其志安和，則以安和之聲詠之；其志怨思，則以怨思之聲詠之。……唐人乃以詞填入曲中。……今聲詞相從，唯里巷間歌謠，及〈陽關〉、〈擣練〉之類，稍類舊俗。然唐人填曲，多詠其曲名，所以哀樂與聲，尚相諧會。今人則不復知有聲矣！哀聲而歌樂詞，樂聲而歌怨詞，故語雖切而不能感動人情，由聲與意不相諧故也。〔註98〕

王安石曾經也對先有曲詞還是先有曲樂提出看法，他認爲「古之歌者，皆先有詞，後有聲」，舉《尚書・舜典》「詩言志，歌永言；聲依永，律和聲」爲證，主張先有歌詞後有歌譜。而宋朝當時的歌詞都是

〔註98〕《夢溪筆談》卷五〈樂律一〉，《景印文淵閣四庫全書》第 862 冊，臺北：臺灣商務印書館，1983 年 3 月，頁 734。

依曲樂塡製，並不合他理想的歌詞產生方式。沈括觀點正是如此，他進一步指出唐代塡詞還能依曲名的哀樂而作，宋人卻已經不曉得音樂的哀樂，所以所作的詞不能和曲意配合，這是他特別要批判的。樂律和曲詞的關係本來極爲密切，塡詞當然要講究審音、擇調，從這個時期開始，討論和重視的言論漸出。

從審音的角度上看，北宋便有批評蘇軾詞多不諧律者。如《能改齋漫錄》所記〈黃魯直詞謂之著腔詩〉一條中，晁无咎稱「蘇東坡詞人謂多不諧音律」，可見這是當時人盛行的說法。其後李淸照〈詞論〉也說：「蘇子瞻學際天人，作爲小歌詞，直如酌蠡水於大海，然皆句讀不葺之詩爾。」認爲蘇軾以他的才學之餘來作詞，不過是用其九牛一毛之力，但是仍然不算作道地的詞，因爲不合音律的要求。南宋彭乘《墨客揮犀》卷四復記道：

> 子瞻自言平生三不如人，謂著棋、吃酒、唱曲也。然三者亦何用如人？子瞻之詞雖工，而不入腔，正以不能唱曲耳。〔註 99〕

以上若晁補之果眞有此言論（蓋後人所記，尚當存疑），那麼顯見當時已有批評蘇詞的聲音。又李淸照則更稱蘇詞「句讀不葺」，她在批評蘇詞之後緊接著就討論起五音、六律，即針對「不諧音律」而發。至於南宋人彭乘所記，雖說是「子瞻自言」，但也有可能不是彭乘向壁虛造的。合三例觀之，東坡似乎疏於審音，其實這是一部份的誤解。南宋張端義《貴耳集》曾引其〈水龍吟〉詞句而評說蘇軾對笛這種樂器各種質地音色的表現瞭若指掌（見前一章論蘇軾的文化修養所引），充分顯示蘇軾的知律。其實由他自作的詞序中，就可以找到他通曉音律的證據，如〈水調歌頭〉（昵昵兒女語）序云：

> 歐陽文忠公嘗問余：「琴詩何者最善？」答以退之〈聽穎師琴〉詩最善。公曰：「此詩最奇麗，然非聽琴，乃聽琵琶也。」

〔註 99〕《墨客揮犀》卷四，《景印文淵閣四庫全書》第 1037 冊，臺北：臺灣商務印書館，1983 年 3 月，頁 689。

余深然之。建安章質夫家善琵琶者，乞為歌詞。余久不作，特取退之詞，稍加檃括，使就聲律以遺之云。〔註 100〕

又如〈哨徧〉（為米折腰）序云：

陶淵明賦〈歸去來〉，有其詞而無其聲。余治東坡，築雪堂於上，人俱笑其陋，獨鄱陽董毅夫過而悅之，有卜鄰之意。乃取〈歸去來〉詞，稍加檃括，使就聲律，以遺毅夫。使家僮歌之，時相從於東坡，釋耒而和之，扣牛角而為之節，不亦樂乎？〔註 101〕

這二例述東坡好檃括古人文辭「以就聲律」，明示他自認為很懂得聲律，前一例為善鼓琵琶的歌女而作，當然不可以矇混過關；後一例他所寫的詞還可以給家僮歌唱，就算不是曲、詞搭配得多麼天衣無縫，起碼也還可以入樂。又〈醉翁操序〉：

琅琊幽谷，山水奇麗，泉鳴空澗，若中音會。醉翁喜之，把酒臨聽，輒欣然忘歸。既去十餘年，而好奇之士沈遵聞之，往游，以琴寫其聲，曰〈醉翁操〉。節奏疏宕，而音指華暢，知琴者以為絕倫。然有其聲而無其辭。翁雖為作歌，而與琴聲不合。又依楚詞作〈醉翁引〉，好事者亦倚其辭以製曲。雖粗合韻度，而琴聲為詞所繩約，非天成也。後三十餘年，翁既捐館舍，遵亦沒久矣。有廬山玉澗道人崔閑，特妙於琴，恨此曲之無詞，乃譜其聲，而請於東坡居士以補之云。〔註 102〕

此則又因為應他人之請，東坡為琴譜填詞，知音者必定信任他的音樂造詣，而他又願意受託，可見其信心滿滿的情形。玉澗道人譜其聲而蘇軾敢於為新曲子填詞，而且不是依別人已定好的文詞譜填詞，他對文辭與聲律的對應關係一定瞭若指掌。他在〈與劉貢父〉（徐州之三）〔註 103〕的書信裏也說：「示及回文小闋（指劉的回文〈菩薩蠻〉詞，

〔註 100〕《全宋詞》（一），盤庚版，頁 280。
〔註 101〕《全宋詞》（一），盤庚版，頁 307。
〔註 102〕《蘇軾全集・詞集》卷 2，頁 600。
〔註 103〕《蘇軾全集・文集》卷 50，頁 1684。

蘇軾在黃州的〈與李公擇〉書登錄此詞），律度精緻，不失雍容。」從這裏看他如果不懂樂律，又豈敢妄評，而且特別指出劉攽詞「律度精緻」，就是主張塡詞應該重視律度的直接明證。從以上種種跡象看，說東坡「不知音律」並不恰當，說他偶有「不合音律」之處，倒可能是實情。東坡檃括古詩賦爲詞，以就聲律，說明他對於塡詞宜合律一事，必然採取認同態度，也一再地實踐，不過偶然興致一高，就不知不覺擺落了音律，直寫心中意趣而已。

黃庭堅對樂律也知之甚深，晁補之〈詞評〉曾謂：「黃魯直間作小詞，固高妙，然不是當家語，自是著腔子唱好詩。」（《能改齋漫錄》卷十六載），他批評黃氏詞的語言特色不似詞，不過是「合於唱腔」的好詩，很明顯地，晁補之承認山谷的詞合律。當時人常將秦、黃二人並舉，秦觀詞不但語言最具「本色」，而且皆能合律，本是當時共同的認知，那麼黃庭堅的音樂造詣當也不差，同時從此則記載可以知道晁補之也是知樂律、重視樂律的，才敢有所批評。《苕溪漁隱叢話．後集》卷三十一曾記載：

> 山谷云：八月十七日，與諸生步自永安城，入張寬夫園，待月，以金荷葉酌客。客有孫叔敏，善長笛，連作數曲。諸生曰：「今日之會樂矣，不可以無述。」因作此曲記之，文不加點，或以爲可繼東坡〈赤壁之歌〉云。〔註104〕

賓客中有善於演奏樂曲的，山谷依曲塡詞，文不加點，還自以爲或可繼東坡〈赤壁之歌〉，豈不是有與東坡爭勝之意（其實觀察山谷一生想與東坡爭勝之處甚多，如其〈跋東坡書寒食詩〉所說「它日東坡或見此書，應笑我於無佛處稱尊也」，即一例）。又這些話出自山谷之口，他必然以知樂善詞自豪了。

新黨詞家黃裳在他的〈書樂章集後〉評柳詞能寫仁宗時太平氣象，並稱：

〔註104〕《苕溪漁隱叢話．後集》卷三十一，臺北：臺灣中華書局，1971年2月，頁1。

> 令人歌柳詞，聞其聲，聽其詞，如丁斯時，使人慨然有所感。嗚呼！太平氣象，柳能一寫於樂章。所謂詞人盛世之黼藻，豈可廢耶？〔註105〕

他指出柳詞不但文詞能寫出太平氣象，連音樂也能有所體現，他是從音樂的感受上去體會柳詞可以傳達出那個時代的氣息。這充分說明了黃裳不止文學上的造詣佳，音樂上的修養更值得注意。且由其言論，可以推斷，他必然是一位重視審音、擇調的人物。

李清照的〈詞論〉（詳見前引）是現存北宋討論詞律最詳細的一篇論文，雖然她討論到了「平側」（平仄），又討論「五音」（指唇、齒、喉、舌、鼻）、五聲（指宮、商、角、徵、羽）、六律（指古來所傳十二律之六陽律，當然有陰就有陽，此處以陽兼陰故合而稱六律）以及「清濁輕重」，仔細探討到音樂律呂的要求，又及於人體發聲部位分辨的要求，提示了塡詞必須講究的各種相關要素。可惜沒有更具體舉例解釋，也沒有系統化的交叉關係圖表（如韻鏡圖）以說明。接下來所談到選擇押韻的舉例也不足以涵括全般詞牌，又沒有詞譜。雖然〈詞論〉敘述如此簡略，卻留下彌足珍貴的資料，即對詞的音樂性要求，提出了明確的依據，塡詞必須合乎樂理和生理的要求，然後才算入「詞體」之流。李清照對詞審美要求極嚴，有關審音、擇調不過係她理想條件之一部份，但這樣的解說，已經比前人的含糊籠統進步了許多，是北宋末年最值得注意的詞論。

總合以上各家的言論，具見對審音擇調，詞家已經有極高的共識，塡詞而不合律，必受詆訶。然而具體作法上，應該如何實踐，到李清照出來，才勉強提出端緒。南宋詞人遂更加講究，如姜白石時或在詞序中略作解說，可惜他沒有留下大量資料（今日留下最可貴的十七曲文字譜尚待方家推敲），現在若要獲得詳細一點的資料，不能不從張炎《詞源》、沈義父《樂府指迷》等資料去找尋。

〔註105〕《演山集》卷三十五頁十一〈書樂章集後〉，《景印文淵閣四庫全書》第1120冊，臺北：臺灣商務印書館，1983年3月，頁239。

（三）有關於具體的文辭修飾方面

重視詩法、修辭，提出具體的文句、語詞或字眼（詩眼、句中眼），作比較詳細的解說和推敲，大致要以黃庭堅爲關鍵人物。因爲前此特別講究詩法的，都不太願意落此窠臼，只常在篇意、句意上作概略式的大旨批評而已。如《六一詩話》、《溫公續詩話》、《中山詩話》等都是。但北宋末期一些詩話家如呂本中（《紫薇詩話》）、葉夢得（《石林詩話》）、許顗（《許彥周詩話》）等人，其理論專注的目光已逐漸加強，《通史》稱：「已由前一階段的『論詩及事』爲主，逐漸轉向『論詩及辭』的方向邁進」。〔註106〕這幾位大部分活動在北宋末年而卒於南宋初年，他們專注的方向所以如此，極大部分受黃庭堅好論詩法的影響，或反影響（即不同趨向的批判）。

詞話發展的步調比較慢，肇因於詞體長久以來所受到的輕視，不過就因爲北宋後期詩話論述方向的轉變，詞學批評的好尚也隨之改變，最顯明的例證，可以從黃庭堅論詞的一段「閒話」得知，吳曾《能改齋漫錄》卷十六〈水光山色漁父家風〉條記載：

> 徐師川云：「張志和〈漁父〉詞云：『西塞山前白鷺飛。桃花流水鱖魚肥。青蒻笠，綠蓑衣。斜風細雨不須歸。』顧況〈漁父〉詞云：『新婦磯邊月明。女兒浦口潮平，沙頭鷺宿魚驚。』東坡云：『玄真語極清麗，恨其曲度不傳。』加數語以〈浣溪沙〉歌之云：『西塞山前白鷺飛。散花洲外片帆微。桃花流水鱖魚肥。自庇一身青蒻笠，相隨到處綠蓑衣。斜風細雨不須歸。』山谷見之，擊節稱賞。且云：『惜乎散花與桃花字重疊。又漁舟少有使帆者。』乃取張、顧二詞合而爲〈浣溪沙〉云：『新婦磯邊眉黛愁。女兒浦口眼波秋。驚魚錯認月沉鉤。青箬笠前無限事，綠蓑衣底一時休。斜風細雨轉船頭。』東坡云：『魯直此詞清新婉麗，其最得意處，以山光水色替卻玉肌花貌，眞得漁父家風也。然才出新婦磯，便入

〔註106〕《中國文學批評通史》（四），頁475。

女兒浦，此漁父無乃太濫浪乎。』」〔註107〕

東坡不過增加數語，將〈漁父〉詞改爲〈浣溪沙〉以入樂，山谷卻評「散花、桃花」二詞有重疊之處，其後山谷再檃括張、顧二詞，東坡亦反譏山谷詞中之漁父太瀾浪（未免於兒女情愫）。二人其實不過互相揶揄爾，然正可由此則閒話得知山谷所重視的，正在修辭的細部問題，而東坡重在命篇、風格之辨。曾慥《高齋詩話》另外記載東坡論詞道：

> 少游自會稽入都見東坡，東坡曰：「不意別後公卻學柳七作詞。」少游曰：「某雖無學，亦不如是。」東坡曰：「『銷魂當此際』，非柳七語乎？」坡又問別作何詞？少游舉「小樓連苑橫空，下窺繡轂雕鞍驟。」東坡曰：「十三個字，只說得一個人騎馬樓前過。」少游問公近作，乃舉「燕子樓空，佳人何在？空鎖樓中燕。」晁無咎曰：「只三句，便說盡張建封事。」〔註108〕

經考證少游並沒有入都見東坡一事，師徒聚首應在元祐年間，〈永遇樂〉實守徐州（元豐元年1078）之作，此處稱爲「近作」，與史實不合，此姑且當作閒談資料。上文中東坡不但不滿意少游詞風過於近似柳永，更批評少游詞語太累贅，希望他能言簡意豐，有導引修辭要領之意。比較上一則山谷所論，就知道誰講究得較細、較明確。范溫《潛溪詩眼》也有一則記載說：

> 後誦淮海小詞云：「杜鵑聲裏斜陽暮」。公曰：「此詞高絕。但既云『斜陽』，又云『暮』，則重出也。」欲改「斜陽」作「簾櫳」。余曰：「既言『孤館閉春寒』，似無簾櫳。」公曰：「亭傳雖未必有簾櫳，有亦無害。」余曰：「此詞本模寫牢落之狀，若曰『簾櫳』，恐損初意。」先生曰：「極難得好字，當徐思之。」然余因此曉句法不當重疊。〔註109〕

〔註107〕《能改齋漫錄》卷十六，《景印文淵閣四庫全書》第850冊，臺北：臺灣商務印書館，1983年3月，頁813。

〔註108〕《宋詩話輯佚》錄曾慥《高齋詩話》〈少游詞〉條，北京：中華書局，1987年5月，頁497。

〔註109〕《宋詩話輯佚》錄范溫《潛溪詩眼》〈句法以一字爲工〉條，北京：

此文寫出山谷對「句法、字眼」的講究，他認爲一篇短短的詞，最好不要語意重複，推敲了好久，不敢妄改，但還是存疑，顯然山谷正是以其論詩的方法來討論詞法。同門的晁補之也有此作法，《能改齋漫錄》卷十六載晁无咎論詞〈黃魯直詞謂之著腔詩〉一則（見本章第二節之一引），特別講究「綠楊樓外出秋千」的「出」字，可見他重視的是「句中眼」，盛讚句中眼若用得恰當，自成絕妙之句，使全詞生色不少。推敲字句以使詩意靈活，古來例子很多，如韓愈爲賈島定「推、敲」二字，如王安石費心思量「春風又綠江南岸」的「綠」字，皆是其例；不過以推敲「詩眼」當作基礎手法，又當作一派詩法的特徵，須推江西詩派最爲講究。或許晁補之與黃庭堅受業蘇公之際，同門之間切磋琢磨，早養成了推敲的習慣，所以論詞的方式如此彷彿。

我們從以上詞學觀念的逐漸演變狀況，觀察出詞受重視的程度越來越高，因而討論得越來越深入也越來越細密，而理論的指導來源卻是取資於早已有體系的詩論、文論、書論、畫論等，如小晏的「物感說」、張耒的「滿心而發」說，就是取資於詩論的「緣情說」；如蘇軾的「言志」概念、黃裳的「政教」說、張耒的「寄意說」、晁補之的「託興說」，也都是傳統詩論中的命題。如此說來，「以詩入詞」一語並不限於寫作技巧的借用，更重要的是寫作理論的指導，一個比較晚才出生的文體受到前輩文體理論上的指導，是順理成章的。故劉慶雲在其〈古代文論中「別是一家」的詞論〉文中歷述詞論之所承，而謂：

> 正因爲詞論吸取了這些姊妹藝術理論中某些與自己密切相關的成果，因而在內容上變得更加豐富多彩。〔註 110〕

詞學不但承繼了前輩文體的理論指導，本身更發展出更深刻細膩的文學寫作手法和批評理論，但是理論體系的缺乏，卻一直延續到南宋末年才有轉機。這可能因爲受到一開始的詞論、詞話、筆記小說皆屬零

中華書局，1987 年 5 月，頁 333。

〔註 110〕劉慶雲〈古代文論中「別是一家」的詞論〉，《中國韻文學刊》，1988 年第 2．3 期，頁 61。

散形式的影響，也可能肇因於詞體地位一直被壓低，還可能因爲理論總是延後於創作。等到南宋人接受詞體爲正統文體，才有周密、沈義父等專家整理出一些評詞的準則，這是北宋後期詞壇力有未逮的地方。然而這時期詞學的創作和理論的進展都是明顯而有啓發性的，終不可忽略。

第六節　此期詞學界的審美觀念

自有人類以來，就有審美的活動，但審美活動必須伴隨日常生活的勞動而產生，對器物、宮室以及人類所接觸的事物，逐漸因爲想獲得精神上愉悅的要求，而產生審美意識。久之，人類發明了文字，因而講究起文字之美；又以文字組合成文學作品，文學就負擔了文化載體的功能。同時因爲人類對文學形式與內容的講究，不論創作和欣賞文學作品，自然充滿了審美意識。

中國傳統的文學批評最集中關切的文體，首推是詩，其次才是散文。〔註 111〕在批評理論中，審美概念的起源可以追溯到「文」這個字的字源。〔註 112〕「文」這個字最早的時候意義較寬泛，可以解釋成「修飾」的意思，如《論語・雍也》第十八章：「質勝文則野，文勝質則史。文質彬彬，然後君子。」《周易・賁卦彖辭》：「柔來而文剛」。當中的「文」字都是「修飾」義。又《周易》傳文中的〈文言〉一詞，《周易正義》引「莊氏說」解釋道：「〈乾〉、〈坤〉德大，故特爲文飾以爲〈文言〉。」這裏邊的「文」，也解釋成「文飾」的意思。另外「文」又可以解釋成「文明、文化」的意思：如《周易・乾卦文言》有「見龍在田，天下文明」句；《論語・八佾》第十四章有「子曰：周監於二代，郁郁乎文哉！吾從周」的文句；《論語・子罕》第五章有「天之將喪斯文也」句。這部份的「文」字，都可以解釋作「文

〔註 111〕劉若愚《中國文學理論》。臺北：聯經出版事業有限公司，1985 年 8 月，頁 21。

〔註 112〕見前注，頁 211。

明、文化」的意思。

從「文飾」一義來看，正是爲了審美才有了文飾的必要。從「文明、文化」一義來看，「文」有倫理、教化的功用，目的是要讓人群相處和諧，讓社會穩定進化。這同樣屬於「和諧美」的古典審美觀點。

到了漢代，「文」這個字更偏向了「文飾」義，如「文章」指經過修飾而有條理的文字組成，故許慎《說文解字》說：「樂竟爲一章，从音、十。十，數之終也。」〔註 113〕許氏認爲整首音樂演奏完成的時候叫「章」，而且是有條理順序的。依此推理，當文學作品經過精心構思之後組織完成時，自然就可以叫「文章」了。其餘「文學」、「文雅」等辭的「文」也都逐漸局限在「修飾」義，於是「文」這個字的審美意義越來越明顯。劉若愚《中國文學理論》即作結說：

> 因此，我們可以這樣結論，在使用複詞「文章」意指文學時，漢代以及後世作家的心中，主要是指文學在形式上和審美上的特質。〔註 114〕

從以上的討論，文學作品在中國古典審美的意識裏，必須是富於「修飾」的，必須是合於「和諧美」的審美要求，而且還必須具有社會倫理教化作用。

這種觀念延續到宋代，依舊沒有太大的改變，但是古今多少文人經歷國家、社會、個人各方面的遽變，對人生體驗各有不同，尤其對人世不合理、不和諧情事的發生不能視而不見，對「醜」的事物的描寫就逐漸納入著作之中。如《詩經》中的變風、變雅，多有批判國政、世情的，如屈原《離騷》歎忠直被讒、世亂混濁。如司馬遷的憤世悷俗等等。人世間的「醜陋」遂成爲描寫的對象，但是「醜」並不是中國古典審美的重心，它是配角。周來祥等《美學概論》說：

> 雖然古代美學中並不乏醜的因素，但這種醜多是形式醜，或是原始藝術中的美醜不分，或是古典藝術中以醜襯托

〔註 113〕《說文解字注》，臺北：蘭臺書局，1973 年 9 月，頁 103。

〔註 114〕劉若愚《中國文學理論》，頁 213。

> 美，醜並沒有眞正確立獨立的審美地位，並不作爲具有獨立價值的審美對象出現，也沒表現出作爲一個美學概念的本質特徵。〔註115〕

雖然「醜」在長久以來的文學審美中，多數居於配角的地位，只要一遇到社會翻覆、生靈塗炭致使人心苦痛之時，揭發「醜」的作品就應運而生，對「和諧美」的意識起了反動，一時之間「悲壯」作品此起彼落，崇高美的意識也昂揚了起來。然而崇高美更具有一種超脫、一種理想，並不一直沈溺在「悲壯」裏面，中國古典的崇高其背後，追根究柢，還是受著「和諧美」的最終牽制，走回溫柔敦厚的傳統圈子裏邊去。以下由古典的審美出發，進而討論優美、壯美，再論崇高意識的昂揚，將黨爭時期詞學審美觀點演變的狀況，作一番巡禮。

一、擺脫富艷爲美的審美心態，轉而崇尚清雅脫俗的審美趣味。

《花間集》收集晚唐、五代詞家的作品，內容多寫男女之情，被視爲豔情詞的代表詞集，近人胡雲翼《宋詞選・前言》評云：「作爲晚唐、五代詞人代表作的《花間集》，幾乎千篇一律都是抒寫綺靡生活中的豔事閒愁，在他們的詞裏很難看到時代的影子。」〔註116〕說明了長久以來詞評家的大致觀點。北宋初期延續《花間》詞風，但因爲時代背景的差異，以及詞人生活地域的有別，稍稍減卻以艷爲美的風尚，增加了以富爲美的審美趨勢。晚唐、五代的詞，本來生發於歌席酒筵等場合，性質上屬於民間通俗的歌詞，其作者本應該包括甚多平民作家，但是能夠著之於簡編，文辭清麗、令人稱讚不已的，卻總是那些有文學素養的詞客，而且多具有一定的政治地位。及至北宋初期、中期諸家作品，尚能流傳至今日的，絕大部分都是名流仕宦，在

〔註115〕周來祥、周紀文著《美學概論》。臺北：文津出版社，2002年2月，頁72。

〔註116〕胡雲翼《宋詞選・前言》，上海：上海古籍出版社，1997年1月，頁3。

開國數十年之間，經濟繁榮，社會相對於五代十國已經安定許多。官員受皇室的恩眷，薪給豐厚，生活的享受大大超越前代。在應酬的歌辭中，處處顯現出上流社會的奢侈面貌，甚至以此爲榮，如晏殊的審美觀念即是如此，本文第三章論北宋中期詞人集體呈現的富貴氣息已有詳文討論。雖然大晏以寫富貴自詡，卻不同於時人所謂的富貴，他要強調的是自然的、生活在其中的、不必雕琢的氣象。至於那些本身不是富貴人物而硬撐門面，或身在富貴卻以財勢誇耀於人，都是大晏要加以排斥的，他的意圖乃爲了讓詞擺脫俗靡的風格，以顯示出他的文化氣質和文學上的典雅風格。不過基本上，他的心靈底蘊仍然執持以富貴爲美的審美觀點。

黨爭時，舊黨詞人對詞體的內涵作了一部分的改造，尤其以他們文化素養之高，對詞的雅化有極清楚的意識，不再以富豔爲美，轉趨於嗜好清雅脫俗之美，本文第六章曾提及整體營造的典雅氣氛，文已甚詳。充分反映這種審美趣味的，可以蘇軾對秦、柳詞風的批判，作最好的例證（徐釚《詞苑叢談》卷三）。「銷魂當此際」正秦詞中極香豔之句，蘇軾舉出以爲與柳詞詞風同一格調，而且甚爲輕視，充分說明了他反對俗豔詞風的心態。又東坡〈跋黔安居士漁父詞〉提到山谷自以漁父詞已脫除俗豔的風味，蘇軾卻還挑剔他用了兩個和女性字眼有關的地名，雖然這不過是閒談諧謔而已，卻透露了蘇門師生審美的傾向。黃庭堅評蘇軾〈卜算子〉詞「語意高妙，似非吃煙火食人語，非胸中有數萬卷書，筆下無一點塵俗氣，孰能至此？」（《豫章黃先生文集》卷二六〈跋東坡樂府〉）山谷認爲講究「語意」的高妙比文辭的優美重要，怎樣的語意才高妙？他主張要有學問，並且必須文中無一點塵俗之氣，這就是說詞中須表現出文人高雅的文化內涵。他根本不談富貴氣息的問題，甚至鄙棄人間俗事，他的觀點已經脫離了宋初人的習氣，開始轉向嗜好表現文化涵養的審美趣味，亦即追求「清雅脫俗」的境界。後來又如晁補之讚揚晏殊（實爲晏幾道〈鷓鴣天〉詞）也說：

晏元獻不蹈襲人語，而風調閑雅，如「舞低楊柳樓心月，

歌盡桃花扇底風」，知此人不住三家村也。〔註117〕

他稱賞大晏詞不因襲人言，尤其欣賞他的「風調閑雅」，並說能寫出這種風格的人必然不住在鄉野偏鄙之區，暗示富貴者要表現的詞風不必定爲富貴氣，應該是閑靜文雅的內涵。這樣的審美觀點其實在大晏的觀念之上又轉了一層，和黃山谷的看法則可視爲同趨。

詞學思想發展到北宋末年，雅化的要求已經成爲文人詞客的大趨勢，李清照的〈詞論〉算是一個小小的總結，〈詞論〉中李清照雖然反對靡靡之音，卻又主張詞必須保有「富貴態」，但是她所說的富貴態並不是像大晏所意想中的具備富貴人家的生活形態或情趣，乃別有所指。她主張創作歌詞要多用故實，以才學充實詞的內涵，以識見才學的豐富，顯示出詞的「富態」；而且必須有其先決條件，就是應「尚文雅」而避免「詞語塵下」。所以北宋末年的詞學審美觀點中，有一個可察見的大趨勢，即「擺脫富艷爲美的審美心態，轉而崇尚清雅脫俗的審美趣味」。

二、由優美的審美趣味逐漸接納壯美的審美趣味

中國古代文學將美感定位在和諧統一的古典美概念上，在和諧的範圍內有兩個相對待又相調和的風格之美，即陰柔與陽剛，「陰陽」對待觀最早見於《易經》、《老子》等經典，後代文論都喜歡用這種觀念來討論作品風格（或作家體性）。以現代術語來說，陽剛之美即「壯美」，陰柔之美即「優美」。周來祥、周紀文《美學概論》討論這兩種美感時作了如此的定義，並且說：

陰陽的動態平衡不但是古代人對各種事物的要求，也是對美的要求。……到宋代的朱熹運用陰陽調和論證中庸之道，並把它作爲衡量詩詞的美學標準。〔註118〕

以這種陰柔、陽剛二分的美學觀念來討論詞的，最早有明代張綖主張

〔註117〕吳曾《能改齋漫錄・詞話》卷一〈黃魯直詞謂之著腔詩〉條。唐圭璋《詞話叢編》第一冊，北京：中華書局，1986年11月，頁125。

〔註118〕周來祥等《美學概論》，臺北：文津出版社，2002年2月，頁61。

的「婉約」與「豪放」二大詞派風格，他總結說「大抵以婉約爲正宗」，等於主張詞以「婉約」爲傳統。他所稱的「婉約」屬於「陰柔」之美，「豪放」屬於「陽剛」之美。詞以婉約爲宗有它的歷史淵源，因爲歌詞原本生發於娛樂場所，唱詞的多爲少女，歌詞寫的是綺情、離思等與女性脫不了關係的內容，自然在音樂上偏於柔婉，在詞情上充滿旖旎、哀愁等屬於陰柔情調的風味，這是詞的出身體性。而陽剛的內涵和表情本來就不適合在這類的場合宣洩，這就造成晚唐、五代到宋初的歌詞陽剛氣不盛的現象。在審美的觀點上，我們可以概稱這段時期詞風是一種「優美」的表現。吳惠娟在她的《唐宋詞審美觀照》中即談到：

> 傳統詞境所顯現的精美與淒美，都同屬優美範疇，都是詞人對客觀事物靜觀中獲得的美感。〔註119〕

到了蘇軾有意改造歌詞，向來偏向於「婉約」的詞風開始有所轉變，雖然不是所有的詞人都認同這一改造，但大致而言，東坡的詞卻廣受眾人欣賞，如據傳宋神宗元豐七年，京城傳唱蘇軾〈水調歌頭〉，當皇帝要侍者唱唱新詞時，內侍就錄進之，神宗以爲此詞有愛君意，因而量移軾至汝州。（陳元靚《歲時廣記》卷三十一引《復雅歌詞》）細讀蘇軾〈水調歌頭〉，已經脫離了婉約的格調，《後山詩話》稱「雖極天下之工，要非本色」，即指此意，沒有想到非本色的蘇詞還頗受皇帝欣賞。東坡的〈念奴嬌〉我們更可以用「壯美」作注腳，他的幕賓稱此詞「須關西大漢，執鐵綽板唱『大江東去』」時，東坡還爲之「絕倒」（《吹劍續錄》）。「關西大漢」指雄壯男子，「鐵板」可以發鏗鏘之聲，都是指向陽剛的表現，具見時人已經以「壯美」來看待他的詞。故《藝苑卮言》王世貞評道：

> 昔人謂銅將軍鐵綽板唱蘇學士「大江東去」，十八九歲女子，唱柳屯田「楊柳岸曉風殘月」，爲詞家三昧。然學士此詞，亦自雄壯，感慨千古。果令銅將軍於大江奏之，必能

〔註119〕吳惠娟《唐宋詞審美觀照》，上海：學林出版社，1999年8月，頁16。

使江波鼎沸。至詠楊花〈水龍吟慢〉，又進柳妙處一塵矣。〔註 120〕

明代人也以「雄壯」、「使江波鼎沸」品味此詞，可見〈念奴嬌〉充滿壯美的情趣，是人所共見的。〔註 121〕類似這種陽剛氣息的詞，東坡樂府中還很多，如〈沁園春〉（孤館燈青）、〈水調歌頭〉（落日繡簾捲）、〈八聲甘州〉（有情風、萬里捲潮來）等皆是其代表作。

其實，同時代的人對蘇詞已經有「不入腔」、「非本色」到「小詞似詩」諸多的不滿，眾人批判的焦點大多聚集在東坡詞壯盛的氣勢、脫出傳統婉約的格局這一方面。從這裏可以知道，在壯美的詞風逐漸滲入詞壇之時，只有一小部分的人能夠接受，不能接納的人還是偏多，一直到北宋末年李清照似乎還頗有微詞。故其〈詞論〉說：「蘇子瞻學際天人，作爲小歌詞直如酌蠡水於大海，然皆句讀不葺之詩爾，又往往不協音律者，何耶？」這一段話，對於蘇軾的才華雖然極爲讚賞，卻認爲詞風似詩風，正是批評蘇詞「非本色」，不符合「婉約」的傳統特質。蘇軾學生黃庭堅除了個性直傲，也有意學習乃師的陽剛作風，黃寶華在《黃庭堅詩詞文選評・前言》說：

由於他在人格中更傾向於持節之「剛」，因而其詩風主要顯現爲奇崛之硬。〔註 122〕

「剛、硬」正爲「柔、軟」的對立面，屬於「壯美」一面的美感表現。那麼他的詞是否也具有同質性呢？山谷詞在前期表現得較爲俗靡，常描寫男女之情事，〔註 123〕後期的詞則大大轉變，黃寶華謂他：

山谷詞題材多樣，風格各異，即以其雅詞論，也異彩紛呈，這就給表述其風格帶來了一定的困難。但是山谷詞應該說

〔註 120〕王世貞《藝苑卮言》〈東坡詠楊花詞〉條，《詞話叢編》第一冊，頁 387。

〔註 121〕《唐宋詞審美觀照》也歸爲壯美的審美趣味，見其書頁 23 論蘇軾豪邁詞風一節。

〔註 122〕見黃寶華《黃庭堅詩詞文選評》，頁 8。

〔註 123〕見孫望等主編之《宋代文學史》（上）所論，頁 371。又楊海明《唐宋詞史》也稱黃詞風格之中也有「極爲鄙俗」者，頁 383。

還是有其主導的藝術風格的，我們可用疏雋明快、豪健峭拔來概括。〔註124〕

後文舉黃庭堅〈念奴嬌〉（斷虹霽明）爲例，提出《苕溪漁隱叢話》後集卷三十一引山谷自稱此詞「或以爲可繼東坡赤壁之歌」，所以黃寶華接著又謂：「山谷的嘗試與蘇軾的影響不無關係。」孫望《宋代文學史》亦謂：「黃庭堅詞的這種風格，對辛棄疾沈鬱蒼涼其骨、瀟灑清逸其貌的閑居詞也有一定影響。」〔註125〕這幾項評語，說明山谷詞風受其師影響，又影響了後人。總之，山谷詞也有偏向陽剛風格的，他的意識裏面必然接納了「壯美」的審美觀念。

晁補之論詞，既堅持詞應該具有「本色」與「當行」風格，卻對蘇詞的「橫放傑出」頗爲推崇，可見他的審美趣味中固然重視傳統的「柔美」（優美），但也包融著「壯美」。從「剛柔」二分觀點來觀察晁氏的詞，也同樣可以得到兩種風格，即有「婉約」的也有「豪放」的表現。胡仔《苕溪漁隱叢話》後集卷三十九〈晁次膺綠頭鴨〉條謂：

中秋詞自東坡水調歌頭一出，餘詞盡廢。然其後亦豈無佳詞，晁次膺綠頭鴨一詞，殊清婉。但樽俎間歌喉，以其篇長憚唱，故湮沒無聞焉。〔註126〕

在另一條〈作詞要善救首尾〉中對晁補之〈洞仙歌・泗州中秋作〉備加讚譽，以爲：

苕溪漁隱曰：「凡作詩詞，要當如常山之蛇，救首救尾，不可偏也。如晁无咎作中秋洞仙歌辭，其首云：『青煙冪處，碧海飛金鏡。永夜閑階臥桂影。』固已佳矣。其後云：『待都將許多明，付與金樽，投曉共流霞傾盡。更攜取胡床上南樓，看玉做人間，素秋千頃。』若此可謂善救首尾者也。」〔註127〕

〔註124〕見黃寶華《黃庭堅評傳》，南京：南京大學出版社，2000年3月，頁391。

〔註125〕見孫望主編《宋代文學史》，頁373。

〔註126〕上二則見《詞話叢編》第一冊，頁174～175。

〔註127〕見唐圭璋主編《詞話叢編》第四冊，頁174。

前一則胡仔認爲蘇軾的中秋詞後人無出其右者，不過晁次膺詞也不可謂不佳；後一則又說晁補之的中秋詞也甚佳。這麼看來，晁氏此詞或許可以接續東坡的餘脈，大概指的就是他們二人二詞共同具有陽剛之氣，有壯美之姿。

若賀鑄之詞，也有「豪邁悲壯」的一面，張耒所作〈東山詞序〉稱賀詞「悲壯如蘇、李」，比之如蘇武、李陵詩風。賀詞之所以帶著既豪邁又悲壯的格調，可以從《宋史》本傳記載他的生平找到答案：賀鑄是位極負「丈夫氣」的人，但鯁直不喜逢迎，因而一直屈居下僚，那素來想從戎立功的雄心壯志終究難以伸展，吐露在詞裏面的當然是蓊葧抑鬱，不能自已。孫望等舉他的兩首詞：〈行路難〉（縛虎手）、〈將進酒〉（城下路），指出二首都是悲壯雄奇的代表作，並稱：

> 蘇詞作於主戰派執政的熙寧年間，故豪而壯；而賀詞作於妥協派當國的元祐時期，抑塞鬱憤，尤具悲壯氣質，實開靖康以後愛國詞派之先聲，其獨特的價值，當於此處細加體認。〔註 128〕

蘇、賀二人所處的時代不同，對時局的感受不同，表現出不同的奇思壯采。綜合賀鑄的性格、遭遇之後觀察詞風表現，確實有不少體質近於陽剛之作品，顯示了他詞作當中包融了「壯美」的審美傾向。

南宋初年，舊黨所受的政治迫害逐漸被平反，輿論偏向於同情的立場，諸詞論家對東坡詞的作風，責難漸少，反而好評連連。胡仔《苕溪漁隱叢話‧前集》卷四十二引《呂氏童蒙訓》說：「而東坡長短句，波瀾浩大，變化不測，如作雜劇，打猛諢入，卻打猛諢出也。」《呂氏童蒙訓》是呂本中所作，他生年（1084）較蘇軾爲晚，猶及見聞東坡時情事。又《苕溪漁隱叢話‧後集》卷三十三引《復齋漫錄》云：「東坡詞，人謂多不諧音律，然居士詞橫放傑出，自是曲子中縛不住者。」《後集》出版於乾道三年（1167），記錄時人對蘇詞的批評，而《漫錄》稱

〔註 128〕孫望、常國武主編《宋代文學史》，北京：人民文學出版社，2001 年 12 月，頁 332。

蘇詞是「橫放傑出，自是曲子中縛不住者」，一面指東坡詞的確不合音樂格律，一面也認爲東坡詞的風格（也是指個性）豪邁，不願意受格律束縛。又王灼《碧雞漫志》（有紹興十九年自序）卷二大力讚揚：「東坡先生非心醉於音律者，偶爾作歌，指出向上一路，新天下耳目，弄筆者始知自振。」〔註129〕陸游也說：「則公非不能歌，但豪放不喜剪裁以就聲律耳。」（《老學庵筆記》卷五）以上幾項記載，都是南宋初年的詞評，對蘇詞大加稱美，或稱之「波瀾壯闊」，或稱之爲「橫放傑出」，「壯闊」則迥然脫離「柔婉」的範圍，「橫放」更見豪邁的姿態，「豪放不喜剪裁」，皆屬於「壯美」一格的評語。第三則所記王灼甚至稱蘇詞「指出向上一路」，那麼從前的詞相形之下若不是卑靡，至少也是通俗；而「向上一路」意指「格調高雅」（風雅）一途，「自振」當然指氣格上的奮發振作，那不往陽剛一途走去，又往那兒走？

我們觀察南宋初期諸詞作中「壯詞」成爲重要潮流，就可以明白，北宋後期逐漸興起的「壯美」審美趣味雖然遭受多數人的排斥，然而經過長期的融入，復以時局的動蕩，環境轉變得更爲有利壯美意識的發展，壯美和優美的審美趣味確然並峙，爲當時人所樂於接受。

三、由追求和諧美轉向接受對立的崇高

中國古典審美觀念很早就重視「和」的境界，《中庸》說：「喜怒哀樂之未發，謂之中；發而皆中節，謂之和。中也者，天下之大本也；和也者，天下之達道也。致中和，天地位焉，萬物育焉。」這是說當情緒還沒有發動之前，沒有受任何干擾，心中虛靜合理，稱之爲中；到了情緒起了波動而有喜怒哀樂之分，又都發動而有節度，猶如「鹽梅相得，性行和諧」，這樣的情形就可以稱之爲中和。〔註130〕《尚書・舜典》記舜帝命令夔掌理音樂，指稱「詩言志，歌永言，聲依永，

〔註129〕《詞話叢編》第一冊，頁85。

〔註130〕依《十三經注疏》本《禮記・中庸》孔穎達疏說解。臺北：藝文印書館，1976年5月，頁879。

律和聲」，他以爲詩歌在抒發情志，有所感而詠歌出聲，歌聲以樂律界定之後，詩歌的音樂因而產生。接著又說「八音克諧，無相奪倫，神人以和」，意思是說音樂如果能夠調理和諧，可以使神人相感通而達到安和的地步。〔註 131〕很明顯地，古代經典認爲和諧是天地萬物運作的理想狀態。

文學是情感、思想的載體，喜怒哀樂發動而形諸於文字，則成爲詩文，故《尚書》稱「詩言志」。音樂與詩歌相隨，與詩歌配合的音樂若是和諧的，就表示詩歌中的情志也是和諧的，所以和諧的詩歌（包括文辭與音樂）可以引導人心趨於和平。故《禮記・經解》記：「孔子曰：『入其國，其教可知也：其爲人也，溫柔敦厚，《詩》教也。』」〔註 132〕認爲《詩》教可以使人情安和而品德篤實忠厚，因爲詩具有音樂的和諧美，當然其前題必須是以雅正的詩來教化人民才行。

總之，和諧是中國人對人群社會理想狀態的要求，也是傳統文學審美觀的基本態度。

其後的許多文學理論都依此觀點發揮，如《文心雕龍》所持的態度即「唯物折衷」(〈序志篇〉)，它在論述源起理論時兼取「言志」、「緣情」二面觀點；在論述文學功用時又兼取「抒發情志」與「宣導道德」兩個面向調和爲說；在討論文學形式與內容問題時，又主張兩者並重；在詩歌表現方法上，主張「情」、「景」交融，「情」、「理」相發。劉勰喜歡採取二元對立來討論文理，最後又歸結到調和折衷，顯然他的文學審美觀基本上是追求和諧美的。

鍾嶸在《詩品序》中說五言詩最合於「指事造形，窮情寫物」，可見他主張文學要寫的內容是「情」和「物」，所抱持的也是二元觀。在談「賦、比、興」的藝術表現手法時，「都是講的使意與物，思想

〔註 131〕依《十三經注疏・尚書》〈堯典〉孔穎達疏說解。臺北：藝文印書館，1976 年 5 月，頁 46。

〔註 132〕《十三經注疏・禮記》，臺北：藝文印書館，1976 年 5 月，頁 545。

與形象，主觀與客觀融合統一的一種藝術方法」。〔註 133〕《詩品序》又以爲詩歌創作要「幹之以風力，潤之以丹采」。以上種種的主張都看得出鍾嶸也是處處以二元對立來討論許多文學理論的問題，而諸二元對立終究要取得調和。即使延續到唐末、宋初，和諧美還是傳統的美學思想，連思想界也採取兼容並蓄調和的態度，儒、釋、道三家的思想在此時也水乳交融地同時存在於許多文人的思想裏面。

崇高的審美觀點是西方美學的理論，中國古來雖沒有專門討論這個主題的著作，但是在創作過程和批評理論中，或多或少對相類的觀念有所涉及。「眞正使用『崇高』一詞，並使之與美相對立，從美學上對崇高進行深入研究的是經驗派美學家博克。」〔註 134〕周來祥等敘述博克的觀點說：

> 美是單純的愉快感受，崇高引起的則是驚懼和恐怖，並雜有痛感，而痛感之所以能轉化爲快感，博克認爲在於客觀危險不大緊迫或得到緩和，從而自我安全得到保障的緣故。〔註 135〕

由此發展，康德、席勒、叔本華、尼采等人，都有所補充和發揮。周來祥簡略地介紹席勒的《論素樸的詩和感傷的詩》，其中一節說：

> 又明確地把素樸的詩歸於和諧的古代，是理想與現實的統一，把感傷的詩歸於對立的近代，是理想與現實的矛盾對立。〔註 136〕

以上所說的「和諧的古典美」和「近代對立的崇高」二者，我國古來也有人注意到這兩種美的不同，只是沒有拿來作特別對立的討論，至明代屠龍提出「悲壯可喜」的觀點，則「有點近於痛感和快感夾雜的崇高趣味」。〔註 137〕

〔註 133〕見嚴明《中國詩學與明清詩話學》，臺北：文津出版社，2003 年 4 月，頁 251～252。

〔註 134〕周來祥《美學概論》，頁 63。

〔註 135〕同前注。

〔註 136〕同前注，頁 64。

〔註 137〕同前注，頁 65。

其實，在我國的長短句作品中，早就包含著和諧美意識與崇高意識二者互相依存的現象，在北宋前期作品中，屬於崇高意識的作品比例較低，而且常作爲附屬和襯托的配角。如晏殊詞，常在歡樂的情景之後，摻進了些許的感傷，對人生某些情事的無奈發出低沈的歎息，他的「痛感」顯得幽隱，他沒有對這些痛感大肆渲染、大作文章，反而常在痛感之下，又另外得出對人生「圓融的觀照」。〔註138〕於是這些痛感又屈服於和諧美之下，所以說，崇高的意識在這時候是臣服的狀態。

宋詞發展到歐陽修，崇高的意識更加活動，人生的磨鍊在他的詞裏面更加地凸顯，只不過歐公卻能脫拔於外，葉嘉瑩嘉氏在《唐宋詞十七講》裏面說：

> 我們如果套用他的文章，可以說，天下自其可賞愛者而觀之，天下也有很多可賞愛的事物，天下自其可悲慨者而觀之，天下也有很多可悲慨的事物，而歐陽修的修養，正是透過了悲慨（不是說沒有悲慨）來看到它們可賞愛的一面。這是歐陽修的修養，是他一種品格。一種情操，是他平生所有的經歷的一種結合。〔註139〕

歐公宦途不像大晏那麼順遂，懷著改革時政的抱負卻難以實現，豈能沒有悲慨，崇高的意識有時被激發攪動；不過他清楚地意識到凡事必有對立面，選擇了趨向於中立面的賞愛態度去，最終又回到了和諧美的意識裏去。

「崇高」的意識到了蘇軾的詞裏得到了高度的昂揚，這絕對和他平生的遭遇大大相關。他作了不少批判政治的詩，結果幾乎招來殺身之禍，而一生浮沈落差之大，與天生悟解能力之強，使作品當中崇高的意識激發動宕，讀者無不爲之感動莫名。葉嘉瑩《唐宋詞十七講》說：

> 認識蘇東坡，不要只看他淺顯的那些個豪放的詞，你要看

〔註138〕這是葉嘉瑩在《唐宋詞十七講》對大晏詞的重要評語，她曾說大晏詞：「這裏邊有感傷，也有思索，有哀悼，也有覺醒。」詳見其書頁184～192。

〔註139〕葉嘉瑩《唐宋詞十七講》，頁205。

他天風海濤之曲與幽咽怨斷之音兩種風格相揉合的作品，
這才是他眞正的最高成就的境界。〔註140〕

東坡的痛感超乎常人，他的壓抑也就超乎常人，他的志趣本來極爲積極入世，豪放的性情使文詞奔放絕俗，等到遭遇壓制而發出「幽咽怨斷」之音，那是帶著痛苦的傾訴。他的痛感出奇，在詩詞中顯現的當然是「太露」，這時候，他把痛感和快感對立了起來，二者的衝激交織成「天風海濤之曲」。雖然所受的壓抑異乎常人，卻智慧地找出解脫之道，詞風表現的則是「超曠」，這是崇高人格的勝利，是痛感之後的快感，於是「崇高」的意識在此時完全發露出來。黃山谷對東坡〈卜算子〉詞有「非吃煙火食人語」的稱譽，足見他有多麼敏銳的眼光，觀察並悟解出東坡詞的「超越」和「崇高」，只是山谷用詞不同於西方現代術語而已。

黃山谷以另外一種風貌表現他的超越，那就是「逋峭絕俗」，後半生遷謫詞當中，立意故意違拗時俗，堅持一種對抗的姿態，直到晚年也絲毫不改。他雖然還達不到東坡的「崇高」與自己的理想，但是凸顯世態的炎涼，不與命運妥協。他所體認的人生不是全然的「和諧美」，他體認出人世間的「醜」，揭示「醜」的面目，還刻意與它對抗，在精神上戰勝了它，這是不同於蘇軾「崇高」的另一種「崇高意識」。

秦觀對「痛感」的感受最爲敏銳，他具有豐富的詞心，他作品裏泰半表現出多愁善感的詞人本質（豔情詞除外）。自從他出仕之後即與蘇軾命運相連，迭遭貶謫和妻離子散之苦，後期詞抒瀉的多是「寄慨身世」（馮煦《蒿庵論詞》）。秦觀詞在「寄慨身世」的同時，揭露了人間的「醜惡」，人生的痛苦。最著名的即他的〈踏莎行〉（霧失樓臺），起首二句述說對前途的茫然與理想的幻滅，中間行文悲訴著親情的隔絕與團圓的無望。歇尾二句，道出人生的終極絕望，以江水比喻入仕之後被命運擺弄的苦痛。讀之者，前有東坡爲之腹痛，後有王國維「淒厲」的驚心評語。秦少游的詞是悲劇的演示，是對醜惡的控

〔註140〕同前注，頁285。

訴，可惜他難以超拔，他的抗爭是內歛的而不是外射的，尙未達到美學上崇高的最高境界。

綜合以上黨爭時期詞人的審美觀點，多多少少地接納了崇高的意識，對現實的無情作出了對抗的努力，因爲他們對痛感的感受比前人強烈得多，對醜惡的人心也揭發得更加顯露，在美與醜的對比之下，逐漸取得了超拔的崇高觀念。壯美時而夾雜出現，不過也要到北宋淪亡，半壁江山不保，昂揚的壯美意識，才在詞壇發酵，所謂「豪放」詞才得到最佳的環境蓬勃發展起來。此時的壯美意識，其實已經夾雜了不少崇高的意識在裏面。周來祥等的《美學概論》說：

> 崇高與壯美存在本質上的差異。崇高的對象往往含有醜的因素，強調矛盾對立狀態。而壯美則強調雄壯或壯闊，不含醜的因素。……展現的是雄渾的氣勢，帶來的是豪邁的情懷。而崇高則常常伴隨著痛苦和恐怖神秘意味，如雨果的《巴黎聖母院》等作品。〔註 141〕

南宋初期的愛國詞人，懷有極崇高的理想，他們有豪邁的壯美意識，又對主和派貪戀權位和苟且屈膝的醜態極度不滿，如張孝祥〈六州歌頭〉歇尾「聞道中原遺老，常南望、翠葆霓旌。使行人到此，忠憤氣填膺，有淚如傾」一節，所呈示的強烈痛苦，正可以代表這些詞人的心聲。因爲那崇高的理想——「恢復中原」的熱切期望，長駐在心頭，卻得不到實現，他們內心的衝突表現得如此地澎湃，顯然崇高的審美意識在南宋初期是高漲的。而後代詞評遂常認爲南宋詞人這類的心態表現與北宋詞人所萌生的憂國憂民心態有一脈相承的關係。〔註 142〕

〔註 141〕周來祥等著《美學概論》，頁 68。

〔註 142〕胡遂〈論蘇詞主氣〉一文結論即這麼主張，《文學評論》1999 年第 6 期。黃文吉《宋南渡詞人》以爲南渡詞人不但繼承蘇軾所開詞風，「而且更開展了蘇軾所未走到的境界」。詳見該書第一節「政治背景」。臺北：臺灣學生書局，1985 年 5 月。

第八章　結　論

宋初的詞學由繼承前代成果，再逐步加入宋代社會的文化積澱和一部分文士才華的匯入，漸次賦予詞體成長的新面貌（指晏、歐、張先等人的進行雅化，以及張先、柳永的創新體製和作法）。此時的詞體就好像一個形體剛長成，而思想還未成熟的青年，尚需要吸收社會的種種資訊，面對社會不可預期的橫逆和挑戰，逐步充實他的智慧和能力，方能成爲一位獨當一面、背負生命重擔、拓展自我前途的成熟社會人。

北宋初期，詞壇沿襲《花間》婉麗詞風，發展至中期，逐漸浮現出嫻雅、富貴的格調，薰染了宋代文治精神的氣息，但是仍然不能顯現文人作家本眞的性格，也不能脫離前代的寫作模式（即以小令爲主，以歌席酒筵爲背景的寫作習慣）。北宋後期的黨爭卻大大扭轉了詞學發展的整體方向，從歌詞寫作的場合和所描寫的環境而言，不再局限於歌筵酒席或閨閣樓台的狹小空間，也不再局限於與歌女之豔遇或兒女情長的單調題材。詞人因爲宦遊，遍歷了名山、勝水、袤野、窮林，其眼界擴大到整個大環境、大自然，尤其越是受矚目的詞人越容易遭到投諸荒野的陷害，因而其所受到的衝擊和其視界的擴張自有不同於前輩者。故其詞風之變化多樣、詞情之激盪沉鬱與詞境之高遠深邃，如蘇軾、黃庭堅、秦觀者，與晏殊、歐陽修諸前輩作家詞風之對比，判然可別。宋神宗的新政帶給整個國家社會的，正是一個大的試煉、大的洗禮，影響力不僅僅顯現在政治、經濟、軍事等等層面，連文學環境也有所變革。持續的黨爭更激化了整個社會局勢，詞體也就是在這個動盪的大時代，有如青年人受社會的試煉而全面的（指體式、詞風、理論）臻於成熟。

新政的推行引起了新舊二黨的交迭傾軋，黨爭本來是政治權力的再分配問題，等到權力轉換之後，相關人物的生涯也就起了轉折。取得政權者春風得意，可以行其夙志；失意者甚至遠徙荒癘，命喪異鄉。這不但造成了生活與志意的落差感，也引起了經濟窶富的變動感，深深地影響了文人的情緒、思想。北宋文人官吏在新舊黨爭的大漩渦裏，很少有不受牽連的。那些身遭大變的文人，受衝擊的情緒常常不能不尋求管道以宣洩，然而黨派傾軋嚴厲，詩文網羅多端，任意宣泄政見思想或濟世懷抱，常常成爲累身之源。在無可如何的情形下，將抑鬱之情懷轉而投注在宜於抒情的「歌詞」上，同時運以婉曲隱約的筆法以規避羅織，這是北宋後期失意文士不自覺地推動詞壇發展的一個現象。

詞學各方面的轉變，可以從形式上、風格上、思想內容上觀察。首先，慢詞、長調到了北宋後期已經成爲大部分作家熟悉的寫作形式。論其源頭，早期柳永、張先等人的苦心開發當然不能忽視，不過黨爭激化之際，蘇軾乃轉移一部分心力在創作和鼓吹上面。在創作上面，他通判杭州的時候，和張先交遊唱和，耳濡目染之下，逐漸學習到最新流行，形式上已臻成熟的歌詞作法。由於這個因緣，日後他遂能適時地採用長調與慢詞，並且也作了不少的創新。東坡不但在領字方面運用得更加靈活，他天馬行空的想像力和指揮語言的特殊能力，使他的詞產生了神奇的吸引力，有興趣於歌詞的文人對他既議論紛紛，也欣賞不已。此外，他又往往在與人的書信裏，對時下歌詞風格有所不滿，大力鼓吹歌詞內涵的改革，尤其對陽剛的、屬於豪放傾向的風格，給予高度的稱揚；同時，又有意地想要提高詞體的地位，因而引發當時文人對詞學的注目與創作興趣，長調、慢詞從此時逐漸成爲流行的歌曲形式，蘇公與有功焉。

歸結詞風改變的可能因素有二：一是題材的改變影響詞風的改變；二是詞情的改變引起詞風的改變。

從題材這一因素來看，謫宦詞堪爲大宗。較早描述謫宦題材的詞大約濫觴於柳永，然他志趣未高、窮躓未極，而且細究其時代背景正値國家安定繁榮期，故而感慨亦未深至，寫作題材也就較具有局限性，後人大致將之分爲情詞與羈旅行役之詞二類，故其詞風也就變化不大。北宋後期有心濟世的諸詞人，或者夙志不遂，或者身歷九死，導致對家國身世之感特別深重，乃將其情感一一寓託於詞作之中，謫宦詞題材於焉擴大，其詞情內涵充塞蓊勃，詞風遂有了多方面的發展。綜合這些謫宦詞的詞情有一部份可以歸之於群體的詞情，它可以反映政治反覆的黑暗面與詞人受衝擊之後的心聲。從謫宦這個大綱目又可以繼續推擴細分，則無事不可入，無意不可言，詞人所到之處，觸目都是寫作題材，種種題材又都可以別有寄託，詞體本身的婉曲特性也因此被充分的發揮出來。可以說這個時期詞風、詞境的開拓，與政壇局勢變遷起著絕對的關聯；另一方面又是詞人浮沈生涯裏，心靈悸動、感喟吶喊之下的結果。由政治影響詞人生涯，由生涯變動影響心靈悸動，由心靈悸動而影響創作風格和創作內涵，終致使宋詞達到了成熟的地步，這一系列的連鎖反應，是明顯有徵的。

又從思想內容一方面而論，言志詞最値得注意。「言志」本是儒家認定詩之所以作的詩人之旨。以詩論政，源起極早，《詩・大序》即謂「言之者無罪，聞之者足以戒」，詩在政治上的運用，除了像《左傳》所記在外交場合詠歌酬酢，或稱美、或勸戒、或修好等等作用之外。詩歌一直被賦予可以由此「觀民風」的重要使命，詩歌是民情的寓寄之所，詩歌有論政的功用，故發出議論的人不應該被怪罪。「以詩論政」的觀念和作法，一直存在於文學界與政治界，也一直被倡導維護，直至唐代白居易、元稹仍然舉著「諷諭」之旨，大倡「文章合爲時而著，歌詩合爲事而作」，寫了大量的社會批判詩。這個傳統延續至宋代，其情勢也不曾少歇。如宋初尹洙、梅堯臣、王禹偁諸人，甚至被廢退的蘇舜欽都還亟論天下事，著其議論於詩歌當中。蘇軾承其遺風，在熙、豐年間，甘冒群小的環伺和讒言，屢出諷刺時政之語，大有捨我其誰之概。但是，此時激烈衝突的政治情勢不再容許有批評之聲，蘇軾以其詩語涉訕謗，得罪當政，終在元豐二年，被查舉誣陷，遂至烏臺之獄，幾乎被置之死地。次年，流放至黃州之後，詩中再也不敢有所議論。遭此大難，對他志意和情感上的打擊是無以言喻的，他的憂憤不能以議論發之，情感卻不能不找個宣洩的出口，創作詞成了他最重要的一個管道。塡詞不再如早期般爲應酬遊戲而已，也不能如他在密州般的用於直接述志，他的「幽咽怨斷」之音完全傾吐在這個避風港裏，運用那神化之筆作了婉約屈曲的表現。創作小詞成爲他甚爲重視的文學活動，自然激起了他改革詞體的努力，從早期的豪放風格，演變到後期「幽咽怨斷」、「清雄」、「放曠」、「自適」等等個性化詞風，無不是他述志初衷的變形與轉化。

這種婉曲述志與表現個性的創作方向，經過蘇軾的提示與實踐，復經門生相繼發揚更張，當時雖然也有不能同意這個發展方向而另闢蹊徑的，但是以一代文豪創作之「高處出神入天」，遂在詞壇激起了不絕的波動。從創作量的增長，到多樣風格的開拓，到內涵的充實以及詞格的雅化，詞在創作方面的進展與日俱新。創作的有成，更帶領出諸多關注詞體的言論，在諸詞人層層深入剖析之下，隱然有了風格意識和流派意識的成型，復以理論的推波助瀾，詞人的觀念中愈益確立了詞體的地位，宋詞終於發展出了它成熟的面目和體式，遂能與宋詩並稱於後代。

本文經一系列的論述之後，清楚地呈現新舊黨爭對詞學的發展有著千絲萬縷的瓜葛，現在就其中犖犖大者，作以下數點結論：

一、黨爭促使詞登上正統文學的舞臺

黨爭之激化確實是詞學迅速發展一個明晰的轉折點，蘇軾被貶謫之前，可以觀察出諸詞作尚未自具時代的風貌，多以沿襲前人詞風爲主的情形。分而言之，從描寫的內容上看，表達的情感是狹窄的，侷限在兒女之情者爲多，其他情愫的表現常爲特例；從寫作的體式上看是以小令爲主要載體，只有張先、柳永多方嘗試創製長調、慢詞，亦尚未將長調的優點做最大的發揮；從風格上看，依舊局限於婉約清麗，不夠多采多姿。大概總由於詞人的眼界未擴及於社會其他層面，情感的激盪不大，所能選擇的題材狹窄所致。同時從觀念上來看，時人以「小詞」稱歌詞，復對專意創作歌詞的柳永投以輕蔑的眼光（如晏殊者），在在說明直至北宋中期，詞體的地位尚不能躋身於「正統」文學之列，黨爭之際情勢方起了明顯的轉變。

黨爭使詞人生涯遭到重大的衝擊，其心態在各個時期起了重重的轉折，本文在第五章已經舉出數位代表人物詳細說明。當時在文禍的威懾之下，詩文的召禍讓論政的言論漸息，專注於塡詞的詩人逐漸增多。詞人抑塞噴湧的情懷，一經傾瀉，自然在創作內涵和深度上就有所擴充深掘，自然在藝術的表現手法上更加地靈活有致。又爲了抒發更奔放澎湃的情感，不得不以較長的篇幅鋪展細訴，長調、慢詞的體式被普遍地使用起來，因此此期詞人在選調的能力上極爲高明，連帶地對如何塡製長調的手法，如領字、平仄、「詞眼」等文學技巧也就更加的講究。相伴而來的，探討詞體種種問題的詞論漸次開展，使詞學儼然如唐人的詩學成爲一代文學的表徵。

最能顯示此期詞人思想中已將歌詞視爲「正統」的文體，並付之於宣言的，就是陳師道的「本色」說、晁補之的「當行」說和李清照的「自是一家」說。他（她）們所以敢做這樣的宣示，有它實際有力的依據，那就是具體詞作的豐碩成果已經呈現在世人面前，從前輕視詞體的心態已經漸次退場。詞人在創作與欣賞的過程中，體認出這個時代的詞足以反映當代社會的某一面向，它的文藝表現和社會功能絕不亞於詩的作用，於是在詞論中乃有「自是一家」如此明確的宣示，在在顯示詞體已正式登上了正統文學的殿堂。

二、黨爭使文人改變對詞的視角——體認了詞的言志功能

文人所以會對歌詞採取漸進開放的視角，一方面可能是因爲君王提倡享樂，使其接近的機會增多，逐漸喜愛上它，同時爲了應酬而多所創作，久之，當然會有一定的佳作出現。但是如前所述，普遍而言，士大夫對詞體的觀感還是輕視的，必須有人爲詞作一些正名的努力，從理論上賦予詞堂堂正正的地位，復從實踐上示範詞也有它高雅的一面，然後才能稍稍扭轉世人的觀感。很巧的，蘇軾正是這樣一位舉足輕重的人物。他懷絕世之奇才，享一代的聲譽，領文壇的風騷，罹意外之奇禍，是一位如此受人矚目的大文豪。當他在初試創作歌詞時，就高揭述志的主旨，寫出豪放的詞風；在他召禍之後，詞風爲之轉變，創造了沈鬱、清曠、自適及富於哲思的詞境，容納了文人的雅懷，詞到了他的手中，登時改變應歌酬賓的功能，令人耳目一新，這是他在寫作實踐上的示範。而他門下詞人，因爲政治生涯的同趨，繼承了乃師的文藝氣息與人生態度，在具體創作時各自作了多樣的發揮。影響所及，雖然不屬於舊黨者，也多關心詞體，加入了踵事增華的行列。於是詞作在實踐上的具體成果，引起了人們的正視。

同樣的，想要改變世人的詞體觀念，必須在理論上有所建樹和開拓，蘇軾又是這麼一位先知先覺的人物。他在許多的手札當中提示友人作詞應該表顯個性，欣賞快意如志之詞，極力稱揚雄奇之格調，大力倡導詞也應該具有言志的功能。這種言論開了一個迴出於俗論的門徑，讓當時人開始思索詞的功能性問題。晁補之「滿心而發」論點即指詞乃「純任天性不自覺而發」的抒情理論，不自覺而發則志趣豈能隱而不發，晁氏又另有「託興於詞」（朱弁《風月堂詩話》）之語，說明詞的言志作用是他深有體會且一再宣示的論詞要旨。即如新黨的黃裳也殊塗同歸地許詞以「六義」的價值，甚至社會教育的價值。諸如此類理論上的建設，詞的言志功能，已經是北宋末期文人的共識，當無可懷疑。南宋愛國詞人張元幹、岳飛、陳與義、陸游、張孝祥諸人的述志詞雖然是時局亟變的反應，但採用詞的形式來表達報國之志，

我們不能排除他們或許是受到了北宋後期詞家的啓示。厥後辛棄疾以愛國詞相倡，正是對詞體述志功能的肯定和發揚蹈厲的表現。由北宋後期的時代背景和詞作內容的反應層次看來，政治的不稱意，確實是激發述志意向的催化劑。

三、黨爭推動長短句風格的改變
——接納陽剛一格、深化婉約詞風、融入說理風尚、推動典雅詞風

晚唐、五代詞風以婉麗爲主流，北宋初、中期雖然已經有若干豪放詞、漁父詞的出現，不過如曇花一現，不是某一位詞人的具體風格，也不是某一種時尚潮流。至後期的詞風則起了變化，不但發展了許多個性化的詞風，更潛藏了一股陽剛詞風的伏流，雖然一時之間還未必爲大眾所接受，卻可以在諸多詞人的作品裏探出聲氣相通的端倪。除了蘇軾早期的創作表現得豪邁雋爽，中、後期放曠颯爽外；黃庭堅詞刻意追隨，以兀傲絕俗爲風；晁補之詞間亦有闊大磊落之氣。他們雖然不以一種風格自限，卻前呼後應以豪放、陽剛風格爲表達方式之一，論者或許歸之於適爲個性使然，但吾人認爲也不能排除當屬於時代性、觀念性的群體接納。否則，何以才隔不久，南渡詞人即紛紛採取相似的作風一抒其懷。這些詞人同樣都有沉鬱悲憤的情懷，只是黨爭之禍和半壁江山的淪喪，實有個人志意受挫與家國之恨深重大小之別，然而亡國之痛的呼號與身世之悲的低徊，都是情緒受壓抑之後的反響，只因爲時代背景政治局勢的不同，造成北宋後期似婉曲而實豪放和南渡初期一出之以豪放悲憤之別而已。總之，陽剛詞風的融入，是北宋後期詞風令人矚目的一大特色，政治的刺激影響居其關鍵地位是顯而易見的。

晚唐五代詞以婉約爲宗，宋初一脈相承，但已將清雅的文化氣息帶入其中。即至黨爭時期陽剛詞湧現之際，婉約詞並沒有失去它的活力，詞人反而藉勢緊緊掌握了「比興」的傳統手法，從「隱」的一面

進行拓展根蔓、延伸枝葉的工作，那就是在「比興」的手法當中，寓寄了「情志」。情志受到抑塞時，則起「激憤」之懷，情志低迷時，則作「幽怨」之訴。「激憤」者流於陽剛一路，究竟與詞樂特性、詞的功能性有相當的扞格，此所以蘇軾剛性詞被當時視爲別格的原因。「幽怨」者與婉約格調相契合，「幽怨」之懷藉由「比興」手法寄託於詞作中，婉約詞在境界上就更加深遠了。在情懷上既深有寄意，在實際下筆營造時，當然得在修辭的各項手法上細加講究。傳統以來，詩、文創作所使用的修辭方法，遂被移植到詞的寫作來，使詞作的「意象」迥異於黨爭之前，尤其大量使用了「象微」、「暗喻」、「借代」等婉轉寓意的手法，婉約詞發展到此已經脫離早期「小家碧玉」的形象，儼然具備了「大家閨秀」的風範。

早期的詞偏於說理的絕少，晏殊的詞偶然在寫景之餘，多了一些人生的感歎，帶有淡淡的閒愁、富貴生活中絲絲的寂寞與人生無常的哲理，但是他的詞究竟不重在說理。說理的風尚是宋詩逐漸發展出來的一個特徵，在黨爭之後也浸染了詞壇，一方面可能和理學逐漸的發展有關；另一方面我們還要注意的，即處於儒、釋、道諸哲理思想薰陶下的詞人，其思想內涵的深度與廣度迥越於前代，漂盪流離之際，感觸怊悵，在塡詞訴說心曲的同時，其人生哲學也就自然流露出來。這是本文在討論此時期詞風的演變時，專以一節述論所明顯呈現出來的現象。政治的爭鬥，使一部分文人投注心力創作歌詞，影響了詞的風格，也間接讓他們的思想體現於詞的內涵，這是可以明確觀察出來的。

文化的積澱可以顯現在一切有形的生活層面上，其中最爲精華的部分則必須從精神層次上去探討，最能保留這一份精華的則非文史等類的著作不足以擔負。宋詞作爲宋代文化重要表徵之一，其中最重要的精神特質是什麼？那就是宋人尚雅的風氣。我們在第三章、第六章曾對北宋由初、中期詞學雅化的傾向，與後期諸多文人所表顯的典雅詞風作詳細的論述，一方面可以看出詞風由通俗化走向雅化的趨勢，一方面又可以凸顯黨爭時期文人的文化涵養之深，這是歌詞當中所間接顯現的時代面貌。此後南宋詞人循著這條雅化的路線繼續發展，詞逐漸由飽學之士把持而成爲案頭文學，民間歌詞又另闢管道發展出「曲」這種更加口語化、通俗化、音樂化的文學，那是極合理的一個發展。

四、黨爭間接推動詞論的開展
——講究歌詞的格律、討論詞的發展史、確立詞體的本色、關心詞體的寫作方法

此期文人用心詞學者比先前增多，從創作人數與作品的大增可以證明。他們在努力創作之餘復提出批評詞風的言論，推測詞體起源與發展過程，對詞體的特質提出許多觀點，並時而提出創作理論（雖然並沒有系統化），總的來說，詞論的開展也是這個時期詞學成長的一個要項。

對詞律的重視與討論，北宋後期顯然比從前要頻繁多了。如蘇軾常常櫽括前人詞入樂，顯示他對樂律之精。而他的詞偶然出律，當時多數人皆不表認同；諸家評秦觀詞皆一致認同他協婉入律，給予相當的肯定。沈括和聲說似乎在討論詞樂問題，卻還沒有進入詞律論的核心；晁補之、張耒、黃裳諸人對詞律有所重視，亦沒有詳細深入的指出評斷的標準；進展到李清照的〈詞論〉，才揭出詞律要講究的爲「五音、五聲、平仄、六律、聲韻的清濁輕重」等問題，她對樂理與生理的配合相當的重視，指出了一定可循的作詞途徑和格律判準。打開了後來南宋格律詞派的詞論門路，這是北宋末詞學的一項成果。

因爲對詞體的關心，對它的體質特性當然有更多的推測，把它認爲是「詩之裔」（蘇軾說），可能起於提高詞體的心態，並不能明確指出二者眞正的關連性。把它歸之於和古代樂府同一性質（詩詞同源說）是這時期詞人共同的認知，不過太籠統地說詞起源於古代樂府，並不爲有識者認同。把詞看成當代的樂府，可能才是一般的看法。明確地指出詞興起於盛唐，那只有李清照才有此魄力和眼光，從現在敦煌發現的資料考察，中唐時期詞體確實已經成立，至於是否興起於盛唐，

雖然尚待進一步驗實，亦與易安居士之說相去不遠。

在詞論中最值得後人肯定的即此期的「本色論」，陳師道最先提出這個使詞體站穩腳步的論點，可惜定義不明。晁補之再加補充，提出詞應具備「當家語」這種語言風格的特質，欲區別於詩體，他的主張有涇渭分明的指標作用，可惜只有舉出幾位人物，並沒有分析語言風格的實例，理論的建設尚有所不足。李清照提出「自是一家」的主張，一方面指出詞的音樂性格，一方面又指出理想的詞風典範，以情致和文雅相尚，已經能概略的描繪出詞體的本色。對詞體體性的討論一步步趨於完備，確立詞體自有的「本色」，正是此期詞論最大的成就。

在寫作論上，陸陸續續有零散的討論，其系統還沒有建立，是此期詞論最弱的一環。

黨爭雖然並不直接作用在詞學理論之上，但是直接影響詞人的生涯，轉而遷動詞人的情感思想，再影響到詞人寫作的意向與議論的主題，詞論成爲詞人生活聊賴之一對象，這種間接影響也是不可視而不見的。

五、黨爭改變宋人詞學審美觀
——崇雅觀念的深化、接納壯美的審美觀、衍生崇高的審美觀

晚唐、五代一直到北宋初、中期，統而觀之，詞的格調偏向了婉約清麗之風，整體趨勢本來行走在通俗的路線上。但在上層社會，卻時時引導著往雅化的路子走去，晏殊就是一位有力的推動者，同時的士大夫們也都往襄贊的列子走去。當時雅化是個大方向，不過工作卻要由後期的詞人來深化，其原因無它，因爲文化要形成某種特質必須逐漸積累，到了一定的階段，才能達到一定的高峰。蘇軾等舊黨諸人的文化積澱恰好是北宋文化成熟期的代表，而宋人集體審美觀又主要表現在崇雅這一面向，詞既然是他們抒發情意的載體之一，其發展方面也就必然朝雅化的路走去，這即是北宋詞後期審美觀點的一大特徵。

宋朝開國精神即以文治爲尚，上下瀰漫著柔弱的風氣，軍事上屢遭不利是其明證，這種文弱風氣更具體顯現在新興的歌詞上。歌詞生發於歌舞的場所，本來就以兒女情意爲描寫的主題，富於旖旎柔婉的風情，添加了整個社會的文弱風氣之後，基本上，北宋初、中期的詞風是以柔美爲主要的審美取向，即使有少數壯美的作品，並沒有引起太大的注意。迨蘇軾本他豪邁性格而創作一部份具有壯美風采的歌詞，詞壇開始議論紛紛，多數人持著長久以來的觀念加以譏評。在此同時，卻有一批晚輩或許出於有心仿傚，或許出於共同的政治遭遇，或許恰好個性上相類似，此起彼落創作了不少壯美風格的詞。雖然當時並不是主流詞風，卻讓詞風由狹窄的柔美一區，打開了兼容並蓄的格局，到了適當的時代環境（北宋的淪亡與南宋的危殆），陽剛的詞風乃得到茁壯的契機，壯美的審美觀點成了一代的風潮。而觀察這種審美觀點的注入關鍵期，恰恰是在新舊黨爭激化之後，尤其那些激憤兀傲與沈鬱怨斷之語，不但是個人的情緒反應，更是受政治壓迫下集體心境的表徵。故本文認爲壯美的審美觀在此期所以會轉趨活動，和黨爭所引起的心態變動有不可切割的關係。

壯美是情感激化外顯的一種陽剛之美，比較屬於情緒性的表現，如果一個作家不止於關心自己小我的遭遇，不止於發洩一己的瞬間感受，還對社會、國家，甚至整個人類生起了同理心，並企求同臻於理想的境界，這就是追求崇高美的意識。在宋代前、中期，因爲歌詞尚瀰漫著通俗歌曲靡麗的風味，述志詞猶如鳳毛麟角，所謂爲「生民立命」的思想並不容易在這種文體中滋長。黨爭時期，崇高美的意識已經有所示現，最具代表性的人物就是蘇軾，「但願人長久，千里共嬋娟」的理想千古以來爲人們所追求，「致君堯舜」更是他一心對人們奉獻的表白。又如晁補之「儒冠曾把身誤」的心聲，雖然是理想不遂之後的歎息，卻也可以探知他濟世的夙志。他們有崇高的理想，即使其志不行，還一日不敢忘懷，這是北宋後期詞的審美觀和前期相較之下，差異極爲顯著的地方。所以會衍生這類的審美意識，當亦與黨爭相關涉。

引用及參考文獻

一、經　部

1.《周易》,《十三經注疏》本，臺北：藝文印書館，1976年5月。
2.《詩經》,《十三經注疏》本，臺北：藝文印書館，1976年5月。
3.《論語》,《十三經注疏》本，臺北：藝文印書館，1976年5月。
4.《周禮》,《十三經注疏》本，臺北：藝文印書館，1976年5月。
5.《禮記》,《十三經注疏》本，臺北：藝文印書館，1976年5月。
6.《尚書》,《十三經注疏》本，臺北：藝文印書館，1976年5月。
7. 宋・朱熹著：《詩集傳》，臺北：臺灣中華書局，1973年3月。
8. 清・段玉裁著：《說文解字注》，臺北：蘭臺書局，1973年9月。
9. 李曰剛著：《國學概論》，臺北：文津出版社，2001年9月。

二、史　部

1. 漢・司馬遷撰：《史記》，臺北：鼎文書局，1979年11月。
2. 漢・班固撰：《漢書》，臺北：世界書局，1974年5月。
3. 劉宋・范曄撰：《後漢書》，臺北：臺灣商務印書館，1983年。
4. 宋・歐陽修等撰：《新五代史》，臺北：鼎文書局，1985年。
5. 宋・楊仲良編撰：《資治通鑑長編紀事本末》，臺北：文海出版社，1967年11月。
6. 宋・樂史撰：《太平寰宇記》，北京：中華書局，1985年。
7. 宋・李燾編撰：《續資治通鑑長編》,《景印文淵閣四庫全書》第322冊，臺北：臺灣商務印書館，1983年。
8. 宋・趙汝愚輯：《諸臣奏議》，臺北：文海出版社，1970年5月。

9. 宋・朋九萬編撰:《東坡烏臺詩案》,臺北:宏業書局,1972年4月。
10. 宋・朱長文撰:《吳郡圖經續記》,臺北:藝文印書館,1996年。
11. 元・脱脱等撰:《宋史》,臺北:鼎文書局,1980年1月。
12. 明・陳邦瞻編撰:《宋史紀事本末》,臺北:里仁書局,1981年12月。
13. 清・王夫之撰:《宋論》,臺北:里仁書局,1985年2月。
14. 清・趙翼著:《二十二史箚記》,臺北:洪氏出版社,1974年10月。
15. 清・畢沅撰:《續資治通鑑》,臺北:世界書局,1974年1月。
16. 清・黃以周編:《續資治通鑑長編・拾補》,臺北:世界書局,1974年6月。
17. 曾繁康著:《中國政治制度史》,臺北:華岡出版公司,1979年7月。
18. 林語堂著:《蘇東坡傳》,臺北:遠景出版事業公司,1980年6月。
19. 陳香編著:《蘇東坡別傳》,臺北:國家出版社,1980年8月。
20. 李一冰著:《蘇東坡新傳》,臺北:聯經出版事業公司,1990年3 月。
21. 勞思光著:《新編中國哲學史》,臺北:三民書局,1991年1月。
22. 羅家祥著:《北宋黨爭研究》,臺北:文津出版社,1993年11月。
23. 洪亮著:《蘇東坡新傳》,臺北:國際村文庫書店,1993年12月。
24. 韋政通著:《中國思想史》,臺北:水牛出版社,1995年10月。
25. 梁庚堯著:《宋代社會經濟史論集》,臺北:允晨文化公司,1997年4月。
26. 黃寶華著:《黃庭堅評傳》,南京:南京大學出版社,2000年3月。
27. 郭東旭著:《宋代法制研究》,保定:河北大學出版社。2000年8月。
28. 王水照、崔銘著:《蘇東坡傳》,天津:天津人民出版社,2001年1月。
29. 雷飛龍著:《漢唐宋明朋黨的形成原因》,臺北:韋伯文化出版公司,2002年9月。

三、子　部

(一)哲學、藝術與美學類

1. 漢・桓譚撰:《新論》,影印《四部備要》本,臺北:臺灣中華書局,1977年9月。
2. 晉・葛洪撰:《抱朴子》,影印《四部備要》本,臺北:臺灣中華書局,1973年3月。

3. 宋・張載撰：《張子全書》，臺北：臺灣中華書局，1976年9月。
4. 宋・蘇軾撰：〈宋蘇東坡赤壁賦/楷木詩卷他〉，《二玄社書跡名品叢刊》輯，東京：二玄社，1977年2月。
5. 宋・程頤撰：《河南程氏遺書》，《景印文淵閣四庫全書》第698冊，臺北：臺灣商務印書館，1983年。
6. 宋・朱熹撰：《朱子全書》，臺北：臺灣商務印書館，1983年。
7. 宋・呂本中撰：《童蒙訓》，《叢書集成續編》第61冊，臺北：新文豐出版公司，1989年。
8. 宋・釋法雲撰：《翻譯名義集》，《四部叢刊》本第31冊，上海：上海商務印書館，1967年。
9. 明・董其昌著：《畫禪室隨筆》，臺北：廣文書局，1977年7月。
10. 明・唐志契著：《繪事微言・傳授》，刊於《中國書畫類編》，臺北：河洛圖書出版社，1975年5月。
11. 清・顧炎武著：《日知錄》，臺北：臺灣中華書局，1976年。
12. 清・王先謙著：《荀子集解》，臺北：藝文印書館，1973年9月。
13. 郭慶藩著：《莊子集釋》，臺北：河洛圖書出版社，1975年3月。
14. 陳奇猷校注：《韓非子集釋》，臺北：河洛圖書出版社，1975年9月。
15. 呂佛庭著：《中國書畫源流》，臺北：華正書局，1978年2月。
16. 許總主編：《宋明理學與中國文學》，南昌：百花洲文藝出版社，1999年9月。
17. 梁啓超著：《梁啓超全集》，北京：北京出版社，1999年7月
18. 周來祥、周紀文著：《美學概論》，臺北：文津出版社，2002年2月。
19. 張春興著：《現代心理學》，臺北：臺灣東華書局，2001年6月。

（二）筆記小說類

1. 漢・郭憲撰：《洞冥記》，《景印文淵閣四庫全書》第1042冊，臺北：臺灣商務印書館，1983年。
2. 宋・孫光憲撰：《北夢瑣言》，臺北：世界書局，1988年。
3. 宋・司馬光撰：《涑水紀聞》，《叢書集成初編》本，北京：中華書局，1985年。
4. 宋・田況撰：《儒林公議》，《叢書集成初編》本，北京：中華書局，1985年。
5. 宋・歐陽修撰：《歸田錄》，臺北：藝文印書館，1965年。
6. 宋・吳處厚著：《青箱雜記》，《叢書集成初編》本，北京：中華書局，

1985 年。

7. 宋・張舜民撰：《畫墁錄》,《景印文淵閣四庫全書》第 1037 冊，臺北：臺灣商務印書館，1983 年。
8. 宋・沈括撰：《夢溪筆談》,《景印文淵閣四庫全書》第 862 冊，臺北：臺灣商務印書館，1983 年。
9. 宋・范鎮撰：《東齋記事》,《叢書集成初編》第 2744 冊，北京：中華書局，1985 年。
10. 宋・陳師道撰：《後山談叢》，臺北：廣文書局，1969 年 9 月。
11. 宋・王鞏撰：《隨手雜錄》,《景印文淵閣四庫全書》第 1037 冊，臺北：臺灣商務印書館，1983 年。
12. 宋・朱彧撰：《萍洲可談》，刊於王雲五主編《四庫全書珍本別輯》，臺北：臺灣商務印書館，1975 年。
13. 宋・曾慥撰：《高齋漫錄》，臺北：藝文印書館，1968 年。
14. 宋・釋文瑩撰：《湘山野錄》,《景印文淵閣四庫全書》第 1037 冊，臺北：臺灣商務印書館，1983 年。
15. 宋・趙令畤撰：《侯鯖錄》,《景印文淵閣四庫全書》第 1037 冊，臺北：臺灣商務印書館，1983 年。
16. 宋・李廌撰：《師友談記》,《景印文淵閣四庫全書》第 863 冊，臺北：臺灣商務印書館，1983 年。
17. 宋・王闢之撰：《澠水燕談錄》,《叢書集成初編》本，北京：中華書局，1985 年。
18. 宋・魏泰撰：《東軒筆錄》,《景印文淵閣四庫全書》第 1037 冊，臺北：臺灣商務印書館，1983 年。
19. 宋・釋惠洪撰：《冷齋夜話》,《百部叢書集成》初編 46 輯，臺北：藝文印書館，1965 年。
20. 宋・邵伯溫撰：《河南邵氏聞見前錄》,《叢書集成初編》本，北京：中華書局，1985 年。
21. 宋・蔡絛撰：《鐵圍山叢談》,《景印文淵閣四庫全書》第 1037 冊，臺北：臺灣商務印書館，1983 年。
22. 宋・葉夢得撰：《石林燕語》,《景印文淵閣四庫全書》第 863 冊，臺北：臺灣商務印書館，1983 年。
23. 宋・葉夢得撰：《避暑錄話》,《景印文淵閣四庫全書》第 863 冊，臺北：臺灣商務印書館，1983 年。
24. 宋・彭乘撰：《墨客揮犀》,《景印文淵閣四庫全書》第 1037 冊，臺北：臺灣商務印書館，1983 年。
25. 宋・邵博撰：《河南邵氏聞見後錄》，《叢書集成初編》本，北京：中華書局，1985 年。
26. 宋・孟元老撰：《東京夢華錄》，《叢書集成初編》本，北京：中華書局，1985 年。
27. 宋・吳曾撰：《能改齋漫錄》，《景印文淵閣四庫全書》第 850 冊，臺北：臺灣商務印書館，1983 年。
28. 宋・胡仔撰：《苕溪漁隱叢話》，臺北：臺灣中華書局，1971 年 2 月。
29. 宋・晁公武撰：《郡齋讀書志》，刊於《書目類編》第 69 冊，臺北：成文書局，1978 年 7 月。
30. 宋・王銍撰：《默記》，《筆記小說大觀》本，臺北：新興書局，1960 年。
31. 宋・王明清撰：《揮麈後錄》、《揮麈後錄餘話》，《叢書集成初編》本，北京：中華書局，1985 年。
32. 宋・朱弁撰：《曲洧舊聞》，《景印文淵閣四庫全書》第 863 冊，臺北：臺灣商務印書館，1983 年。
33. 宋・陸游撰：《老學庵筆記》，《叢書集成初編》本，北京：中華書局，1985 年。
34. 宋・陳鵠撰：《耆舊續聞》，《景印文淵閣四庫全書》第 1039 冊，臺北：臺灣商務印書館，1983 年。
35. 宋・費袞撰：《梁谿漫志》，臺北：廣文書局，1969 年 9 月。
36. 宋・曾敏行撰：《獨醒雜志》，《叢書集成初編》本，北京：中華書局，1985 年。
37. 宋・周煇撰：《清波雜志》，《叢書集成初編》本，北京：中華書局，1985 年。
38. 宋・張端義撰：《貴耳集》，《叢書集成初編》本，北京：中華書局，1985 年。
39. 宋・俞文豹撰：《吹劍錄》，臺北：藝文印書館，1968 年。
40. 宋・羅大經撰：《鶴林玉露》，臺北：藝文印書館，1965 年。
41. 宋・佚名撰：《紺珠集》，《景印文淵閣四庫全書》第 872 冊，臺北：臺灣商務印書館，1983 年。
42. 明・王瑩撰：《群書類編故事》，臺北：臺灣商務印書館，1981 年。
43. 明・陶宗儀撰：《說郛》，《景印文淵閣四庫全書》第 876 冊，臺北：臺灣商務印書館，1983 年。

44. 清・張宗橚輯：《詞林紀事》，臺北：河洛圖書出版社，1975 年 3 月。
45. 丁傳靖編：《宋人軼事彙編》，臺北：臺灣商務印書館，1982 年。

四、集　部

（一）總　集

1. 後蜀・趙崇祚編：《花間集》，臺北：藝文印書館，1969 年。
2. 宋・朱熹撰：《楚辭集注》，臺北：臺灣商務印書館，1974 年。
3. 明・毛晉撰：《宋六十名家詞》，《四部備要》本，臺北：臺灣中華書局，1971 年 2 月。
4. 清・朱彝尊編、王昶續補：《詞綜》，臺北：世界書局，1980 年。
5. 清・朱祖謀校輯：《彊村叢書》，臺北：廣文書局，1970 年。
6. 唐圭璋編：《全宋詞》，臺北：盤庚出版社，1978 年 10 月。
7. 任半塘著：《敦煌歌辭總編》，上海：上海古籍出版社，1985 年。
8. 傅璇琮等輯：《全宋詩》，北京：北京大學出版社，1993 年 9 月。

（二）詩、詞、文別集及選集

1. 宋・范仲淹撰：《范文正公集》，北京：中華書局，1985 年。
2. 宋・歐陽修著：《歐陽修全集》，臺北：河洛圖書出版社，1975 年 3 月。
3. 宋・王安石撰：《王安石全集》，臺北：河洛圖書出版社，1974 年 10 月。
4. 宋・蘇軾撰：《蘇軾全集》，上海：上海古籍出版社，2000 年 5 月。
5. 宋・蘇轍撰：《蘇轍集》，臺北：河洛圖書出版社，1975 年 9 月。
6. 宋・黃庭堅撰：《山谷集》，《景印文淵閣四庫全書》第 1113 冊，臺北：臺灣商務印書館，1983 年。
7. 宋・黃庭堅撰：《山谷題跋》，《百部叢書集成》刊汲古閣《津逮秘書》第五函，臺北：藝文印書館，1966 年。
8. 宋・陳師道撰：《後山集》，臺北：世界書局，1988 年。
9. 宋・劉攽撰：《彭城集》，北京：中華書局，1985 年。
10. 宋・秦觀撰：《淮海集》，《景印文淵閣四庫全書》第 1115 冊，臺北：臺灣商務印書館，1983 年。
11. 宋・晁補之撰：《雞肋集》，《四部叢刊正編》第 50 冊，臺北：臺灣商務印書館，1979 年 11 月。

12. 宋・李之儀撰：《姑溪居士文集》，王雲五主編《四庫全書珍本》，臺北：臺灣商務印書館，1980 年。
13. 宋・黃裳撰：《演山集》，《景印文淵閣四庫全書》第 1120 冊，臺北：臺灣商務印書館，1983 年。
14. 宋・樓鑰撰：《攻媿集》，《四部叢刊正編》第 55 冊，臺北：臺灣商務印書館，1979 年 11 月。
15. 金・王若虛撰：《滹南遺老集》，《叢書集成初編》本，北京：中華書局，1985 年。
16. 清・周濟編：《宋四家詞選》，北京：中華書局，1985 年。
17. 楊勇著：《陶淵明集校箋》，臺北：盤庚出版社，1979 年 2 月。
18. 劉揚忠編著：《晏殊詞新釋輯評》，北京：中國書店，2003 年 1 月。
19. 邱少華編著：《歐陽修詞新釋輯評》，北京：中國書店，2003 年 1 月。
20. 高健中校點：《樂章集》，上海：上海古籍出版社，1988 年。
21. 龍沐勛著：《東坡樂府箋》，臺北：臺灣商務印書館，1970 年。
22. 石聲淮、唐玲玲箋注：《東坡樂府編年箋注》，臺北：華正書局，2005 年 9 月。
23. 徐培均・羅立剛編著：《秦觀詞新釋輯評》，北京：中國書店，2003 年 1 月。
24. 鍾振振校注：《東山詞》，上海：上海古籍出版社，1988 年 12 月。
25. 吳則虞校點：《清眞集》，臺北：木鐸出版社，1982 年。
26. 張顯成等編注：《李清照、朱淑眞詩詞合注》，成都：巴蜀書社，1991 年 1 月。
27. 王強編著：《周邦彥詞新釋輯評》，北京：中國書店，2006 年 1 月。
28. 高克勤撰：《王安石詩文選評》，上海：上海古籍出版社，2002 年 12 月。
29. 曾棗莊、吳洪澤著：《蘇辛詞選》，臺北：三民書局，2000 年 11 月。
30. 黃寶華撰：《黃庭堅詩詞文選評》，上海：上海古籍出版社，2003 年 12 月。
31. 徐培均・羅立剛撰：《秦觀詩詞文選評》，上海：上海古籍出版社，2003 年 12 月。
32. 謝桃坊著：《柳永詞選評》，上海：上海古籍出版社，2002 年 10 月。
33. 劉揚忠撰：《周邦彥詞選評》，上海：上海古籍出版社，2003 年 12 月。
34. 夏承燾等撰：《宋詞鑑賞辭典》，上海：上海辭書出版社，2003 年 9

月。
35. 胡雲翼著:《宋詞選》,上海:上海古籍出版社,1997 年 1 月。
36. 龍沐勛著:《唐宋名家詞選》,臺北:臺灣開明書局,2000 年。

(三)詩話、詞話、文學理論與學位論文

1. 弘法大師撰:《文鏡秘府論》,臺北:河洛圖書出版社,1976 年 3 月。
2. 宋・朱弁撰:《風月堂詩話》,臺北:廣文書局,1973 年。
3. 宋・魏慶之撰:《詩人玉屑》,臺北:九思出版社,1978 年 11 月。
4. 金・王若虛撰:《滹南詩話》,《百部叢書集成》,臺北:藝文印書館,1966 年。
5. 郭紹虞輯:《宋詩話輯佚》,臺北:文史哲出版社,1972 年。
6. 郭紹虞著:《詩品集解》,臺北:清流出版社,1972 年 3 月。
7. 何文煥輯:《歷代詩話》,北京:中華書局,1987 年 5 月。
8. 黃永武著:《中國詩學・鑑賞篇》,臺北:巨流圖書出版公司,1982 年 5 月。
9. 吉川幸次郎著:《宋詩概說》,臺北:聯經出版事業公司,1988 年 9 月。
10. 袁行霈著:《中國詩歌藝術研究》,臺北:五南圖書出版社,1989 年 5 月。
11. 陳良運著:《中國詩學體系論》,北京:中國社會科學出版社,1998 年 9 月。
12. 嚴明著:《中國詩學與明清詩話學》,臺北:文津出版社,2003 年 4 月。
13. 宋・楊繪撰:《時賢本事曲子集》,《詞話叢編》本。北京:中華書局,1986 年 11 月。
14. 宋・王灼撰:《碧雞漫志・詞話》,《詞話叢編》本。北京:中華書局,1986 年 11 月。
15. 宋・張侃撰:《拙軒詞話》,《詞話叢編》本。北京:中華書局,1986 年 11 月。
16. 宋・鮦陽居士撰:《復雅歌詞》,《詞話叢編》本。北京:中華書局,1986 年 11 月。
17. 宋・胡仔撰:《苕溪漁隱叢話》,《詞話叢編》本。北京:中華書局,1986 年 11 月。
18. 宋・楊湜撰:《古今詞話》,《詞話叢編》本。北京:中華書局,1986

年11月。

19. 宋・張炎撰:《詞源》,《詞話叢編》本。北京:中華書局,1986年11月。
20. 宋・周密撰:《浩然齋詞話》,《詞話叢編》本。北京:中華書局,1986年11月。
21. 元・吳師道撰:《吳禮部詞話》,《詞話叢編》本。北京:中華書局,1986年11月。
22. 清・沈雄撰:《古今詞話》,《詞話叢編》本。北京:中華書局,1986年11月。
23. 清・周濟撰:《介存齋論詞雜著》,《詞話叢編》本。北京:中華書局,1986年11月。
24. 清・宋翔鳳撰:《樂府餘論》,《詞話叢編》本。北京:中華書局,1986年11月。
25. 清・謝章鋌撰:《賭棋山莊詞話》,《詞話叢編》本。北京:中華書局,1986年11月。
26. 清・黃蘇撰:《蓼園詞話》,《詞話叢編》本。北京:中華書局,1986年11月。
27. 清・蔡嵩雲撰:《珂亭詞論》,《詞話叢編》本。北京:中華書局,1986年11月。
28. 清・劉熙載撰:《詞概》,《詞話叢編》本。北京:中華書局,1986年11月。
29. 清・王士禎撰:《花草蒙拾》,《叢書集成》第210冊,臺北:新文豐書局,1989年。
30. 況周頤撰:《蕙風詞話》,《詞話叢編》本,北京:中華書局,1986年11月。
31. 王國維撰:《人間詞話》,北京:中國人民大學出版社,2006年3月。
32. 唐圭璋主編:《詞話叢編》,北京:中華書局,1986年11月。
33. 薛礪若著:《宋詞通論》,香港:中流書店,1974年。
34. 葉嘉瑩著:《迦陵論詞叢稿》,上海:上海古籍出版社,1980年。
35. 羅忼烈著:《詞曲論稿》,臺北:木鐸出版社,1982年6月。
36. 楊海明著:《唐宋詞風格論》,臺北:木鐸出版社,1987年。
37. 吳梅撰:《詞學通論》,臺北:台灣商務印書館,1988年4月。
38. 葉嘉瑩著:《唐宋詞十七講》,長沙:岳麓書社,1989年2月。
39. 繆鉞・葉嘉瑩合著:《靈谿詞說》,臺北:國文天地雜誌社,1989年

12 月。
40. 繆鉞・葉嘉瑩合著：《詞學古今談》，臺北：萬卷樓圖書公司，1992 年 10 月。
41. 郭美美著：《東坡在詞風上的承繼與創新》，臺北：文津出版社，1990 年 12 月。
42. 王兆鵬著：《宋南渡詞人群體研究》，臺北：文津出版社，1992 年 3 月。
43. 唐玲玲著：《東坡樂府研究》，成都：巴蜀書社，1993 年 2 月。
44. 王水照著：《蘇軾論稿》，臺北：萬卷樓圖書公司，1994 年 12 月。
45. 朱崇才著：《詞話學》，臺北：文津出版社，1995 年 1 月。
46. 楊海明著：《唐宋詞主題探索》，高雄：麗文文化公司。1995 年 10 月。
47. 楊成鑒著：《中國詩詞風格研究》，臺北：洪葉文化事業公司，1995 年 12 月。
48. 崔海正著：《宋詞研究述略》，臺北：洪葉文化事業公司，1999 年 3 月。
49. 高鋒著：《花間詞研究》，南京：江蘇古籍出版社，2001 年 9 月。
50. 吳熊和著：《唐宋詞通論》，杭州：浙江古籍出版社，2001 年 10 月。
51. 孫康宜著：《晚唐迄北宋詞體演進與詞人風格》，臺北：聯經出版事業公司，2001 年 11 月。
52. 黃雅莉著：《宋詞雅化的發展與嬗變》，臺北：文津出版社，2002 年 6 月。
53. 丁放、余恕誠合著：《唐宋詞概説》，合肥：安徽教育出版社，2002 年 12 月。
54. 楊海明著：《唐宋詞美學》，南京：江蘇教育出版社，1998 年 6 月。
55. 吳惠娟著：《唐宋詞審美觀照》，上海：學林出版社，1999 年 8 月。
56. 孫維城著：《宋韻》，合肥：安徽大學出版社，2005 年 1 月。
57. 陳平原主編：《20 世紀中國學術文存——詞曲研究》，武漢：湖北教育出版社，2004 年 1 月。
58. 路成文著：《宋代咏物詞史論》，北京：商務印書館，2005 年 12 月。
59. 劉若愚著：《中國文學理論》，臺北：聯經出版事業公司，1985 年 8 月。
60. 黃慶萱著：《修辭學》，臺北：三民書局，1992 年 9 月。
61. 周振甫著：《文心雕龍譯注》，臺北：五南圖書出版公司，1993 年。

62. 王水照主編：《宋代文學通論》，開封：河南大學出版社，1997 年 6 月。
63. 王夢鷗著：《文學概論》，臺北：藝文印書館，2000 年 10 月。
64. 蕭慶偉撰：《北宋新舊黨爭與文學》，北京：人民文學出版社，2001 年 6 月。
65. 張燕瑾、呂薇芬主編：《宋代文學研究》，北京：北京出版社，2003 年 3 月。

（四）文學史類

1. 陸侃如、馮沅君著：《中國詩史》，天津：百花文藝出版社，2000 年 5 月。
2. 劉子庚著：《詞史》，臺北：臺灣學生書局，1972 年 4 月。
3. 楊海明著：《唐宋詞史》，高雄：麗文文化公司。1996 年 2 月。
4. 劉揚忠著：《唐宋詞流派史》，福州：福建人民出版社，1999 年 3 月。
5. 蔣哲倫、傅蓉蓉著：《中國詩學史》（詞學卷），廈門：鷺江出版社，2002 年 9 月。
6. 謝桃坊著：《中國詞學史》，成都：巴蜀書社，2002 年 12 月。
7. 王易著：《詞曲史》，南京：江蘇教育出版社，2005 年 8 月。
8. 方範智等著：《中國古典詞學理論史》，上海：華東師範大學出版社，2005 年 12 月。
9. 郭紹虞著：《中國文學批評史》，臺北：盤庚出版社，1978 年 9 月。
10. 柯敦伯著：《宋文學史》，上海：上海書店，1996 年。
11. 王運熙、顧易生主編：《中國文學批評通史》，上海：上海古籍出版社，1996 年。
12. 孫望、常國武主編：《宋代文學史》，北京：人民文學出版社，2001 年 12 月。
13. 劉大杰著：《中國文學發展史》，臺北：華正書局，2002 年 8 月。

五、期刊論文

1. 龍沐勛：〈兩宋詞風轉變論〉，《詞學季刊》第 2 卷第 1 號，1934 年 10 月。
2. 龍沐勛：〈清眞詞敘論〉，《詞學季刊》第 2 卷第 4 號，1935 年 7 月。
3. 鄭騫：〈柳永蘇軾與詞的發展〉，《文學雜誌》，第 3 卷第 1 期，1957 年 9 月。

4. 雷飛龍：〈北宋新舊黨爭與其學術政策之關係〉，《政大學報》11 期，1965 年 5 月。
5. 馬興榮：〈讀蘇軾詞札記〉，《華東師範大學學報》（哲社版），1982 年第 3 期。
6. 劉崇德：〈蘇軾楊花詞繫年考辨〉，中國社會科學院《文學評論叢刊》十八輯。1983 年。
7. 劉乃昌：〈宋詞的剛柔與正變〉，《文學評論》，1984 年第 2 期。
8. 朱靖華：〈蘇軾的豪放詞及其在詞史上的地位〉，《徐州師院學報》，1985 年第 1 期。
9. 袁行霈：〈以賦爲詞—清眞詞的藝術特色〉，《北京大學學報》，1985 年第 5 期。
10. 青原：〈東坡詞與唐宋美學風尚的轉變〉，《山西師大學報》，1987 年 3 期。
11. 李秉忠：〈也論宋詞的「豪放派」與「婉約派」——兼評吳世昌先生等人的觀點〉，《山西大學學報》（社會科學版），1988 年第 1 期。
12. 徐敏：〈北宋詞史上的兩座里程碑——從柳詞「曉風殘月」說到蘇詞「大江東去」〉，《北京師範大學學報》，1988 年第 2 期。
13. 黃炳輝、劉奇彬：〈論周邦彥對柳永詞的繼承和發展〉，《河北大學學報》，1988 年第 3 期。
14. 劉慶雲：〈古代文論中「別是一家」的詞論〉，《中國韻文學刊》，1988 年 12 月，第 2・3 期。
15. 謝思煒：〈宋祁與宋代文學發展〉，《文學遺產》，1989 年第 1 期。
16. 楊燕：〈北宋詞之「本色」與淮海詞〉，《山東大學學報》（哲學社會科學版），1989 年第 3 期。
17. 王水照：〈蘇軾的人生思考和文化性格〉，《文學遺產》，1989 年第 5 期。
18. 王兆鵬：〈唐宋詞審美層次及其嬗變〉，《文學遺產》，1994 年第 1 期。
19. 孫昌武：〈蘇軾與佛教〉，《文學遺產》，1994 年第 1 期。
20. 方曉紅：〈論詠物詞的歷史流程及藝術特色〉，《武漢大學學報》（哲社版），1994 年第 5 期。
21. 韓經太：〈宋詞：對峙中的整合與遞嬗中的偏取〉，《文學評論》，1995 年第 5 期。
22. 謝桃坊：〈宋人詞體起源說檢討〉，《文學評論》，1995 年第 5 期。
23. 邱安昌：〈風格：精神個體性的形式〉，《山西師大學報》（社哲版）

第 23 卷第 1 期，1996 年 1 月。
24. 周祚紹：〈論黃庭堅和北宋黨爭〉，《九江師專學報》（哲學社會科學版），1996 年第 2 期。
25. 孫維城：〈論宋玉《高唐》、《神女》賦對柳永登臨詞及宋詞的影響〉，《文學遺產》，1996 年第 5 期。
26. 趙梅：〈關於詞的本體論思考——從意象出發〉，《宋代文學研究叢刊》第 3 期，1997 年 9 月。。
27. 沈家莊：〈宋詞文體特徵的文化闡釋〉，《文學評論》，1998 年第 4 期。
28. 王水照：〈走近「蘇海」——蘇軾研究的幾點反思〉，《文學評論》，1999 年第 3 期。
29. 胡遂：〈論蘇詞主氣〉，《文學評論》，1999 年第 6 期。
30. 李嘉瑜：〈論「以賦爲詞」的形成——以柳永、周邦彥爲例〉，《國立編譯館館刊》，第二十九卷第一期，2000 年 6 月。
31. 吳帆：〈論蘇軾與宋人的咏物詞〉，《文學遺產》，2000 年第 3 期。
32. 高聖峰：〈似花非花還客淚〉，《國文天地》第 187 期，2000 年 12 月。
33. 王璧寰：〈「西北望，射天狼」解疑——談東坡詞的小失誤〉，《國文天地》第 187 期，2000 年 12 月。
34. 王曉驪：〈閑雅・高雅・清雅——論宋代雅詞發展的三個階段〉，《山西師大學報》（社科版），第 28 卷第 1 期，2001 年 1 月。
35. 陳元鋒：〈北宋館職、詞臣選任及文華與吏材之對立〉，《文學評論》，2002 年第 4 期。
36. 丁曉、沈松勤：〈北宋黨爭與蘇軾的陶淵明情結〉，《浙江大學學報》第 33 卷第 2 期，2003 年 3 月。
37. 王昊：〈論宋人詞體觀念的建構〉，《第二屆宋代文學國際學術研討會論文集》，南京：江蘇教育出版社，2003 年 6 月。
38. 顏翔林：〈論《碧雞漫志》的詞學思想〉，《文學遺產》，2003 年第 4 期。
39. 程怡：〈元祐六年後的蘇、秦關係及其他〉（哲社版），《華東師範大學學報》，第 35 卷第 6 期，2003 年 11 月。
40. 鄧喬彬：〈秦觀「詞心」析論〉，《文學遺產》，2004 年第 4 期。
41. 邱昌員：〈宋代「江西詞派」商榷〉，《上海師範大學學報》（哲學社會科學版）第 33 卷第 2 期，2004 年 3 月。
42. 薛瑞生：〈周邦彥捲入王審、劉昺「謀逆」事件考辨〉，《西北大學學報》（哲學社會科學版），第 34 卷第 4 期，2004 年 7 月。